LUCY MAUD MONTGOMERY

Anne
de Avonlea

Título original: Anne of Avonlea
Copyright da tradução © Editora Lafonte Ltda., 2020

Todos os direitos reservados.
Nenhuma parte deste livro pode ser reproduzida sob quaisquer
meios existentes sem autorização por escrito dos editores.

Edição Brasileira

Direção Editorial Ethel Santaella
Tradução Ciro Mioranza
Revisão Rita del Monaco
Capa Cibele Queiroz
Diagramação Demetrios Cardozo

```
Dados Internacionais de Catalogação na Publicação (CIP)
       (Câmara Brasileira do Livro, SP, Brasil)

  Montgomery, Lucy Maud, 1874-1942
    Anne de Avonlea / Lucy Maud Montgomery ; tradução
  Ciro Mioranza. -- São Paulo : Lafonte, 2020.

    Título original: Anne of Avonlea
    ISBN 978-65-5870-040-1

    1. Ficção canadense I. Título.

20-49030                              CDD-C813
```
Índices para catálogo sistemático:

1. Ficção : Literatura canadense   C813

Cibele Maria Dias - Bibliotecária - CRB-8/9427

Editora Lafonte
Av. Profª Ida Kolb, 551, Casa Verde, CEP 02518-000
São Paulo - SP, Brasil – Tel.: (+55) 11 3855-2100
Atendimento ao leitor (+55) 11 3855-2216 / 11 3855-2213 – atendimento@editoralafonte.com.br
Venda de livros avulsos (+55) 11 3855-2216 – vendas@editoralafonte.com.br
Venda de livros no atacado (+55) 11 3855-2275 – atacado@escala.com.br

Anne de Avonlea

LUCY MAUD MONTGOMERY

tradução
CIRO MIORANZA

Lafonte

Brasil – 2020

Índice

	Apresentação	9
cap. 1	Um vizinho irado	11
cap. 2	Vendendo às pressas e arrependendo-se logo depois	21
cap. 3	Na casa do senhor Harrison	27
cap. 4	Opiniões diferentes	35
cap. 5	Uma professora a toda prova	41
cap. 6	Todos os tipos e condições de homens... e mulheres	49
cap. 7	Senso de dever	59
cap. 8	Marilla adota gêmeos	65
cap. 9	Uma questão de cor	75
cap. 10	Davy em busca de emoções	83
cap. 11	Fatos e fantasias	93
cap. 12	Um dia infeliz	103
cap. 13	Um piquenique dourado	111
cap. 14	Um perigo evitado	121
cap. 15	O início das férias	133
cap. 16	A importância das coisas em certas circunstâncias	141
cap. 17	Um capítulo de acidentes	149
cap. 18	Uma aventura na estrada Tory	161
cap. 19	Apenas um dia feliz	171
cap. 20	O modo como as coisas frequentemente acontecem	183
cap. 21	A meiga senhorita Lavendar	191
cap. 22	Miudezas	203
cap. 23	O romance da senhorita Lavendar	209
cap. 24	Um profeta em sua própria terra	217
cap. 25	Um escândalo em Avonlea	227
cap. 26	Na curva do caminho	239
cap. 27	Uma tarde na casa de pedra	251
cap. 28	O príncipe volta ao palácio encantado	263
cap. 29	Poesia e prosa	273
cap. 30	Um casamento na casa de pedra	279

À
Minha ex-professora
HATTIE GORDON SMITH
Com grata recordação de sua
simpatia e encorajamento.

Flores desabrocham por onde ela trilha
Os cautelosos caminhos do dever,
Nossas duras, rígidas formas de vida
Com ela são brandas curvas de beleza.

(Whittier)

capítulo 1

Um Vizinho Irado

Uma moça alta e esbelta, "de dezesseis anos e meio", com sérios olhos cinzentos e cabelos que suas amigas chamavam de ruivos, estava sentada na ampla soleira de arenito vermelho da porta de entrada de uma casa de fazenda da Ilha do Príncipe Eduardo, numa deliciosa tarde de agosto, firmemente decidida a interpretar algumas linhas de Virgílio[1].

Mas uma tarde de agosto, com neblinas azuladas emoldurando as encostas cultivadas, suaves ventos sussurrando como elfos nos choupos, e um esplendor dançante de papoulas vermelhas reluzindo contra o bosque escuro de jovens abetos num canto do pomar de cerejeiras, era mais apropriada para sonhos do que para línguas mortas. O Virgílio logo escorregou despercebido para o chão e Anne, com o queixo apoiado em suas mãos entrelaçadas e seus olhos fixos na esplêndida massa de fofas nuvens que se acumulavam exatamente sobre a casa do senhor J. A. Harrison como uma grande montanha branca, estava bem longe, num delicioso mundo onde certa professora estava fazendo um trabalho maravilhoso, moldando os destinos de futuros estadistas e inspirando mentes e corações juvenis com elevadas e sublimes ambições.

Certamente, se você cedesse à dura realidade (o que, deve-se confessar, Anne raramente fazia, até que tivesse de fazê-lo), não parecia provável que houvesse material muito promissor para celebridades nas escolas de Avonlea; mas nunca se pode dizer o que haveria de acontecer, se uma professora usasse sua influência para o bem. Anne tinha certos ideais quiméricos daquilo que uma professora poderia realizar, se apenas seguisse o caminho certo; e ela estava no meio de uma cena encantadora,

---

1   Poema *Eneida*, de Publius Vergilius Maro (70-19 a.C.), um dos mais importantes poetas clássicos da antiga Roma, que era estudado em todas as escolas (em várias, ainda é) em diversos países. Virgílio é autor também de *Geórgicas* e *Bucólicas*. *Eneida* é um poema épico, dividido em doze cantos, que narra a chegada dos troianos na Itália e sua contribuição na fundação e engrandecimento de Roma.

imersa no futuro, a quarenta anos de distância, com um personagem famoso (o motivo exato pelo qual ele se tornaria famoso foi deixado numa conveniente nebulosidade, mas Anne achava que seria muito bom tê-lo como Diretor de Faculdade ou primeiro-ministro canadense), personagem que se curvava sobre sua mão enrugada e lhe assegurava de que tinha sido ela quem primeiramente havia estimulado sua ambição e que todo o sucesso dele na vida se devia às lições que ela lhe tinha infundido, havia tanto tempo, na escola de Avonlea. Essa agradável visão foi desfeita por uma interrupção das mais desagradáveis.

Uma modesta vaquinha Jersey vinha correndo alameda abaixo e cinco segundos depois chegou o senhor Harrison... – se "chegar" não fosse um termo muito suave para descrever a maneira de sua irrupção no quintal.

Ele pulou por cima da cerca sem esperar abrir o portão e furiosamente confrontou a atônita Anne, que se havia levantado e o fitava um tanto confusa. O senhor Harrison era seu novo vizinho da direita e ela nunca se havia encontrado com ele antes, embora o tivesse visto uma ou duas vezes.

No início de abril, antes de Anne voltar da Queen's Academy para casa, o senhor Robert Bell, cuja fazenda fazia divisa, pelo lado oeste, com as terras dos Cuthbert, tinha vendido tudo e se havia mudado para Charlottetown. Sua fazenda tinha sido comprada por certo senhor J. A. Harrison, cujo nome e o fato de ser natural de New Brunswick era tudo o que se sabia sobre ele. Mas antes de completar um mês de residência em Avonlea, ele tinha conquistado a reputação de ser uma pessoa estranha... "um excêntrico", dizia a senhora Rachel Lynde. A senhora Rachel era uma senhora sincera, como vocês, que já tiveram oportunidade de conhecê-la, vão se lembrar. O senhor Harrison certamente era diferente das outras pessoas... e essa, como todos sabem, é a característica essencial de um excêntrico.

Em primeiro lugar, ele próprio cuidava da casa e havia declarado publicamente que não queria mulheres tolas em seus aposentos. As mulheres de Avonlea se vingaram, contando histórias horríveis sobre o modo como ele mantinha a casa e como cozinhava.

Ele tinha contratado o pequeno John Henry Carter, de White Sands, e foi John Henry que começou com as histórias. Antes de mais nada, nunca havia um horário fixo para as refeições, na casa de Harrison. O senhor Harrison "comia um bocado" quando sentia fome e, se John Henry estivesse por perto na ocasião, entrava para comer alguma coisa; mas se não estivesse, teria de esperar até o próximo momento de fome do senhor Harrison. John Henry declarou, em tom lamentoso, que teria morrido de fome se não pudesse ir para casa aos domingos e comer à vontade, e se sua mãe não lhe desse sempre uma cesta de "boia" para levar, nas manhãs de segunda-feira.

Quanto a lavar a louça, o senhor Harrison nunca se dispunha a fazê-lo, a menos que viesse um domingo chuvoso. Então ele se dava ao trabalho e lavava toda a louça de uma só vez no barril de água da chuva, e a deixava para secar.

Novamente, o senhor Harrison foi "pão-duro". Quando foi convidado a contribuir para o salário do reverendo senhor Allan, disse que preferia primeiramente esperar e ver quantos dólares poderia desembolsar pela pregação dele... não estava disposto a comprar gato por lebre. E quando a senhora Lynde foi pedir uma contribuição para as missões... e eventualmente ver o interior da casa... ele lhe disse que havia mais pagãos entre as velhas mexeriqueiras de Avonlea do que em qualquer outro lugar que conhecia e que alegremente contribuiria com a missão de catequizá-las, se ela assumisse essa função. A senhora Rachel se afastou dali dizendo que era uma grande graça que a pobre senhora Robert Bell estivesse a salvo em seu túmulo, pois teria partido seu coração ver o estado da casa de que ela tanto costumava se orgulhar.

– Ora, ela esfregava o chão da cozinha a cada dois dias – disse com indignação a senhora Lynde a Marilla Cuthbert – e se pudesse ver agora! Eu tive de levantar a saia ao caminhar por ela.

Por fim, o senhor Harrison tinha um papagaio chamado Ginger. Ninguém em Avonlea já tivera um papagaio antes; consequentemente, esse procedimento era considerado bem pouco respeitável. E que papagaio! Se fosse de acreditar na palavra de John Henry Carter, nunca houve pássaro mais desbocado. Repetia palavrões desenfreadamente. A senhora Carter teria tirado John Henry dali imediatamente, se tivesse certeza de encontrar outro local de trabalho para ele. Além disso, um dia Ginger teria arrancado um pedaço da nuca de John Henry quando ele se curvou perto demais da gaiola. A senhora Carter mostrava a todos a marca, quando o infeliz John Henry voltava para casa aos domingos.

Todas essas coisas passaram pela mente de Anne enquanto o senhor Harrison permanecia em pé diante dela, sem dizer palavra, aparentemente furioso. Até mesmo em sua disposição mais afável, o senhor Harrison não poderia ser considerado um homem simpático; era baixo, gordo e careca; e agora, com o rosto redondo roxo de raiva e com os proeminentes olhos azuis quase saltando das órbitas, Anne pensou que ele era realmente a pessoa mais feia que já tinha visto.

De repente, o senhor Harrison encontrou sua voz.

– Não vou tolerar isso – balbuciou ele – nem um dia a mais; está ouvindo, senhorita? Por Deus, essa é a terceira vez, senhorita... a terceira vez! A paciência deixou de ser uma virtude, senhorita. Eu avisei sua tia da última vez para não deixar isso ocorrer novamente... e ela deixou... ela o fez... o que ela quer dizer com isso é o que eu quero saber. É para isso que estou aqui, senhorita.

– Poderia explicar qual é o problema? – perguntou Anne, da maneira mais digna. Tinha andado praticando de forma considerável ultimamente esses modos, a fim de tê-los bem presentes quando as aulas começassem; mas não tinham nenhum efeito aparente sobre o irado J. A. Harrison.

– Problema, é? Por Deus, mais que problema, é o que acho. O problema é, senhorita, que encontrei aquela vaca Jersey, de sua tia, novamente em minha plantação de aveia, há menos de meia hora. É a terceira vez, note bem. Eu a encontrei dentro da plantação na terça-feira passada e também ontem. Vim aqui e disse à sua tia para não deixar isso acontecer de novo. E ela deixou ocorrer outra vez. Onde está sua tia, senhorita? Eu só quero vê-la por um minuto e lhe dizer um pouco do que penso... um pouco do que pensa J. A. Harrison, senhorita.

– Se quer se referir à senhorita Marilla Cuthbert, ela não é minha tia, e ela foi até East Grafton para ver um parente distante, que está muito doente – disse Anne, com o devido aumento de dignidade a cada palavra. – Sinto muito que minha vaca tenha invadido sua plantação de aveia... ela é minha vaca e não da senhorita Cuthbert... Matthew a deu para mim há três anos, quando ainda era uma bezerra e a comprou do senhor Bell.

– Desculpe, senhorita! Desculpe, isso não vai ajudar em nada. É melhor que vá ver a destruição que esse animal fez em minha aveia... pisoteou-a de ponta a ponta, senhorita.

– Sinto muito – repetiu Anne, com firmeza –, mas talvez, se mantivesse seu cercado em melhores condições, Dolly não teria invadido seu terreno. É sua parte da cerca que separa seu campo de aveia de nossas pastagens e, outro dia, notei que essa cerca não estava em muito bom estado.

– Minha cerca está em ordem – retrucou o senhor Harrison, mais furioso do que nunca com esse ato de levar a guerra para o campo inimigo. – As grades de uma prisão não poderiam manter um demônio de uma vaca como essa fora de minhas terras. E posso lhe dizer, sua ruivinha insignificante, que se a vaca é sua, como diz, empregaria melhor seu tempo em vigiá-la para que ficasse longe das plantações de seus vizinhos do que ficar sentada por aí lendo romances de capa amarela... – lançando um olhar de profundo desprezo para o inocente Virgílio de cor marrom, caído aos pés de Anne.

Nesse momento, algo mais se tornou vermelho, além do cabelo de Anne... que sempre tinha sido seu ponto sensível.

– Prefiro ter cabelo ruivo a não ter cabelo algum, exceto uma pequena franja em torno de minhas orelhas – replicou ela.

O tiro foi certeiro, pois o senhor Harrison era realmente muito sensível com relação à sua cabeça calva. A raiva o sufocou novamente e ele só conseguia olhar fixamente e sem dizer palavra para Anne, que recobrou sua sobranceria e tirou proveito de sua vantagem.

– Posso lhe fazer uma concessão, senhor Harrison, porque tenho um pouco de imaginação. Posso facilmente imaginar como deve ser irritante encontrar uma vaca em sua aveia e não devo nutrir nenhum ressentimento contra o senhor pelas coisas que andou dizendo. Prometo-lhe que Dolly nunca mais vai entrar em sua plantação de aveia. Dou-lhe minha palavra de honra *nesse* ponto.

– Bem, cuide para que ela não faça mais isso – murmurou o senhor Harrison, num tom um tanto moderado; mas pisou firme, ainda irado, e Anne o ouviu rosnando para si mesmo até que sua voz ficasse fora de alcance.

Profundamente perturbada, Anne atravessou o quintal e trancou a malvada Jersey no curral.

"Não poderá sair dali, a menos que arrebente a cerca", refletiu ela. "Parece bem quieta, agora. Atrevo-me a dizer que ficou farta daquela aveia. Gostaria de tê-la vendido ao senhor Shearer quando ele a quis comprar na semana passada, mas achei melhor esperar até que tivéssemos o leilão do gado e deixar que arrematassem todos os animais juntos. Creio que seja verdade que o senhor Harrison é um excêntrico. Certamente, não há nada de alma gêmea nele."

Anne sempre se mantinha bem antenada para encontrar almas gêmeas.

Marilla Cuthbert estava entrando no quintal quando Anne voltava do curral e esta então foi correndo preparar o chá. Elas discutiram o assunto à mesa.

– Ficarei feliz quando o leilão acabar – disse Marilla. – É muita responsabilidade ter tantos animais na propriedade e ninguém além daquele Martin nada confiável para cuidar deles. Ele não voltou ainda e prometeu que certamente voltaria na noite passada, se eu lhe desse o dia de folga para ir ao funeral de sua tia. Não sei quantas tias ele tem. Essa é a quarta que morre desde que ele foi contratado, há um ano. Ficarei mais que feliz quando a safra tiver terminado e o senhor Barry assumir o controle da fazenda. Teremos de manter Dolly presa no curral até que Martin chegue, pois ela deve ser solta no pasto dos fundos e ali as cercas devem ser consertadas. Não posso senão afirmar que este é um mundo cheio de problemas, como diz Rachel. Aí está a pobre Mary Keith à beira da morte e o que vai ser daqueles dois filhos dela, não posso saber. Ela tem um irmão na Colúmbia Britânica e escreveu a ele sobre as crianças, mas não obteve resposta ainda.

– Como são essas crianças? Que idade têm?

– Pouco mais de seis... são gêmeos.

– Oh, eu sempre estive especialmente interessada em gêmeos desde que a senhora Hammond os tinha – disse Anne, ansiosamente. – Eles são bonitos?

– Meu Deus, nem queira saber... eles estavam muito sujos. Davy estava fora, fazendo tortas de barro e Dora saiu para pedir que entrasse em casa. Davy a empurrou de cabeça na torta maior e então, vendo que ela chorava, ele mesmo se jogou na lama, rolou nela para mostrar que não havia motivo para chorar. Mary disse que Dora era realmente uma criança muito boa, mas que Davy só sabia fazer travessuras.

Pode-se dizer que ele nunca recebeu o mínimo de educação. O pai morreu quando ele era ainda bebê e Mary tem estado doente praticamente desde essa época.

– Sempre lamento pelas crianças que não são bem-criadas – disse Anne, com circunspecção. – Você sabe que eu não tinha nenhuma educação até que você passou a cuidar de mim. Espero que o tio cuide dessas crianças. A propósito, qual é seu grau de parentesco com a senhora Keith?

– Com Mary? Nenhum, em absoluto. Era o marido dela... ele era nosso primo em terceiro grau. Aí está a senhora Lynde, vindo pelo quintal. Achei que ela viria até aqui para saber a respeito de Mary.

– Não conte a ela sobre o senhor Harrison e a vaca – implorou Anne.

Marilla prometeu; mas a promessa foi totalmente desnecessária, pois a senhora Lynde mal se havia acomodado na cadeira que disse:

– Eu vi o senhor Harrison expulsando sua Jersey para fora da plantação de aveia hoje quando eu estava voltando de Carmody. Achei que ele parecia muito bravo. Fez muito estardalhaço?

Anne e Marilla, furtivamente, trocaram sorrisos. Poucas coisas em Avonlea escapavam da senhora Lynde. Tinha sido exatamente naquela manhã que Anne havia dito:

"Se você for para seu próprio quarto à meia-noite, trancar a porta, baixar a cortina e *espirrar*, a senhora Lynde lhe perguntaria, no dia seguinte, como estava seu resfriado!"

– Acredito que ele tenha feito, sim – admitiu Marilla. – Eu estava fora. Mas ele passou um sermão em Anne.

– Eu acho que ele é um homem muito desagradável – disse Anne, com um movimento de sua cabeça ruiva, que mostrava ressentimento.

– Você nunca disse palavra mais verdadeira – disse a senhora Rachel, solenemente. – Eu sabia que haveria problemas quando Robert Bell vendeu sua casa para um homem de New Brunswick; é isso. Não sei o que vai acontecer com Avonlea, com tantas pessoas estranhas chegando aqui. Logo não será mais seguro dormir até mesmo em nossas camas.

– Por quê? Que outros estranhos estão chegando aqui? – perguntou Marilla.

– Você não soube? Bem, para começar, há uma família Donnell. Eles alugaram a antiga casa de Peter Sloane. Peter contratou o homem para operar seu moinho. Eles vêm do extremo leste e ninguém sabe nada sobre eles. Depois, aquela família inepta de Timothy Cotton vai se mudar de White Sands e será simplesmente um peso para a comunidade. Ele está com tuberculose... quando não está roubando... a esposa é uma criatura negligente que não consegue usar as mãos para nada. Lava a louça *sentada*. A senhora George Pye trouxe um órfão, sobrinho do marido, Anthony Pye. Ele vai frequentar sua escola, Anne, então pode esperar por problemas; é isso. E terá outro aluno estranho também. Paul Irving está vindo dos Estados Unidos para morar com a avó. Você se lembra do pai dele, Marilla... Stephen Irving, aquele que abandonou Lavendar Lewis em Grafton?

– Não acho que ele a abandonou. Houve uma briga... Suponho que houve culpa de ambos os lados.

– Bem, de qualquer maneira, ele não se casou com ela, e dizem que desde então ela tem andado muito estranha... morando totalmente sozinha naquela casinha de pedra que ela chama de Echo Lodge. Stephen foi para os Estados Unidos e montou negócios com o tio e se casou com uma ianque. Ele nunca mais veio para cá, embora a mãe tenha ido vê-lo uma ou duas vezes. A esposa morreu há dois anos e ele está mandando o menino para a casa da mãe por um tempo. Ele tem 10 anos e não sei se será um aluno muito desejável. Nunca se sabe com esses ianques.

A senhora Lynde olhava para todas as pessoas que tinham a infelicidade de ter nascido ou ter sido criadas em outro lugar que não na Ilha do Príncipe Eduardo com um decidido ar de "será-que-pode-sair-alguma-coisa-boa-de-Nazaré[2]?" *Poderiam* até ser boas pessoas, é claro; mas você estaria do lado seguro se duvidasse. Ela nutria um preconceito todo especial contra os "ianques". Seu marido tinha sido logrado em dez dólares por um empregador para quem havia trabalhado em Boston e nem anjos, nem principados, nem potestades poderiam ter convencido a senhora Rachel de que os Estados Unidos inteiro não era responsável por isso.

---

2 Referência ao evangelho de João (cap. 1, 43-46), em que Filipe encontra o amigo Natanael e lhe diz que havia encontrado aquele de quem Moisés e os profetas haviam escrito, Jesus de Nazaré. Natanael lhe responde: "Pode acaso sair alguma coisa boa de Nazaré?"

– A escola de Avonlea não vai ficar pior com um pouco de sangue novo – disse Marilla, secamente. – E se esse menino for parecido com o pai, vai se dar bem. Steve Irving foi o menino mais legal que já foi criado por esses lados, embora algumas pessoas o chamassem de orgulhoso. Acho que a senhora Irving ficaria muito feliz em cuidar do garoto. Ela tem estado muito solitária desde a morte do marido.

– Oh, o menino pode ser muito bom, mas ele será diferente das crianças de Avonlea – retrucou a senhora Rachel, como se isso encerrasse o assunto. As opiniões da senhora Rachel sobre qualquer pessoa, lugar ou coisa sempre tinham a garantia de perdurar. – O que é isso que eu ouvi sobre vocês montarem uma Sociedade de Melhorias para o vilarejo, Anne?

– Eu só estava conversando sobre isso com algumas das meninas e meninos no último Clube de Debate – disse Anne, corando. – Eles pensaram que seria algo legal... e assim também acharam o senhor e a senhora Allan. Muitas aldeias têm sociedades desse tipo.

– Bem, você não vai chegar a lugar algum, se tentar. Melhor deixar isso de lado, Anne, é isso. As pessoas não gostam de ser melhoradas.

– Oh, não vamos tentar melhorar as *pessoas*. É a própria Avonlea. Há muitas coisas que podem ser feitas para torná-la mais bonita. Por exemplo, se pudermos persuadir o senhor Levi Boulter a derrubar aquela horrível casa velha na fazenda de cima, não seria uma melhoria?

– Certamente – admitiu a senhora Rachel. – Aquela velha ruína tem sido uma monstruosidade para o local há anos. Mas se vocês, Melhoradores, podem persuadir Levi Boulter a fazer qualquer coisa pela comunidade, que ele não exija ser pago por isso, gostaria de estar lá para ver e ouvir o processo, é isso. Não quero desencorajá-la, Anne, pois pode haver algo de bom em sua ideia, embora eu suponha que tenha tirado isso de alguma nojenta revista ianque; mas você estará ocupada demais com sua escola e eu a aconselho, como amiga, a não se preocupar com essas melhorias, é isso. Mas aí é que está: sei que você vai seguir em frente, se já tiver decidido a respeito. Você sempre foi alguém de levar adiante uma coisa a qualquer custo.

Algo nos contornos firmes dos lábios de Anne dizia que a senhora Rachel não estava muito errada nessa estimativa. O coração de Anne estava empenhado em formar a Sociedade de Melhorias. Gilbert Blythe, que iria lecionar em White Sands, mas que estaria sempre em casa de sexta à noite a segunda de manhã, ficou entusiasmado com a ideia; e a maioria das outras pessoas estava disposta a participar de qualquer coisa que significasse reuniões ocasionais e, consequentemente, alguma "diversão". Quanto a quais seriam as "melhorias", ninguém tinha uma ideia muito clara, exceto Anne e Gilbert. Eles haviam conversado sobre elas e traçado planos até que uma Avonlea ideal existisse em suas mentes, se não no aspecto real.

A senhora Rachel tinha ainda outra notícia.

– Deram a escola de Carmody a uma tal de Priscilla Grant. Você não estudou na Queen's com uma garota com esse nome, Anne?

– Sim, é verdade. Priscilla vai lecionar em Carmody! Que coisa mais adorável! – exclamou Anne, com seus olhos cinzentos brilhando tanto que até pareciam estrelas da noite, fazendo com que a senhora Lynde se perguntasse novamente se algum dia poderia realmente afirmar, para sua própria satisfação, se Anne Shirley era uma moça bonita ou não.

capítulo 2

Vendendo às pressas e arrependendo-se logo depois

Na tarde do dia seguinte, Anne foi até Carmody para fazer compras e levou consigo Diana Barry. Diana era, sem dúvida, um membro comprometido da Sociedade de Melhorias e as duas moças quase não conversaram de outra coisa durante todo o caminho de ida e volta a Carmody.

– A primeira coisa que devemos fazer quando começarmos é pintar aquele salão – disse Diana, enquanto passavam pelo salão de Avonlea, uma construção bastante deteriorada, situada num vale arborizado e encoberta por abetos vermelhos por todos os lados. – É um lugar de aparência vergonhosa e devemos cuidar dele antes mesmo de tentar fazer com que o senhor Levi Boulder desmonte sua casa. Papai diz que nunca vamos conseguir *fazer* isso. Levi Boulter é mesquinho demais para desperdiçar o tempo que levaria para demoli-la.

– Talvez ele permita que os rapazes a derrubem, se prometerem separar as tábuas e rachá-las em achas de lenha para o fogo – disse Anne, esperançosa. – Devemos fazer nosso melhor e nos contentar em ir bem devagar, de início. Não podemos esperar melhorar tudo de uma vez. Primeiro, é claro, teremos de educar os sentimentos do público.

Diana não tinha certeza plena do que significava educar os sentimentos do público; mas soava muito bem e ela se sentiu bastante orgulhosa por chegar a pertencer a uma sociedade com semelhante objetivo em vista.

– Na noite passada, eu pensei em algo que poderíamos fazer, Anne. Você conhece aquele pedaço de terreno com três cantos onde as estradas de Carmody, Newbridge e White Sands se encontram? Está completamente tomado de abetos pequenos; mas não seria bom arrancá-los todos e deixar apenas as duas ou três bétulas que ali estão?

– Esplêndido – concordou Anne, alegremente. – E colocar um banco rústico debaixo das bétulas. E quando a primavera chegar, vamos fazer um canteiro no meio e plantar gerânios.

– Sim; apenas teremos de pensar numa maneira de fazer com que a velha senhora Hiram Sloane mantenha sua vaca fora da estrada, ou ela vai comer todos os nossos gerânios – brincou Diana. – Começo a entender o que você quer dizer com educar os sentimentos do público, Anne. Lá está a velha casa de Boulter. Você já viu um cortiço como esse? E num lugar alto, bem perto da estrada também. Uma casa velha sem janelas sempre me faz pensar em algo morto, com os olhos arrancados.

– Acho que uma casa velha e deserta é uma visão realmente triste – disse Anne, com ar sonhador. – Sempre me parece estar pensando sobre seu passado e lamentando por suas alegrias de outrora. Marilla diz que uma grande família foi criada naquela velha casa há muito tempo e que era um lugar bem bonito, com um lindo jardim e rosas despontando em toda parte. A casa estava sempre cheia de crianças, ouvindo-se risos e canções; e agora está vazia e nada mais passa por ela a não ser o vento. Como deve se sentir solitária e triste! Talvez todos eles voltem em noites de luar... os fantasmas das crianças de outrora, as rosas e as canções... e por breve tempo a velha casa pode sonhar que é jovem e alegre novamente.

Diana balançou a cabeça.

– Eu nunca imagino coisas assim sobre lugares agora, Anne. Você não se lembra de como a minha mãe e Marilla ficavam zangadas quando imaginávamos fantasmas na Floresta Assombrada? Até hoje não consigo passar tranquilamente por aqueles arbustos depois do escurecer; e se eu começasse a imaginar essas coisas sobre a velha casa de Boulter, ficaria com medo de passar por ela também. Além disso, essas crianças não estão mortas. Estão todas crescidas e vivendo bem... e um dos meninos é açougueiro, hoje. De qualquer maneira, flores e canções não poderiam ter fantasmas.

Anne reprimiu um pequeno suspiro. Ela gostava muito de Diana e sempre tinham sido ótimas companheiras. Mas tinha aprendido, havia muito tempo, que, ao vagar pelo reino da fantasia, devia ir sozinha. O caminho até lá era percorrido por uma trilha encantada, onde nem mesmo seus entes mais queridos poderiam segui-la.

Um temporal caiu, enquanto as moças estavam em Carmody; não durou muito, porém, e a viagem de volta para casa, através de caminhos onde as gotas de chuva cintilavam nos galhos e nos pequenos vales frondosos, onde as samambaias encharcadas exalavam odores picantes, foi deliciosa. Mas assim que entraram na alameda dos Cuthbert, Anne viu algo que lhe estragou toda a beleza da paisagem.

Diante delas, à direita, estendia-se o vasto campo verde-acinzentado de aveia tardia úmida e exuberante do senhor Harrison; e ali, parada bem no meio, afundada até seus belos flancos na viçosa plantação, e piscando calmamente na direção delas, por cima das espigas interpostas, estava uma vaca Jersey!

Anne largou as rédeas e se levantou apertando os lábios, o que não era bom presságio para o quadrúpede predador. Ela não disse uma palavra, mas desceu agilmente por cima das rodas da charrete e cruzou a cerca antes que Diana entendesse o que havia acontecido.

– Anne, volte – gritou a outra, assim que conseguiu falar. – Vai estragar seu vestido com essa aveia molhada... estragá-lo. Ela não me ouve! Bem, ela nunca vai tirar aquela vaca dali sozinha. Tenho de ir ajudá-la, não há outra saída.

Anne ia avançando no meio da aveia como uma louca. Diana desceu rapidamente, amarrou o cavalo com segurança a um poste, ergueu a saia de seu lindo vestido de algodão sobre os ombros, passou a cerca e começou a perseguir sua amiga desesperada. Conseguia correr mais rápido que Anne, que se atrapalhava com sua saia apertada e encharcada, e logo a alcançou. Atrás delas deixaram uma trilha que haveria de matar do coração o senhor Harrison quando a visse.

– Anne, pelo amor de Deus, pare! – gritava ofegante a pobre Diana. – Estou quase sem fôlego e você está molhada até os ossos.

– Eu devo... tirar... essa vaca daqui... antes... que o senhor Harrison... a veja – ofegava Anne. – Não me importa... se estou... encharcada... se pelo menos... pudermos... fazer isso.

Mas a vaca Jersey parecia não ver razão para ser expulsa de seu exuberante terreno de pasto. Mal as duas ofegantes moças chegaram perto dela, o animal se virou e correu aos saltos diretamente para o canto oposto do campo.

– Intercepte-a! – gritou Anne. – Corra, Diana, corra!

Diana correu. Anne tentou e a malvada Jersey deu a volta no campo como se estivesse possessa. Intimamente, Diana pensava que estava mesmo. Passaram-se uns bons dez minutos antes que elas a desviassem e a conduzissem, pela abertura num canto da cerca, para a estrada dos Cuthbert.

Não há como negar que Anne estava péssima, numa condição de espírito nada angelical naquele exato momento. Nem se acalmou minimamente ao ver uma charrete parada na estrada, na qual estava o senhor Shearer, de Carmody, e seu filho, ambos com um largo sorriso.

– Acho que teria feito melhor se tivesse me vendido essa vaca quando eu quis comprá-la na semana passada, Anne – riu o senhor Shearer.

– Vou vendê-la agora, se o senhor a quiser – propôs sua corada e desgrenhada dona. – Pode levá-la agora mesmo.

– Feito! Vou lhe dar 20 dólares por ela, como ofereci antes, e Jim pode levá-la diretamente para Carmody. Ela irá para a cidade com o resto do carregamento esta noite. O senhor Reed, de Brighton, quer uma vaca Jersey.

Cinco minutos depois, Jim Shearer e a vaca Jersey estavam caminhando pela estrada, e a impulsiva Anne guiava a charrete pela estrada de Green Gables com seus 20 dólares.

– O que Marilla vai dizer? – perguntou Diana.

– Oh, ela não vai se importar. Dolly era minha vaca e não é provável que ela conseguisse mais de 20 dólares no leilão. Mas, oh! meu Deus, se o senhor Harrison olhar aquela plantação, vai saber que ela esteve lá dentro de novo e depois de eu ter dado minha palavra de que nunca deixaria isso acontecer outra vez! Bem, aprendi a lição: não devo mais dar minha palavra de honra por qualquer vaca. Uma vaca que pode pular ou romper a cerca do curral não pode ser confiável em lugar algum.

Marilla tinha ido até a casa da senhora Lynde e, quando voltou, disse que já sabia de tudo sobre a venda e a transferência de Dolly, pois a senhora Lynde tinha assistido à maior parte da transação da janela de sua casa e adivinhou o resto.

– Suponho que foi bom ter-se livrado da vaca, embora você faça as coisas de forma espantosa e precipitada, Anne. Eu não vejo como ela pode ter saído do curral. Deve ter quebrado algumas das tábuas.

– Não pensei em verificar – disse Anne –, mas vou ver agora. Martin ainda não voltou. Talvez mais algumas de suas tias tenham morrido. Acho que é algo como o senhor Peter Sloane e os octogenários. Outra noite, a senhora Sloane estava lendo um jornal e disse ao senhor Sloane: "Vejo aqui que outro octogenário acaba de morrer. O que é um octogenário, Peter?" E o senhor Sloane respondeu que não sabia, mas que deviam ser pessoas muito doentes, pois nunca se ouvia falar delas a não ser quando estavam para morrer. É isso que deve acontecer com as tias de Martin.

– Martin é bem parecido com todo o resto daqueles rapazes franceses – disse Marilla, com desgosto. – Você não pode depender deles por um dia. – Marilla estava examinando as compras de Anne em Carmody quando ouviu um grito estridente no curral. Um minuto depois, Anne entrou correndo na cozinha, torcendo as mãos.

– Anne Shirley, o que aconteceu agora?

– Oh, Marilla, o que devo fazer? Isso é terrível! E é tudo por minha culpa. Oh, será que um dia vou aprender a parar e refletir um pouco antes de fazer coisas imprudentes? A senhora Lynde sempre me disse que eu haveria de fazer algo terrível um dia, e foi o que fiz agora!

– Anne, você é a garota mais exasperante que já vi! O que é que andou fazendo?

– Vendi a vaca Jersey do senhor Harrison... aquela que ele comprou do senhor Bell... para o senhor Shearer! Dolly está no curral nesse exato minuto.

– Anne Shirley, você está sonhando?

– Bem que queria estar. Não há nada de sonhos nisso, embora seja muito parecido com um pesadelo. E a vaca do senhor Harrison já deve estar em Charlottetown agora. Oh, Marilla, eu pensei que tinha parado de me envolver em apuros e aqui estou eu, no pior em que já me meti em minha vida. O que vou fazer?

– Fazer? Não há nada a fazer, menina, exceto ir e falar com o senhor Harrison sobre isso. Podemos lhe oferecer nossa Jersey em troca, se ele não quiser receber o dinheiro. Ela é tão boa quanto a dele.

– Tenho certeza de que ele vai ficar terrivelmente irritado e desgostoso com isso – gemeu Anne.

– Ouso dizer que vai. Parece ser um tipo de homem irritadiço. Se quiser, eu vou e tentarei explicar a ele.

– Não, na verdade não sou tão mesquinha assim – exclamou Anne. – Isso é tudo culpa minha e certamente não vou permitir que você assuma minha punição. Eu mesma irei e irei imediatamente. Quanto mais cedo acabar, melhor, pois será terrivelmente humilhante.

A pobre Anne tomou seu chapéu e seus 20 dólares e estava saindo quando, por acaso, olhou pela porta aberta da despensa. Sobre a mesa estava um bolo de nozes que ela havia feito naquela manhã... uma mistura particularmente saborosa, coberta com glacê rosa e adornada com nozes. Anne havia planejado servi-lo sexta-feira à noite, quando os jovens de Avonlea se reuniriam em Green Gables para organizar a Sociedade de Melhorias. Mas o que eram eles comparados ao justamente ofendido senhor Harrison? Anne achou que aquele bolo deveria amolecer o coração de qualquer homem, especialmente daquele que tinha de fazer a própria comida; e ela prontamente o colocou numa caixa. Ela o levaria ao senhor Harrison como uma oferta de paz.

"Isto é, se ele realmente me der a chance de dizer alguma coisa", pensou ela com tristeza, enquanto atravessava a cerca da estrada e iniciava um atalho pelos campos, dourados à luz da noite sonhadora de agosto. "Agora sei exatamente como se sentem as pessoas que estão sendo conduzidas para a execução."

capítulo 3

Na casa do Senhor Harrison

A casa do senhor Harrison era uma estrutura antiga, de beiral baixo e caiada de branco, situada nas bordas de um espesso bosque de abetos.

O próprio senhor Harrison estava sentado em sua varanda sombreada por trepadeiras, em mangas de camisa, desfrutando de seu cachimbo ao entardecer. Quando percebeu quem estava subindo pelo caminho, levantou-se de repente, disparou para dentro de casa e fechou a porta. Esse gesto era apenas o desconfortável resultado de sua surpresa, misturado com uma boa dose de vergonha por sua explosão de raiva no dia anterior. Mas isso quase acabou com o resto de coragem do coração de Anne.

"Se ele está tão zangado agora, o que vai ser quando ouvir o que eu fiz", refletiu ela miseravelmente, enquanto batia na porta.

Mas o senhor Harrison abriu-a, sorrindo timidamente, e a convidou a entrar num tom bastante suave e amigável, embora um tanto nervoso. Ele havia posto de lado o cachimbo e tinha vestido o casaco; ofereceu educadamente a Anne uma cadeira toda empoeirada e sua recepção teria sido bastante agradável, se não fosse pela tagarelice do papagaio, que estava espiando através das grades da gaiola com maliciosos olhos dourados. Assim que Anne se sentou, Ginger exclamou:

– Deus me guarde, o que é que essa coisinha ruiva vem fazer aqui?

Seria difícil dizer de quem era o rosto mais vermelho, o do senhor Harrison ou o de Anne.

– Não se preocupe com esse papagaio – disse Harrison, lançando um olhar furioso para Ginger. – Ele está... está sempre falando bobagem. Eu o ganhei de meu irmão, que era marinheiro. Os marinheiros nem sempre usam a linguagem mais adequada, e os papagaios são pássaros que gostam muito de imitar.

– É o que acho – disse a pobre Anne, com a lembrança de sua missão sufocando seu ressentimento. Ela não podia se permitir censurar o senhor Harrison naquelas circunstâncias, isso era certo. Quando você acabou de vender a vaca Jersey de um homem, de modo repentino e sem seu conhecimento ou consentimento, não deve se importar se o papagaio dele andava repetindo coisas indelicadas. A "coisinha ruiva", no entanto, não era tão meiga quanto, em outra situação, poderia ter sido.

– Vim para lhe confessar algo, senhor Harrison – disse ela, resoluta. – É... é sobre... aquela vaca Jersey.

– Deus me guarde – exclamou o senhor Harrison, nervosamente. – Entrou de novo em minha plantação de aveia? Bem, não importa... não importa se ela entrou. Não faz diferença... nenhuma, em absoluto, eu... eu fui precipitado demais, ontem, não há como negar. Não importa se ela entrou.

– Oh, se fosse apenas isso – suspirou Anne. – Mas é dez vezes pior. Eu não...

– Deus me guarde, quer dizer que ela entrou em meu trigal?

– Não... não.... não no campo de trigo. Mas...

– Então na plantação de repolhos! Ela entrou em minha plantação de repolhos que eu estava cultivando para a Exposição, hein?

– *Não* foi nos repolhos, senhor Harrison. Vou lhe contar tudo... é para isso que vim aqui... mas, por favor, não me interrompa. Isso me deixa muito nervosa. Deixe-me apenas contar minha história e não diga nada até eu terminar... "e então, sem dúvida, o senhor vai dizer muita coisa", concluiu Anne, mas em pensamento apenas.

– Não vou dizer mais nenhuma palavra – concordou o senhor Harrison, e não disse mesmo. Mas Ginger não estava preso a nenhum contrato de silêncio e continuou praguejando "Coisinha ruiva", em intervalos, até que Anne ficou visivelmente irritada.

– Ontem, eu tranquei minha vaca Jersey em nosso curral. Esta manhã, fui a Carmody e, ao voltar, vi uma vaca Jersey em sua plantação de aveia. Diana e eu a expulsamos dali e não pode imaginar como foi difícil para nós duas. Eu estava terrivelmente molhada, cansada e aborrecida; e o senhor Shearer apareceu naquele mesmo instante e manifestou o desejo de comprar a vaca. Eu a vendi na hora por 20 dólares. Foi um erro imperdoável. Eu deveria ter esperado e consultado Marilla, é claro. Mas eu sou incrivelmente propensa a fazer coisas sem pensar... Todo mundo que me conhece vai lhe dizer isso. O senhor Shearer levou a vaca imediatamente para despachá-la no trem da tarde.

– *Coisinha ruiva* – repetiu Ginger, num tom de profundo desprezo.

Nesse instante, o senhor Harrison se levantou e, com uma expressão que teria aterrorizado qualquer pássaro, exceto um papagaio, carregou a gaiola de Ginger para uma sala adjacente e fechou a porta. Ginger gritou, praguejou e se comportou de acordo com sua reputação; mas, ao se ver sozinho, caiu num silêncio emburrado.

– Desculpe-me e prossiga – disse Harrison, sentando-se novamente. – Meu irmão marinheiro nunca ensinou boas maneiras a esse pássaro.

– Fui para casa e, depois do chá, decidi ir até o curral. Senhor Harrison... – Anne se inclinou para frente, juntando as mãos, em seu antigo gesto infantil, enquanto seus grandes olhos cinzentos fitavam, em súplica, o rosto embaraçado do senhor Harrison... – Encontrei minha vaca ainda trancada no curral. Foi *a sua* vaca que vendi ao senhor Shearer.

– Deus me guarde! – exclamou o senhor Harrison, totalmente estupefato diante dessa inesperada conclusão. – Que coisa *mais* extraordinária!

– Oh, não é nem um pouco extraordinário que eu ande metendo em apuros a mim mesma e a outras pessoas – replicou Anne, pesarosamente. – Sou mais que conhecida por isso. O senhor poderia supor que eu já tivesse superado esse modo de agir, a essa altura... vou completar 17 anos em março próximo... mas parece que não o superei ainda. Senhor Harrison, seria pedir demais que me perdoe? Receio que seja tarde demais para ter a vaca de volta, mas aqui está o dinheiro por ela... ou, se preferir, pode receber a minha em troca. É uma vaca muito boa. E não posso expressar o quanto lamento por tudo isso.

– Basta, basta! – interrompeu o senhor Harrison, repentinamente – Não diga mais nenhuma palavra a respeito, senhorita. Não tem importância alguma... nenhuma importância mesmo. Acidentes acontecem. Eu também sou muito precipitado às vezes, senhorita... muito precipitado. Mas não posso deixar de falar o que penso e as pessoas devem me aceitar como sou. Se aquela vaca tivesse estado em meus repolhos... mas não importa, ela não estava, então está tudo bem. Acho que prefiro ter sua vaca em troca, visto que a senhorita quer se livrar dela.

– Oh, obrigada, senhor Harrison! Estou tão contente que o senhor não tenha ficado aborrecido. Eu estava com medo de que ficasse.

– E suponho que a senhorita estava morrendo de medo de vir até aqui e me contar, depois do alvoroço que fiz ontem, hein? Mas não deve se importar comigo, sou um velho terrível e franco, só isso... excessivamente propenso a dizer a verdade, não importando se ela é um pouco dura.

– A senhora Lynde também é assim – disse Anne, antes que pudesse se conter.

– Quem? A senhora Lynde? Não me diga que sou como aquela velha mexeriqueira – rebateu o senhor Harrison, irritado. – Não sou... nem um pouco. O que a senhorita trouxe nessa caixa?

– Um bolo – respondeu Anne, maliciosamente. Aliviada diante da inesperada amabilidade do senhor Harrison, seu ânimo planou com a leveza de uma pluma. – Eu o trouxe para o senhor... achei que talvez não comesse bolo com muita frequência.

– Não, a bem da verdade; e gosto muito de bolos também. Fico-lhe muito agradecido. Tem boa aparência. Espero que seja realmente muito saboroso.

– E é – replicou Anne, alegre e confiante. – Em outros tempos, fiz bolos que não eram saborosos, como a senhora Allan poderia dizer, mas este está muito bom. Eu o fiz para os membros da Sociedade de Melhorias, mas posso fazer outro para eles.

– Bem, vou lhe dizer uma coisa, senhorita: deve me ajudar a comê-lo. Vou colocar a chaleira no fogo para uma xícara de chá. Não vai cair bem?

– Quer me deixar fazer o chá? – disse Anne, duvidosa.

O senhor Harrison deu uma risadinha.

– Vejo que não confia muito em minha habilidade para fazer chá. Está enganada... posso preparar um bom ponche de chá como a senhorita nunca bebeu. Mas vá em frente. Felizmente choveu no domingo passado, então há muita louça limpa.

Anne saltou rapidamente e começou a trabalhar. Lavou o bule várias vezes antes de colocar o chá para infusão. Então limpou o fogão e pôs a mesa, trazendo a louça da despensa. O estado daquela despensa horrorizou Anne, mas sabiamente não abriu a boca. O senhor Harrison lhe disse onde encontrar o pão, a manteiga e uma lata de pêssegos. Anne adornou a mesa com um buquê de flores do jardim e fechou os olhos para as manchas na toalha. Logo o chá estava pronto e Anne se viu sentada diante do senhor Harrison, à própria mesa dele, servindo-lhe o chá e conversando livremente com ele sobre a escola, amigos e planos. Ela mal podia acreditar na evidência de seus sentidos.

O senhor Harrison tinha trazido Ginger de volta, afirmando que o pobre pássaro se sentia solitário; e Anne, sentindo que poderia perdoar tudo e a todos, ofereceu-lhe uma noz. Mas os sentimentos de Ginger haviam sido gravemente feridos e rejeitou toda proposta de amizade. Pousou mal-humorado em seu poleiro e arrepiou suas penas até ficar parecendo uma mera bola verde e dourada.

– Por que o chama de Ginger[3]? – perguntou Anne, que gostava de nomes apropriados e achava que Ginger não combinava com uma plumagem tão deslumbrante.

– Meu irmão marinheiro lhe deu esse nome. Talvez seja uma referência a seu temperamento. Mas eu gosto imensamente desse pássaro... poderia ficar surpresa se soubesse quanto. Ele tem seus defeitos, é claro. Esse pássaro me custou muito de uma forma ou de outra. Há quem não aprove seus hábitos de xingar, mas ele não consegue se livrar dessa mania. Eu tentei... outras pessoas tentaram. Alguns têm preconceito contra os papagaios. Bobagem, não é? Eu gosto deles. Ginger é um ótimo companheiro para mim. Nada me induziria a desistir desse pássaro... nada no mundo, senhorita.

O senhor Harrison lançou a última frase para Anne de forma tão explosiva como se suspeitasse que ela tinha algum plano latente de persuadi-lo a desistir de Ginger. Anne, no entanto, estava começando a gostar do homenzinho esquisito, difícil e inquieto, e antes que a refeição terminasse, eles já eram bons amigos. O senhor Harrison ficou sabendo da Sociedade de Melhorias e estava disposto a aprová-la.

– Está certo. Continue. Há muito espaço para melhorias neste vilarejo... e nas pessoas também.

---

3   *Ginger* significa gengibre e também energia, vigor, vivacidade.

– Oh, eu não sei – disparou Anne. Para ela, ou para seus amigos em particular, ela poderia admitir que havia algumas pequenas imperfeições, facilmente removíveis, em Avonlea e em seus habitantes. Mas ouvir um estranho como o senhor Harrison dizendo isso era uma coisa totalmente diferente. – Acho que Avonlea é um lugar adorável; e seus habitantes são muito legais também.

– Acho que você tem um temperamento apimentado – comentou o senhor Harrison, observando as bochechas coradas e os olhos indignados à sua frente. – Creio que combina com cabelos como os seus. Avonlea é um lugar bem decente, ou eu não teria me estabelecido aqui; mas suponho que até você vai admitir que tem *algumas* falhas.

– Gosto ainda mais da localidade por causa disso – retrucou a leal Anne. – Não gosto de lugares ou de pessoas que não tenham defeitos. Acho que uma pessoa verdadeiramente perfeita seria muito desinteressante. A senhora Milton White diz que nunca encontrou uma pessoa perfeita, mas já ouviu bastante a respeito de uma... a primeira esposa de seu marido. Não acha que deve ser muito desconfortável ser casada com um homem cuja primeira esposa era perfeita?

– Seria mais desconfortável ser casado com a esposa perfeita – declarou o senhor Harrison, com uma vivacidade repentina e inexplicável.

Quando o chá terminou, Anne insistiu em lavar a louça, embora o senhor Harrison lhe assegurasse que ainda havia louça limpa na casa, suficiente para mais algumas semanas. Ela teria gostado também de varrer o chão, mas não havia vassoura à vista e não gostava de perguntar onde estava com medo de ouvir que não havia nem uma sequer.

– Poderia vir até aqui e falar comigo de vez em quando – sugeriu o senhor Harrison quando ela estava saindo. – Não é longe e as pessoas deveriam cultivar a boa vizinhança. Estou até interessado nessa sociedade de vocês. Parece-me que vai ser divertido. Quem vocês vão enfrentar primeiro?

– Não vamos nos intrometer na vida das pessoas... são apenas lugares que pretendemos melhorar – disse Anne, em tom cheio de dignidade. Ela suspeitava que o senhor Harrison estivesse realmente zombando do projeto.

Depois que ela saiu, o senhor Harrison a observou da janela... uma silhueta ágil e feminina, saltarelando despreocupadamente pelos campos no arrebol do crepúsculo.

– Sou um velho rabugento, solitário e intratável – disse ele em voz alta –, mas há algo nessa mocinha que me faz sentir jovem de novo... e é uma sensação tão agradável que gostaria de que se repetisse de vez em quando.

– Coisinha ruiva – resmungou Ginger, zombeteiramente.

O senhor Harrison levantou o punho para o papagaio.

– Seu pássaro teimoso – murmurou ele. – Gostaria de ter torcido seu pescoço quando meu irmão marinheiro o trouxe para casa. Será que nunca vai parar de me colocar em apuros?

Anne correu alegremente para casa e contou suas aventuras a Marilla, que já tinha começado a ficar um pouco alarmada com sua longa ausência e estava prestes a partir para procurá-la.

– Apesar de tudo, esse mundo é muito bom, não é, Marilla? – concluiu Anne, toda feliz. – A senhora Lynde estava se queixando outro dia que esse mundo não era grande coisa. Dizia que todas as vezes que ansiava por algo agradável, tinha certeza de que ficaria mais ou menos desapontada... talvez seja verdade. Mas há também um lado bom. As coisas ruins nem sempre atingem suas expectativas... quase sempre resultam muito melhores do que se pensa. Eu esperava por uma experiência terrivelmente desagradável quando fui até a casa do senhor Harrison, esse fim de tarde; em vez disso, ele foi muito gentil e passei momentos até bastante agradáveis. Acho que seremos bons amigos, se soubermos fazer não poucas concessões um ao outro; e tudo acabou da melhor maneira. Mesmo assim, Marilla, certamente nunca mais irei vender uma vaca antes de me certificar de quem é o verdadeiro dono. E eu *não* gosto de papagaios!

capítulo 4

Opiniões diferentes

Uma tarde, ao pôr do sol, Jane Andrews, Gilbert Blythe e Anne Shirley estavam parados perto de uma cerca, à sombra de ramos de abetos que balançavam suavemente, onde um atalho no bosque, conhecido como Vereda das Bétulas se juntava à estrada principal. Jane tinha ido passar a tarde com Anne, que agora a acompanhava em parte do caminho de volta para casa; junto da cerca, encontraram Gilbert, e os três ficaram conversando sobre a fatídica manhã seguinte; pois essa manhã seria a primeira de setembro, dia em que começariam as aulas. Jane iria para Newbridge e Gilbert para White Sands.

– Vocês dois levam vantagem sobre mim – suspirou Anne. – Vocês vão lecionar para crianças que não os conhecem, mas eu tenho de ensinar a meus antigos colegas de escola; e a senhora Lynde diz que tem medo de que eles não vão me respeitar como fariam com um estranho, a menos que eu me mostre muito severa desde o início. Mas não acredito que uma professora deva ser severa. Oh, isso me parece uma responsabilidade e tanto!

– Acho que vamos nos dar bem – disse Jane, tranquila. Jane não se preocupava com nenhuma aspiração de ser uma influência benéfica. Ela pretendia ganhar seu salário de forma digna, agradar aos administradores e ter seu nome incluído no quadro de honra do inspetor da escola. Jane não tinha outras ambições. – O mais importante será manter a ordem, e um professor tem de ser um pouco severo para isso. Se meus alunos não fizerem o que eu digo, vou castigá-los.

– Como?

– Batendo neles com uma boa vara, é claro.

– Oh, Jane, você não faria isso! – exclamou Anne, chocada. – Jane, você *não poderia*!

– Na verdade, eu poderia e faria, se eles merecessem – retrucou Jane, de modo decidido.

– Eu *nunca* conseguiria bater numa criança – disse Anne, com igual decisão. – Não acredito *nisso*, de forma alguma. A senhorita Stacy nunca bateu em nenhum de nós e mantinha uma ordem perfeita; e o senhor Phillips estava sempre batendo com a vara e não tinha disciplina alguma em aula. Não, se eu não conseguir manter ordem sem aplicar a vara, não posso me permitir continuar lecionando. Existem melhores maneiras de manter a disciplina. Vou tentar conquistar a afeição de meus alunos e então eles *vão fazer* o que eu lhes disser.

– Mas suponha que não obedeçam – disse a prática Jane.

– Eu não bateria neles de forma alguma. Tenho certeza de que não adiantaria. Oh, não bata em seus alunos, querida Jane, não importa o que eles façam!

– O que você pensa a respeito, Gilbert? – perguntou Jane. – Não acha que algumas crianças realmente precisam de uma surra de vez em quando?

– Não acha que é uma coisa cruel e bárbara bater numa criança... *em qualquer* criança? – exclamou Anne, com o rosto corado de ardor.

– Bem – respondeu Gilbert lentamente, dividido entre suas reais convicções e seu desejo de corresponder ao ideal de Anne –, há algo a ser dito de ambos os lados. Eu não acredito em bater *muito* em crianças. Acho, como você diz, Anne, que existem maneiras melhores a adotar como regra e que o castigo corporal deve ser o último recurso. Mas, por outro lado, como diz Jane, acredito que haja ocasionalmente uma criança que não se deixa influenciar de outra forma e que, em suma, precisa de uma surra e, com isso, poderia melhorar. A punição corporal como último recurso deverá ser minha regra.

Gilbert, tendo tentado agradar a ambos os lados, conseguiu, como de costume e com toda a certeza, por não agradar a nenhum dos dois. Jane sacudiu cabeça.

– Eu vou bater em meus alunos quando forem desobedientes. É o modo mais rápido e fácil de convencê-los.

Anne lançou um olhar de desapontamento para Gilbert.

– Eu nunca vou bater numa criança – repetiu ela, com firmeza. – Tenho certeza de que não é correto nem necessário.

– Suponha que um menino lhe respondeu de forma atrevida quando você lhe ordenou a fazer alguma coisa – questionou-a Jane.

– Eu o manteria na sala depois da aula e falaria com ele, de forma gentil, mas firme – replicou Anne. – Existe algo de bom em cada pessoa, se você puder encontrá-lo. É dever do professor encontrá-lo e desenvolvê-lo. Isso é o que nosso professor de Gestão Escolar na Queen's nos disse, como bem sabe. Você acha que poderia encontrar algo de bom numa criança, batendo nela? É muito mais importante influenciar as crianças corretamente do que lhes ensinar a matéria de aula, diz o professor Rennie.

– Mas o inspetor os examina na matéria escolar, lembre-se, e ele não vai lhe dar uma boa avaliação, se os alunos não corresponderem ao padrão dele – protestou Jane.

– Prefiro que meus alunos me amem e olhem para mim depois de anos como alguém que realmente os ajudou do que estar no quadro de honra – afirmou Anne, de modo incisivo.

– Você não puniria as crianças de forma alguma, quando se comportassem mal? – perguntou Gilbert.

– Oh, sim, é de supor que terei de fazê-lo, embora saiba que odiarei isso. Mas você pode mantê-los dentro da sala no recreio ou deixá-los ficar de pé na frente da sala ou mandá-los escrever frases.

– Suponho que você não vai punir as meninas mandando-as sentar-se com os meninos – disse Jane, maliciosamente.

Gilbert e Anne se entreolharam e sorriram, um tanto sem jeito. Uma vez, Anne tinha sido obrigada a sentar-se com Gilbert como castigo e tristes e amargas tinham sido as consequências.

– Bem, o tempo dirá qual é a melhor maneira – disse Jane, filosoficamente, enquanto se despediam.

Anne voltou para Green Gables pela Vereda das Bétulas, sombreada, sussurrante, com aroma de samambaias, seguindo pelo Vale das Violetas e passando pelo Pântano dos Salgueiros, onde escuridão e luz se beijavam sob os abetos, e desceu pela Alameda dos Amantes... lugares que ela e Diana haviam assim denominado há muito tempo. Caminhava lentamente, desfrutando da serenidade do bosque e do campo e do crepúsculo estrelado de verão, pensando sobriamente sobre as novas funções que assumiria no dia seguinte. Quando chegou ao pátio de Green Gables, os tons altos e decididos da voz da senhora Lynde vieram flutuando pela janela aberta da cozinha.

"A senhora Lynde veio me dar bons conselhos sobre amanhã", pensou Anne com uma careta, "mas não é o caso de entrar. Seus conselhos são muito parecidos com pimenta, acho... excelentes em pequena quantidade, mas bastante ardidos em altas doses. Em vez disso, vou correndo bater um papo com o senhor Harrison."

Essa não era a primeira vez que Anne ia visitar e conversar com o senhor Harrison, desde o notável caso da vaca Jersey. Tinha passado várias tardes na casa dele e os dois se haviam tornado bons amigos, embora houvesse momentos e situações em que Anne achava que a franqueza da qual ele mais se orgulhava era bastante penosa. Ginger continuava a olhá-la com desconfiança e nunca deixou de cumprimentá-la sarcasticamente como "coisinha ruiva". O senhor Harrison havia tentado em vão tirar-lhe esse hábito, pulando animadamente sempre que via Anne chegando e exclamando:

"Deus me abençoe, aí vem aquela garota bonita de novo," ou algo igualmente lisonjeiro. Mas Ginger percebeu o esquema e o desprezou. Anne nunca saberia quantos elogios o senhor Harrison lhe fez pelas costas. Ele certamente nunca proferiu nenhum na frente dela.

— Bem, suponho que tenha voltado da floresta com um estoque de varas para amanhã? – foi sua saudação quando Anne ia subindo os degraus da varanda.

— Na verdade, não – replicou Anne, indignada. Ela era um excelente alvo para provocações, porque sempre levava as coisas muito a sério. – Nunca vou ter uma vara em minha sala de aula, senhor Harrison. Claro, terei de ter uma varinha para apontar, mas vou usá-la *somente* para apontar.

– Então quer dizer que vai bater neles com uma correia? Bem, não sei, mas está certa. Uma vara dói mais na hora, mas a correia dói por mais tempo, isso é um fato.

– Não vou usar nada parecido. Não vou bater em meus alunos.

– Deus me guarde – exclamou o senhor Harrison, com genuíno espanto – como vai conseguir manter a ordem então?

– Vou comandar com afeição, senhor Harrison.

– Não vai adiantar – disse o senhor Harrison –, não vai adiantar nada, Anne. "Poupe a vara e estrague a criança"[4]. Quando eu ia para a escola, o professor me batia regularmente todos os dias, porque dizia que, se eu não estava fazendo travessuras, as estava planejando.

– Os métodos mudaram desde seus tempos de escola, senhor Harrison.

– Mas a natureza humana não. Guarde minhas palavras: nunca vai dominar a criançada, a menos que mantenha uma vara de reserva para o que der e vier. É impossível.

– Bem, vou tentar de meu jeito, primeiro – retrucou Anne, que tinha uma vontade própria bastante forte e era capaz de se apegar com tenacidade a suas teorias.

– A senhorita é muito teimosa, eu acho – foi a maneira que o senhor Harrison encontrou para encerrar o assunto. – Bem, bem, veremos. Algum dia quando ficar irritada... e pessoas com cabelo ruivo como o seu estão irremediavelmente inclinadas a ficar irritadas... vai esquecer todas as suas belas noções e dar uma bela surra em alguns deles. De qualquer maneira, é muito jovem para lecionar... jovem demais e infantil.

Depois de tudo, Anne foi para a cama, naquela noite, bastante pessimista. Dormiu mal e estava tão pálida e trágica no café da manhã seguinte que Marilla se assustou e insistiu em fazer com que ela tomasse uma xícara de chá bem quente de gengibre. Anne o sorveu pacientemente, embora não pudesse imaginar o que um bom chá de gengibre haveria de fazer. Se tivesse sido alguma poção mágica,

---

[4] Citação do livro dos Provérbios, 13, 24: "Quem poupa a vara odeia seu filho; quem o ama castiga-o sempre que for preciso".

potente para conferir idade e experiência, Anne teria engolido um quarto de xícara sem pestanejar.

– Marilla, e se eu falhar!

– Você dificilmente vai falhar por completo num único dia e ainda haverá muitos outros dias se sucedendo – disse Marilla. – Seu problema, Anne, é que espera ensinar tudo àquelas crianças e corrigir todos os seus defeitos imediatamente, e se não conseguir, vai pensar que falhou.

capítulo 5

Uma professora a toda prova

Quando Anne chegou à escola naquela manhã... pela primeira vez em sua vida havia percorrido a Vereda das Bétulas surda e cega a suas belezas... tudo estava quieto e silencioso. A professora anterior havia treinado as crianças para estar em seus lugares quando ela chegasse e, quando Anne entrou na sala de aula, viu-se de frente com empertigadas fileiras de "reluzentes rostos matinais" e cintilantes olhos inquisitivos. Pendurou o chapéu e fitou os alunos, esperando não parecer tão assustada e tola como se sentia e que eles não percebessem como ela tremia.

Tinha ficado acordada até quase meia-noite na véspera, compondo um discurso que pretendia fazer a seus alunos, no primeiro dia de aula. Ela o havia revisado e aprimorado meticulosamente, e então o aprendeu de cor. Era um discurso muito bom e tinha algumas ideias excelentes, de modo especial sobre ajuda mútua e sincero esforço para acumular conhecimento. O único problema era que agora não conseguia se lembrar de uma única palavra dele.

Depois do que lhe pareceu um ano... cerca de dez segundos, na realidade... ela disse baixinho: "Tomem suas Bíblias, por favor", e afundou sem fôlego em sua cadeira, alheia ao rumor e ao estrépito das tampas das carteiras que se seguiram. Enquanto as crianças liam os versículos, Anne pôs em ordem seu instável raciocínio e examinou a tropa de pequenos peregrinos rumo à Terra dos Adultos.

A maioria deles era, sem dúvida, bem conhecida. Seus colegas de classe tinham concluído os estudos no ano anterior, mas o resto tinha ido para a escola com ela, exceto aqueles da primeira classe e dez recém-chegados a Avonlea. Anne sentia secretamente maior interesse por esses dez do que por aqueles cujas possibilidades já estavam bem mapeadas para ela. Certamente, eles poderiam ser tão comuns quanto o resto; mas, por outro lado, *poderia* haver um gênio entre eles. Era uma ideia excitante.

Sentado sozinho em uma carteira no canto, estava Anthony Pye. Tinha um rostinho sombrio e taciturno e olhava para Anne com uma expressão hostil em seus olhos negros. Anne instantaneamente decidiu que haveria de conquistar a afeição daquele garoto e desconcertaria totalmente os Pye.

No canto oposto, outro garoto estranho estava sentado com Arty Sloane... um rapazinho de aspecto alegre, nariz arrebitado, rosto sardento e grandes e graciosos olhos azuis, orlados de cílios claros... provavelmente o menino Donnell; e se a semelhança valesse alguma coisa, sua irmã estava sentada do outro lado do corredor com Mary Bell. Anne se perguntou que tipo de mãe a criança teria para mandá-la à escola vestida daquele jeito. Ela usava um vestido de seda rosa desbotado, enfeitado com uma grande quantidade de rendas de algodão, sapatilhas brancas um pouco sujas e meias de seda. Seu cabelo cor de areia estava torturado em inúmeros cachos enroscados e artificiais, encimados por um laço extravagante de fita rosa, maior que sua cabeça. A julgar por sua expressão, ela estava muito satisfeita com a própria aparência.

Uma coisinha pálida, com lindo cabelo sedoso e castanho amarelado flutuando em suaves ondulações sobre os ombros, devia ser, pensou Anne, Annetta Bell, cujos pais haviam morado anteriormente no distrito escolar de Newbridge; mas por terem se mudado para uma casa 50 jardas ao norte de seu antigo local, estavam agora em Avonlea. Três garotinhas pálidas, que se apertavam num único banco, eram certamente da família Cotton; e não havia dúvida de que a pequena beldade com longos cachos castanhos e olhos de avelã, que lançava olhares de coquete para Jack Gills por cima da Bíblia, era Prillie Rogerson, cujo pai havia se casado recentemente uma segunda vez e havia trazido Prillie da casa da avó, em Grafton. Uma menina alta e desajeitada num banco de trás, que parecia ter muitos pés e mãos, Anne não conseguia identificar; mas depois descobriu que seu nome era Barbara Shaw e que tinha vindo morar com uma tia em Avonlea. Descobriria também que, se Bárbara conseguisse andar pelo corredor sem tropeçar nos próprios pés ou nos de outra pessoa, os estudantes de Avonlea escreviam o fato singular na parede da varanda para comemorar.

Mas quando os olhos de Anne encontraram os do menino na carteira de frente com a mesa dela, um pequeno e estranho calafrio a perpassou, como se tivesse encontrado seu gênio. Sabia que esse devia ser Paul Irving e que a senhora Rachel

Lynde estava certa pela primeira vez quando profetizou que ele seria diferente das demais crianças de Avonlea. Mais do que isso, Anne percebeu que ele era diferente das outras crianças de qualquer lugar e que havia uma alma sutilmente parecida com a dela fitando-a e observando-a atentamente com seus olhos azuis muito escuros.

Ela sabia que Paul tinha 10 anos, mas parecia não ter mais que 8. Tinha o rostinho mais lindo que ela já vira numa criança... feições de admirável delicadeza e refinamento, emolduradas por uma auréola de cachos castanhos. Sua boca era bem delineada, cheia sem ser espichada, lábios carmesim que se tocavam suavemente e se curvavam em pequenos cantos finamente acabados que quase formavam covinhas. Tinha uma expressão séria, grave e meditativa, como se seu espírito fosse muito mais velho que seu corpo; mas quando Anne sorriu suavemente para ele, tudo se dissipou num repentino sorriso como resposta, que parecia iluminar todo o seu ser, como se uma lâmpada tivesse sido subitamente acendida dentro dele, irradiando sua luz da cabeça aos pés. O melhor de tudo é que o sorriso era involuntário, fluindo sem nenhum esforço ou motivo externo, mas simplesmente o resplandecer de uma personalidade escondida, rara, refinada e doce. Com essa rápida troca de sorrisos, Anne e Paul logo se tornaram amigos para sempre, antes mesmo de terem trocado uma palavra.

O dia passou como um sonho. Anne nunca mais conseguiu se lembrar desse primeiro dia com clareza. Quase lhe parecia que não era ela quem estava ensinando, mas outra pessoa. Ela tomou lições, trabalhou com somas e mandou fazer cópias, tudo mecanicamente. As crianças se comportaram bastante bem; ocorreram apenas dois casos de indisciplina. Morley Andrews foi apanhado fazendo demonstrações no corredor com um par de grilos amestrados. Anne deixou Morley de pé na frente da sala por uma hora e... o que Morley sentiu muito mais intensamente... confiscou seus grilos. Ela os colocou numa caixa e, no caminho de volta da escola, os soltou no Vale das Violetas; mas Morley acreditou, daquele dia em diante, que ela os tinha levado para casa e os guardava para seu próprio divertimento.

O outro culpado foi Anthony Pye, que derramou as últimas gotas de água de sua garrafa na nuca de Aurelia Clay. Anne manteve Anthony dentro da sala no recreio e falou com ele sobre o que se esperava dos cavalheiros, advertindo-o de que eles nunca deveriam derramar água no pescoço das damas. Ela queria que todos os seus meninos fossem cavalheiros. Sua breve conversa foi gentil e tocante; mas infelizmente Anthony permaneceu absolutamente insensível. Ele a ouviu em silêncio, com a mesma expressão taciturna e, ao sair, assobiava levianamente. Anne suspirou; e então se reanimou, ao lembrar-se de que ganhar a afeição de um Pye, como a construção de Roma, não era trabalho de um só dia. De fato, era duvidoso que alguns dos Pye tivessem qualquer afeição a ser conquistada; mas Anne esperava coisas melhores de Anthony, que parecia ser um menino muito bom, se alguém conseguisse entender sua rabugice.

Quando a aula acabou e as crianças foram embora, Anne se deixou cair cansada em sua cadeira. Sua cabeça doía e ela se sentia lamentavelmente desanimada. Não havia razão alguma para esse desânimo, uma vez que nada de muito terrível tinha acontecido; mas Anne estava muito cansada e inclinada a acreditar que nunca aprenderia a gostar de ensinar. E como seria terrível estar fazendo algo de que você não gosta, todos os dias durante... bem, digamos 40 anos. Anne estava em dúvida se deveria chorar ali mesmo ou esperar até que estivesse segura em seu quarto branco, em casa. Antes que pudesse decidir, escutou um ruído de salto de sapatos e um farfalhar de seda no piso da varanda, e Anne se viu diante de uma senhora, cuja aparência a fez lembrar-se de uma recente crítica do senhor Harrison sobre uma mulher muito bem vestida que tinha visto numa loja de Charlottetown. "Ela parecia uma colisão frontal entre uma ilustração de moda e um pesadelo."

A recém-chegada estava esplendidamente arrumada num vestido de verão de seda azul-claro, com pufes, babados e franzidos onde quer que pufes, babados ou franzidos pudessem ser colocados. Sua cabeça estava ornada com um enorme chapéu de chiffon branco, enfeitado com três longas e resistentes penas de avestruz. Um véu de chiffon rosa, abundantemente salpicado com enormes pintas pretas, pendia como um babado desde a aba do chapéu até os ombros e flutuava em duas faixas por sobre as costas. Usava todas as joias que podiam caber numa mulher baixa e um odor muito forte de perfume emanava dela.

– Eu sou a senhora Donnell... senhora H. B. Donnell – anunciou essa visão – e vim vê-la por causa de algo que Clarice Almira me disse quando foi a minha casa para jantar conosco, hoje. Isso me irritou *profundamente*.

– Sinto muito – hesitou Anne, tentando em vão se lembrar vagamente de qualquer incidente da manhã relacionado com as crianças Donnell.

– Clarice Almira me disse que a senhorita pronunciou nosso sobrenome *Donnell*. Ora, senhorita Shirley, a pronúncia correta de nosso nome é Don*nell*... acento na última sílaba. Espero que a senhorita se lembre disso no futuro.

– Vou tentar – suspirou Anne, reprimindo um desejo selvagem de rir. – Eu sei por experiência que é muito desagradável ter o próprio nome *soletrado* de forma errada e suponho que deve ser ainda pior quando pronunciado de maneira errada.

– Certamente é. E Clarice Almira também me informou que a senhorita chama meu filho de Jacob.

– Ele me disse que o nome dele era Jacob – protestou Anne.

– Eu bem poderia ter esperado por isso – disse a senhora H. B. Donnell, num tom que implicava que a gratidão nas crianças não era algo que deveria ser encontrada nessa geração degenerada. – Esse menino tem modos muito plebeus, senhorita Shirley. Quando nasceu, eu quis dar-lhe o nome de St. Clair... soa *tão* aristocrático, não é? Mas o pai dele insistiu que deveria ser chamado Jacob, em homenagem ao tio. Eu cedi, porque o tio Jacob era um velho solteirão rico. E pode acreditar, senhorita Shirley! Quando nosso inocente filho tinha 5 anos, o tio Jacob, na verdade, se casou e agora tem três filhos. Já ouviu falar de tamanha ingratidão? No momento em que chegou o convite para o casamento... pois ele teve a impertinência de nos enviar um convite, senhorita Shirley... eu disse: "Chega de Jacobs para mim, obrigada!" A partir desse dia chamei meu filho de St. Clair e estou determinada a que seja chamado de St. Clair. O pai continua obstinadamente a chamá-lo de Jacob, e o próprio menino tem uma preferência totalmente inexplicável por esse nome vulgar. Mas St. Clair ele é, e St. Clair continuará sendo. Deverá gentilmente lembrar-se disso, senhorita Shirley, não é? *Obrigada*. Eu disse a Clarice Almira que tinha certeza de que era apenas um mal-entendido e que uma palavra resolveria tudo. Don*nell*... acento na última sílaba... e St. Clair... em hipótese alguma Jacob. Vai se lembrar? *Obrigada*.

Depois que a senhora H. B. Don*nell* tinha partido, Anne trancou a porta da escola e foi para casa. No sopé da colina, encontrou Paul Irving na Vereda das Bétulas. Ele lhe deu um ramalhete de delicadas orquídeas silvestres que as crianças de Avonlea chamavam de "lírios de arroz".

– Por favor, professora, eu as encontrei no campo do senhor Wright – disse ele timidamente – e voltei para dá-las à senhorita, porque pensei que fosse o tipo de dama que iria gostar dessas flores, e porque... – ele ergueu seus lindos olhos grandes... – gosto da senhorita, professora.

– Muito amável – disse Anne, tomando as flores perfumadas. Como se as palavras de Paul tivessem tido um efeito mágico, o desânimo e o cansaço passaram e a esperança rebrotou em seu coração como uma fonte dançante. Ela percorreu a Vereda das Bétulas com passos leves, acompanhada pela doçura de suas orquídeas como por uma bênção.

– Bem, como é que você se saiu? – quis saber Marilla.

– Pergunte-me dentro de um mês e talvez eu consiga dizê-lo. Agora não tem como... eu mesma não sei... mal estou começando. Meus pensamentos parecem ter sido agitados, todos eles, até se tornarem turvos e impenetráveis. A única coisa que tenho certeza de ter conquistado hoje é ter ensinado a Cliffie Wright que A é A. Ele não sabia disso antes. Já não é algo ter iniciado uma alma a trilhar um caminho que pode terminar em Shakespeare[5] e no *Paraíso Perdido*[6]?

A senhora Lynde veio mais tarde com mais encorajamento. Aquela boa senhora surpreendeu as crianças quando passavam por seu portão e lhes perguntou se tinham realmente gostado da nova professora.

– E cada um deles disse que gostava muito de você, Anne, exceto Anthony Pye. Devo admitir que ele não gostou. Disse que você "não era nada boa, assim como todas as professoras". Aí está o fermento dos Pye para você. Mas não se importe.

---

5 William Shakespeare (1564-1616), poeta e dramaturgo inglês, deixou vasta obra e suas peças teatrais são, até hoje, encenadas no mundo inteiro; dentre elas, basta lembrar as mais conhecidas, como *Romeu e Julieta, Os dois cavalheiros de Verona, Hamlet, O rei Lear, O mercador de Veneza, Macbeth, As alegres comadres de Windsor, Muito barulho por nada*.

6 *O Paraíso Perdido*, poema épico de autoria de John Milton (1608-1674), poeta, político e teólogo inglês. Dividido em doze livros e publicado em 1667, o poema tem como tema central a queda de Adão e Eva e sua expulsão do paraíso terrestre. Em 1671, Milton publica *O Paraíso Reconquistado*, poema centrado na redenção da humanidade por obra de Cristo.

– Não vou me importar – disse Anne, baixinho – e ainda vou fazer Anthony Pye gostar de mim. A paciência e a bondade certamente o conquistarão.

– Bem, você nunca pode contar com um Pye – retrucou a senhora Rachel, cautelosamente. – Eles são sempre do contra, como sonhos, geralmente. Quanto àquela mulher Don*nell*, não me sinto obrigada a chamá-la de Don*nell*, posso lhe garantir. O sobrenome é *Don*nell e sempre foi assim. A mulher é louca, é isso. Ela tem um cão da raça pug que chama de Queenie e ele faz as refeições à mesa com a família; e come num prato de porcelana. Eu teria medo de julgamentos, se fosse ela. Thomas diz que o próprio Donnell é um homem sensato e trabalhador, mas que não teve muito bom senso ao escolher a esposa, é isso.

capítulo 6

Todos os tipos e condições de homens... & mulheres

Um dia de setembro nas colinas da Ilha do Príncipe Eduardo; um vento refrescante soprando do mar sobre as dunas de areia; uma longa estrada de terra vermelha, serpenteando por campos e bosques, ora contornando um canto de espesso agrupamento de abetos, ora atravessando uma plantação de jovens bordos com grandes lâminas emplumadas de samambaias debaixo deles, ora mergulhando numa baixada onde um riacho surgia da floresta e voltava a penetrá-la, ora se aquecendo ao sol entre faixas de ásteres de hastes douradas e azul enfumaçado; ar vibrando com o som estridente de miríades de grilos, aqueles pequenos e felizes hóspedes das colinas de verão; um cavalo marrom rechonchudo andando pela estrada; duas meninas montadas nele, repletas daquela alegria simples e inestimável da juventude e da vida.

– Oh, este é um dia que conservou a aparência do Éden, não é, Diana? – e Anne suspirou de pura felicidade. – O ar tem magia em si próprio. Olhe para a cor púrpura no fundo do vale da colheita, Diana. E, oh, sinta o aroma do abeto secando! Está vindo daquela pequena depressão ensolarada onde o senhor Eben Wright andou cortando postes para a cerca. É uma beatitude estar vivo num dia assim; mas sentir o aroma do abeto secando é o próprio paraíso. São dois terços Wordsworth[7] e um terço Anne Shirley. Não parece possível que haja abetos secando no céu, não é? E ainda assim, não me parece que o céu seria totalmente perfeito, se não pudesse sentir o aroma de abetos secos enquanto se caminha entre seus bosques. Talvez tenhamos o odor deles sem vê-los sendo cortados. Sim, acho que assim deverá ser. Esse delicioso aroma deve ser das almas dos abetos... e é claro que haverá apenas almas no céu.

---
[7] William Wordsworth (1770-1850), poeta inglês e considerado um dos maiores expoentes da escola literária do romantismo.

– Árvores não têm alma – disse a prática Diana –, mas o aroma do abeto seco é certamente adorável. Vou fazer uma almofada e enchê-la com folhas de abetos. Seria bom que você fizesse uma também, Anne.

– Acho que vou fazer uma... e usá-la para meus cochilos. Certamente sonharia que era uma dríade ou uma ninfa da floresta. Mas neste exato minuto estou bem contente em ser Anne Shirley, professora em Avonlea, cavalgando por uma estrada como esta num dia tão doce e amigável.

– É um dia adorável, mas temos tudo, menos uma tarefa agradável pela frente – suspirou Diana. – Por que diabos você se ofereceu para angariar doações nesta estrada, Anne? Quase todos os excêntricos de Avonlea moram ao longo dela, e provavelmente seremos tratadas como se estivéssemos pedindo esmola para nós mesmas. É a pior estrada de todas.

– É por isso que a escolhi. Claro que Gilbert e Fred teriam seguido este caminho se tivéssemos pedido a eles. Mas veja, Diana, sinto-me responsável pela Sociedade de Melhorias de Avonlea, pois fui a primeira a sugerir sua criação, e nada me parece mais justo que eu deva fazer as coisas mais desagradáveis. Sinto muito por sua causa; mas você não precisa dizer uma palavra nesses lugares esquisitos. Cabe a mim fazer todo o discurso... a senhora Lynde diria que sou talhada para isso. A senhora Lynde não sabe se aprova nossa iniciativa ou não. Ela deve se inclinar a fazê-lo, quando se lembrar de que o senhor e a senhora Allan são a favor; mas o fato de que as sociedades de melhorias dos povoados se originaram nos Estados Unidos é um ponto desfavorável. Então ela está hesitante entre duas opiniões e apenas o sucesso nos justificará aos olhos da senhora Lynde. Priscilla vai escrever uma ata de nossa próxima reunião da sociedade e espero que resulte bem feita, pois sua tia é uma ótima escritora e, sem dúvida, essa arte corre no sangue da família. Jamais vou esquecer a emoção que senti quando descobri que a senhora Charlotte E. Morgan era tia de Priscilla. Parecia-me tão maravilhoso ser amiga da moça, cuja tia escreveu *Edgewood Days* (Dias em Edgewood) e *The Rosebud Garden* (O jardim dos botões de rosa).

– Onde mora a senhora Morgan?

– Em Toronto. E Priscilla diz que vem à Ilha para uma visita no próximo verão e, se for possível, vai marcar um encontro conosco. Isso parece quase bom demais para ser verdade – mas é algo agradável de imaginar depois de ir para a cama.

A Sociedade de Melhorias do Vilarejo de Avonlea era uma realidade e muito bem organizada. Gilbert Blythe era presidente, Fred Wright, vice-presidente, Anne Shirley, secretária, e Diana Barry, tesoureira. Os "Melhoradores", como foram prontamente batizados, deveriam se reunir uma vez a cada quinze dias na casa de um dos membros. Foi admitido que não poderiam esperar efetuar muitas melhorias numa época tão tardia do ano; mas pretendiam planejar a campanha do verão seguinte, coletar e discutir ideias, escrever e ler projetos e, como dizia Anne, educar o sentimento público em geral.

Houve certa desaprovação, é claro, e... o que os Melhoradores sentiram mais intensamente... uma boa dose de ridículo. O senhor Elisha Wright teria dito que um nome mais apropriado para a organização seria Clube do Namoro. A senhora Hiram Sloane declarou ter ouvido falar que os Melhoradores pretendiam arar todas as margens das estradas e plantar gerânios. O senhor Levi Boulter alertou seus vizinhos que os Melhoradores iriam insistir para que todos derrubassem a casa dele e a reconstruíssem de acordo com o projeto aprovado pela sociedade. O senhor James Spencer mandou avisar que gostaria de que se dispusessem a limpar a colina da igreja. Eben Wright disse a Anne que desejava que os Melhoradores induzissem o velho Josiah Sloane a manter as suíças aparadas. O senhor Lawrence Bell disse que haveria de caiar seus celeiros, se fosse do agrado deles, mas não haveria de pendurar cortinas de renda nas janelas do estábulo. O senhor Major Spencer perguntou a Clifton Sloane, um Melhorador que transportava o leite para a fábrica de queijos de Carmody, se era verdade que todos teriam de pintar as leiteiras à mão no verão seguinte e mantê-las cobertas com uma toalha bordada.

Apesar de... ou talvez, a natureza humana sendo o que é, por causa disso... a Sociedade se empenhou corajosamente em trabalhar na única melhoria que poderia esperar levar a efeito naquele outono. Na segunda reunião, na sala de estar de Barry, Oliver Sloane propôs que começassem a coletar doações para reformar e pintar o salão de Avonlea; Julia Bell concordou, com a incômoda sensação de estar fazendo algo não exatamente feminino. Gilbert apresentou a moção, foi aprovada por unanimidade e Anne a registrou, seriamente, em sua ata. O passo seguinte foi instaurar uma comissão; e Gertie Pye, determinada a não deixar Julia Bell levar todos os louros, ousadamente propôs que a senhorita Jane Andrews fosse presidente da referida comissão. Essa moção foi devidamente apoiada e aprovada; Jane retribuiu a distinção, recomendando Gertie para a comissão, junto com Gilbert, Anne, Diana e Fred Wright. A comissão escolheu suas metas em reunião privada. Anne e Diana foram designadas para a estrada de Newbridge, Gilbert e Fred para a estrada de White Sands e Jane e Gertie para a estrada de Carmody.

– Porque – explicou Gilbert a Anne, enquanto caminhavam juntos para casa através da Floresta Assombrada – os Pye vivem todos ao longo dessa estrada e não darão um centavo, a menos que um deles se encarregue de pedir.

No sábado seguinte, Anne e Diana começaram sua tarefa e foram até o fim da estrada, passando de casa em casa, visitando primeiro as "moças Andrews".

– Se Catherine estiver sozinha, podemos conseguir alguma coisa – disse Diana –, mas se Eliza estiver lá, nada conseguiremos.

Eliza estava lá... em carne e osso... e parecia ainda mais severa do que de costume. A senhorita Eliza era uma daquelas pessoas que dá a impressão de que a vida é realmente um vale de lágrimas e que um sorriso, para não dizer uma risada, é um desperdício de energia nervosa verdadeiramente condenável. As meninas Andrews tinham sido "moças" por 50 anos singulares e parecia que haveriam de permanecer moças até o fim de sua peregrinação terrena. Catherine, dizia-se, não havia perdido totalmente as esperanças, mas Eliza, que nasceu pessimista, nunca as teve. Elas moravam numa pequena casa marrom construída num espaço ensolarado, escavado no bosque de faias de Mark Andrews. Eliza reclamava que era terrivelmente quente no verão, mas Catherine costumava dizer que era adorável e quente no inverno.

Eliza estava costurando retalhos, não porque fosse necessário, mas simplesmente como protesto contra as frívolas rendas de crochê, que Catherine fazia. Eliza ouvia com a testa franzida e Catherine com um sorriso, enquanto as meninas explicavam sua missão. Por certo, sempre que Catherine percebia o olhar de Eliza, ela disfarçava o sorriso, toda compungida; mas ele voltava, no momento seguinte.

– Se eu tivesse dinheiro para desperdiçar – disse Eliza severamente –, iria queimá-lo e me divertir vendo as labaredas, talvez; mas não o daria para aquele salão, nem um centavo. Não representa nenhum benefício para a comunidade... apenas um lugar para os jovens se encontrar e se divertir quando é melhor que fiquem em casa em suas camas.

– Oh, Eliza, os jovens devem se divertir um pouco – protestou Catherine.

– Não vejo necessidade. Não íamos para salões e praças quando éramos jovens, Catherine Andrews. Este mundo está piorando a cada dia.

– Acho que está ficando bem melhor – disse Catherine com firmeza.

– *Você* acha! – A voz da senhorita Eliza expressava extremo desprezo. – O que você *acha* não tem valor, Catherine Andrews. Fatos são fatos.

– Bem, sempre gosto de ver o lado bom, Eliza.

– Não há lado bom.

– Oh, claro que existe – exclamou Anne, que não conseguia suportar tal heresia em silêncio. – Ora, existem tantos lados positivos, senhorita Andrews. É realmente um mundo maravilhoso.

– Você não terá uma opinião tão positiva dele quando tiver vivido tanto tempo quanto eu – retrucou a senhorita Eliza, azeda. – E você tampouco haverá de ficar tão entusiasmada em melhorá-lo. Como está sua mãe, Diana? Minha nossa, mas ela parece ter piorado ultimamente. Ela está com uma aparência péssima. E quanto tempo vai decorrer ainda até que Marilla fique totalmente cega, Anne?

– O médico acha que os olhos dela não vão piorar, se ela for muito cuidadosa – hesitou Anne.

Eliza balançou a cabeça.

– Os médicos sempre falam assim, só para manter as pessoas animadas. Eu não teria muita esperança, se fosse ela. É melhor estar preparada para o pior.

– Mas não devemos estar preparadas para o melhor também? – replicou Anne. – É tão provável que aconteça como o pior.

– Não em minha experiência e tenho 57 anos para contrapor a seus 16 – retorquiu Eliza. – Já estão indo, é? Bem, espero que essa nova sociedade seja capaz de impedir Avonlea de descambar como se fosse morro abaixo, mas não tenho muita esperança.

Anne e Diana felizmente saíram e partiram tão rápido quanto o gorducho cavalo conseguia trotar. Enquanto contornavam a curva abaixo do bosque de faias, uma figura roliça vinha correndo pela pastagem do senhor Andrews, acenando para elas com entusiasmo. Era Catherine Andrews e ela estava tão ofegante que mal conseguia falar, mas depositou duas moedas de 25 centavos nas mãos de Anne.

– Essa é minha contribuição para pintar o salão – sussurrou ela. – Gostaria de lhe dar 1 dólar, mas não me atrevo a tirar mais do meu dinheiro da venda dos ovos, pois Eliza descobriria, se eu o fizesse. Estou realmente interessada em sua sociedade e acredito que você fará muita coisa boa. Sou otimista. *Tenho* de ser, morando com Eliza. Preciso voltar correndo antes que ela sinta minha falta... ela pensa que estou alimentando as galinhas. Espero que tenham boa sorte com a campanha e não levem em conta o que Eliza disse. O mundo está cada vez melhor... certamente está.

A casa seguinte era a de Daniel Blair.

– Agora, tudo depende se a esposa dele está em casa ou não – disse Diana, enquanto andavam ao longo de uma estrada esburacada. – Se ela estiver, não vamos receber um centavo. Todos dizem que Dan Blair não ousa cortar o cabelo sem pedir permissão a ela; e é certo que ela é uma mão fechada, para falar com moderação. Ela diz que tem de ser justa antes de ser generosa. Mas a senhora Lynde diz que ela preza tanto esse "antes", que a generosidade nunca tem chance.

Naquela noite, Anne relatou a Marilla sua experiência na casa dos Blair.

– Amarramos o cavalo e batemos na porta da cozinha. Ninguém apareceu, mas a porta estava aberta e podíamos ouvir gente na despensa, em terrível discussão. Não conseguíamos distinguir as palavras, mas Diana diz que sabe que estavam se xingando, pelo tom da voz. Não posso acreditar nisso com relação ao senhor Blair, pois ele é sempre tão calado e meigo; mas, no mínimo, estava sendo provocado, porque, Marilla, quando aquele pobre homem apareceu na porta, vermelho como uma beterraba, com suor escorrendo pelo rosto, estava usando um dos grandes aventais xadrez de sua esposa. "Eu não consigo tirar essa maldita coisa", disse ele, "pois as tiras estão amarradas com um nó cego e eu não posso soltá-las; então terão que me desculpar, senhoras." Pedimos para que não se importasse com isso, e entramos e sentamos. O senhor Blair também se sentou; girou o avental para as costas e o enrolou, mas parecia tão envergonhado e preocupado que tive pena dele, e Diana disse que temia que tivéssemos chegado num momento inconveniente. "Oh, de jeito nenhum", disse o senhor Blair, tentando sorrir... você sabe que ele é sempre muito educado... "Estou um pouco ocupado... preparando-me para fazer um bolo, por assim dizer. Minha esposa recebeu um telegrama hoje, dizendo que sua irmã de Montreal está chegando hoje à noite e ela foi à estação de trem para recebê-la e deixou ordens para eu fazer um bolo para o chá. Ela escreveu a receita e me disse o que fazer, mas já esqueci metade das instruções. E aqui diz, 'tempere-o a gosto'. O que significa isso? Como saber? E se meu gosto não for o gosto de outras pessoas? Uma colher de sopa de baunilha seria suficiente para um pequeno bolo em camadas?"

– Nunca senti tanta pena do pobre homem. Ele não parecia ter o domínio da situação. Já tinha ouvido falar de maridos dominados e agora percebia que acabava de conhecer um. Estava prestes a dizer-lhe: "Senhor Blair, se fizer uma doação para o salão, vou preparar o bolo para o senhor." Mas de repente pensei que não seria nada simpático fazer uma proposta tão direta como essa a uma criatura em visível aflição. Então me ofereci para preparar o bolo sem nenhuma condição. Ele simplesmente pulou de alegria com minha oferta. Disse que estava acostumado a fazer o próprio pão antes de se casar, mas temia que fazer um bolo estivesse além de sua capacidade e, mesmo assim, odiava desapontar a esposa. Ele me deu outro avental, Diana bateu os ovos e eu fiz o bolo. O senhor Blair corria e nos trazia os ingredientes. Ele se havia esquecido completamente do avental e quando corria, o avental se agitava atrás dele; e Diana disse que pensava que ia morrer de rir ao ver esse espetáculo. Por fim, ele disse que podia assar o bolo sem problemas... ele estava acostumado a isso... e então pediu nossa lista e subscreveu quatro dólares. Pode ver, pois, que fomos recompensadas. Mesmo que não tivesse nos dado um único centavo, sempre acharia que fizemos um ato verdadeiramente cristão ao ajudá-lo.

A casa de Theodore White era o próximo ponto de parada. Nem Anne nem Diana haviam estado lá antes, e tinham apenas um conhecimento muito superficial da senhora Theodore, que não era dada a hospitalidades. Deveriam bater na porta dos fundos ou na da frente? Enquanto se consultavam aos sussurros, a senhora Theodore apareceu na porta da frente com uma braçada de jornais. Deliberadamente, ela os colocou um por um no chão e nos degraus da varanda e depois desceu pelo caminho até os pés das perplexas visitantes.

– Poderiam, por favor, limpar os pés cuidadosamente na grama e, em seguida, andar sobre esses jornais? – disse ela, ansiosamente. – Acabei de varrer toda a casa e não quero mais ter poeira carregada para dentro. O caminho está realmente enlameado desde a chuva de ontem.

– Não se atreva a rir – avisou Anne num sussurro, enquanto caminhavam por sobre os jornais. – E imploro, Diana, que não olhe para mim, não importa o que ela diga, ou não poderei me manter séria.

Os jornais se estendiam pelo corredor até uma sala de estar arrumada com muito gosto e extremamente limpa. Anne e Diana sentaram-se cautelosamente nas cadeiras mais próximas e explicaram sua missão. A senhora White as ouviu educadamente, interrompendo apenas duas vezes, uma para perseguir uma mosca aventureira, e outra para apanhar um pequeno fiapo de grama que havia caído do vestido de Anne sobre o tapete. Anne se sentiu terrivelmente culpada; mas a senhora White subscreveu dois dólares e deu o dinheiro no ato... "Para nos impedir de voltar para buscá-lo", disse Diana quando elas saíram. A senhora White ajuntou os jornais antes que elas desamarrassem o cavalo e, ao saírem do pátio, a viram ocupada empunhando uma vassoura no corredor.

– Eu sempre ouvi dizer que a senhora Theodore White era a mulher mais asseada do mundo e, depois disso, tenho de acreditar – disse Diana, liberando seu riso reprimido, assim que se sentiu segura.

– Fico contente por ela não ter filhos – disse Anne, solenemente. – Seria terrível demais para eles, se os tivesse.

Na casa dos Spencer, a senhora Isabella Spencer as deixou totalmente tristes ao dizer algo maldoso sobre cada pessoa de Avonlea. O senhor Thomas Boulter se recusou a dar qualquer coisa porque o salão, quando foi construído, vinte anos antes, não havia sido levantado no local em que ele havia recomendado. A senhora Esther Bell, que era o próprio retrato da saúde, levou meia hora para detalhar todas as suas dores e sofrimentos, e com pesar deu 50 centavos, porque ela não estaria ali no próximo ano para fazer isso.... não, ela já estaria em seu túmulo.

A pior recepção, no entanto, ocorreu na casa de Simon Fletcher. Quando entraram no quintal, viram dois rostos espiando-as pela janela da varanda. Mas embora batessem e esperassem com paciência e persistência, ninguém apareceu à porta. Foram duas moças, decididamente irritadas e indignadas, que se afastaram da casa de Simon Fletcher. Até mesmo Anne admitiu que estava começando a se sentir desanimada. Mas, depois disso, a maré mudou. Várias propriedades rurais de Sloane vieram a seguir, onde obtiveram generosas doações, e dali até o fim elas se saíram bem, com apenas alguma recusa ocasional. O último local de visita foi a casa de Robert Dickson, perto da ponte do açude. Elas ficaram para o chá, embora estivessem quase em casa, para não correr o risco de ofender a senhora Dickson, que tinha a reputação de ser uma mulher muito "sensível".

Enquanto estavam lá, chegou a velha senhora James White.

– Acabei de sair da casa do Lorenzo – anunciou ela. – É o homem mais orgulhoso de Avonlea nesse momento. O que vocês acham? Nasceu um novo garotinho lá... e depois de sete garotas é um grande acontecimento, posso lhes garantir. – Anne aguçou os ouvidos e, quando elas foram embora, disse:

– Vou diretamente para a casa de Lorenzo White.

– Mas ele mora na estrada de White Sands e fica bem longe de nosso caminho – protestou Diana. – Gilbert e Fred irão visitá-lo.

– Eles não vão passar por lá até o próximo sábado e então será tarde demais – disse Anne, com firmeza. – A novidade vai se dissipar. Lorenzo White é terrivelmente mesquinho, mas agora ele vai doar *qualquer coisa*. Não devemos deixar escapar essa oportunidade de ouro, Diana. – O resultado justificou a previsão de Anne. O senhor White as encontrou no quintal, radiante como o sol em dia de Páscoa. Quando Anne pediu uma doação, ele concordou com entusiasmo.

– Certamente, certamente. Apenas ponha um dólar a mais do que a maior doação que receberam.

– Isso vai dar cinco dólares... O senhor Daniel Blair doou quatro – disse Anne, meio assustada. Mas Lorenzo não vacilou.

– Cinco então... e aqui está o dinheiro. Agora, quero que entrem em minha casa. Há algo lá dentro que vale a pena ver... algo que poucas pessoas viram ainda. Basta entrar e deem *sua* opinião.

– O que vamos dizer se o bebê não for bonito? – sussurrou Diana, apreensiva, enquanto seguiam o animado Lorenzo para dentro de casa.

– Oh, certamente haverá algo de bonito para dizer sobre ele – disse Anne, tranquilamente. – Sempre há algo a dizer sobre bebês.

O bebê, no entanto, *era* lindo e o senhor White sentiu que seus cinco dólares eram dignos do honesto encanto das meninas pelo rechonchudo recém-chegado. Mas essa foi a primeira, a última e a única vez que Lorenzo White doou alguma coisa.

Anne, cansada como estava, fez mais um esforço para o bem público naquela noite, deslizando pelos campos para ver o senhor Harrison, que estava como sempre fumando seu cachimbo na varanda, com Ginger ao lado. Falando estritamente, sua casa ficava na estrada para Carmody; mas Jane e Gertie, que não o conheciam, a não ser por relatos duvidosos, tinham nervosamente implorado a Anne que o visitasse para pedir uma doação.

O senhor Harrison, no entanto, se recusou radicalmente a doar um centavo e todas as artimanhas de Anne foram em vão.

– Mas pensei que aprovava nossa sociedade, senhor Harrison – lamentou ela.

– Eu a aprovo... eu a aprovo.... mas minha aprovação não é tão profunda que chegue a alcançar meu bolso, Anne.

– Mais algumas experiências como as que tive hoje me tornariam tão pessimista quanto a senhorita Eliza Andrews – disse Anne a seu reflexo no espelho do quarto, na hora de deitar.

capítulo 7

Senso de dever

Anne se recostou na cadeira, numa noite amena de outubro, e suspirou. Estava sentada a uma mesa coberta de livros e exercícios, mas as folhas de papel escritas à sua frente não tinham nenhuma conexão aparente com estudos ou trabalhos escolares.

– Qual é o problema? – perguntou Gilbert, que chegara à porta aberta da cozinha a tempo de ouvir o suspiro.

Anne enrubesceu e escondeu as folhas escritas sob algumas composições de alunos.

– Nada muito terrível. Estava apenas tentando escrever alguns dos meus pensamentos, como o professor Hamilton me aconselhou, mas não consegui expressá-los de forma que me agradasse. Parecem tão insossos e tolos quando escritos em papel branco com tinta preta. As fantasias são como sombras... não se pode prendê-las, são tão rebeldes e flutuantes. Mas talvez eu descubra o segredo algum dia, se continuar tentando. Não tenho muitos momentos livres, bem sabe. Quando termino de corrigir os exercícios e composições escolares, nem sempre sinto vontade de escrever algo de minha própria lavra.

– Você está se saindo esplendidamente bem na escola, Anne. Todas as crianças gostam de você – disse Gilbert, sentando-se no degrau de pedra.

– Não, não todas. Anthony Pye não gosta, *nem* vai gostar de mim. O que é pior, ele não me respeita... não, não me respeita. Simplesmente me trata com desprezo e não me importo em confessar a você que isso me preocupa ao extremo. Não é que ele seja tão mau... é apenas um tanto malicioso, mas não pior do que alguns dos outros. Raramente me desobedece; mas me obedece com um ar desdenhoso de tolerância, como se não valesse a pena discutir, caso contrário, o faria... e isso tem efeito negativo sobre os outros. Tentei de todas as maneiras conquistá-lo, mas estou começando a recear que nunca vou conseguir. Eu quero, porque ele é um menino muito fofo, malgrado *seja* um Pye; e eu poderia gostar dele, se me permitisse.

– É bem provável que seja meramente o efeito do que ele ouve em casa.

– Não completamente. Anthony é um rapagote independente e decide por si sobre as coisas. Ele sempre teve professores homens antes e diz que professoras não são boas. Bem, veremos o que a paciência e a bondade poderão fazer. Gosto de superar dificuldades e ensinar é realmente um trabalho muito interessante. Paul Irving compensa tudo o que está faltando nos outros. Esse menino é perfeitamente encantador, Gilbert, e, além de tudo, um gênio. Estou persuadida de que o mundo vai ouvir falar dele algum dia – concluiu Anne em tom convicto.

– Eu também gosto de lecionar – disse Gilbert. – Para começar, é um bom treinamento. Ora, Anne, aprendi mais nas semanas em que andei lecionando às jovens mentes de White Sands do que em todos os anos em que eu mesmo fui para a escola. Parece que todos nós estamos nos saindo bastante bem. O pessoal de Newbridge gosta de Jane, ouvi dizer; e acho que White Sands está razoavelmente satisfeita com seu humilde servo... todos, exceto o senhor Andrew Spencer. Encontrei a senhora Peter Blewett em meu caminho para casa ontem à noite e ela me disse que achava que era seu dever me informar que o senhor Spencer não aprovava meus métodos.

– Você já notou que – perguntou Anne, pensativamente –, quando as pessoas dizem que é seu dever dizer-lhe alguma coisa, você pode se preparar para ouvir algo desagradável? Por que nunca lhes ocorre pensar que é um dever contar-lhe as coisas agradáveis que ouvem sobre você? A senhora H. B. Donnell esteve na escola novamente ontem e me disse que achava que era seu dever me informar que a senhora Harmon Andrew não aprovava minhas leituras de contos de fadas para as crianças e que o senhor Rogerson achava que Prillie não avançava bastante rápido em aritmética. Se Prillie gastasse menos tempo olhando para os meninos por cima de sua lousa, ela poderia ir melhor. Tenho quase certeza de que Jack Gillis faz as tarefas de adição para ela, embora eu nunca tenha conseguido apanhá-lo em flagrante.

– Você conseguiu reconciliar o promissor filho da senhora Donnell com seu nome sagrado?

— Sim — riu Anne —, mas foi realmente uma tarefa difícil. No início, quando o chamei de "St. Clair", ele não atendia até que eu falasse duas ou três vezes; e então, quando os outros meninos o cutucavam, ele olhava com ar tão ofendido, como se eu o tivesse chamado de John ou Charlie e parecia não dar-se conta de que eu me referia a ele. Então, eu o mantive na sala de aula uma noite e conversei amavelmente com ele. Disse-lhe que a mãe queria que eu o chamasse de St. Clair e eu não poderia me opor aos desejos dela. Ele entendeu quando tudo foi explicado... é realmente um rapazinho muito sensato... e ele disse que *eu* poderia chamá-lo de St. Clair, mas que daria uma surra a qualquer um dos colegas que tentasse chamá-lo assim. Claro, tive de repreendê-lo novamente por usar uma linguagem tão chocante. Desde então *eu* o chamo de St. Clair e os meninos o chamam de Jake e tudo vai bem. Ele me diz que pretende ser carpinteiro, mas a senhora Donnell insiste para que eu faça dele um professor universitário.

A menção do termo universitário deu nova direção aos pensamentos de Gilbert e, por um bom tempo, eles conversaram sobre seus planos e desejos... grave, sincera e esperançosamente, como a juventude gosta de falar, enquanto o futuro ainda é um caminho não trilhado, cheio de maravilhosas possibilidades.

Gilbert decidiu finalmente que seria médico.

— É uma profissão esplêndida — disse ele, com entusiasmo. — Um homem tem de lutar por algo durante toda a vida... alguém não definiu, uma vez, o homem como um animal lutador?... e quero lutar contra a doença, contra a dor e contra a ignorância... que são todos males que caminham juntos. Quero fazer minha parte de trabalho honesto e verdadeiro no mundo, Anne... acrescentar um pouco à soma de conhecimento humano que todos os homens de bem vêm acumulando desde o início. As pessoas que viveram antes de mim fizeram tanto por mim que quero mostrar minha gratidão fazendo algo pelas pessoas que viverão depois de mim. Parece-me que é a única maneira de um sujeito cumprir suas obrigações para com a raça humana.

— Gostaria de acrescentar um pouco de beleza à vida — disse Anne, com ar sonhador. — Não quero exatamente fazer as pessoas *saberem* mais... embora eu tenha certeza de que *é* a ambição mais nobre... mas adoraria fazer com que elas tivessem momentos mais agradáveis por minha causa... que tivessem um pouco de alegria ou pensamentos felizes que nunca existiriam, se eu não tivesse nascido.

– Acho que você está satisfazendo essa ambição todos os dias – disse Gilbert, com admiração.

E ele estava certo. Anne era uma das filhas da luz por natureza. Depois que ela passava pela vida de alguém com um sorriso ou com uma palavra lançada como um raio de sol, o possuidor dessa vida a enxergava, pelo menos naquele momento, como auspiciosa, amável e que valia a pena ser vivida.

Finalmente, Gilbert se levantou com pesar.

– Bem, eu devo ir até a casa dos MacPherson. Moody Spurgeon voltou hoje da Queen's para passar o domingo e me prometeu trazer um livro que o professor Boyd me emprestou.

– E eu devo preparar o chá de Marilla. Ela foi visitar a senhora Keith essa tarde e logo vai estar de volta.

Anne já havia preparado o chá quando Marilla voltou para casa; o fogo crepitava alegremente, um vaso de samambaias descoradas pela geada e folhas vermelho-rubi de bordo adornavam a mesa e aromas deliciosos de presunto e torradas impregnavam o ar. Mas Marilla afundou na cadeira com um suspiro profundo.

– Seus olhos a estão incomodando? Está com dor de cabeça? – perguntou Anne, ansiosa.

– Não. Só estou cansada... e preocupada. Com Mary e aquelas crianças... Mary está piorando... não vai durar muito mais tempo. E quanto aos gêmeos, eu não sei o que será deles.

– Não têm notícias do tio deles?

– Sim, Mary recebeu uma carta. Ele está trabalhando numa madeireira e "esfolando-se vivo", seja lá o que isso possa significar. De qualquer forma, diz que não pode levar as crianças até a primavera. Espera se casar até lá e então terá uma casa para acolhê-los; mas diz que ela deve pedir a algum dos vizinhos para recebê-los durante o inverno. Ela diz que não tem coragem de pedir isso a nenhum deles. Mary nunca se deu muito bem com as pessoas de East Grafton e isso é um fato. Resumindo, Anne, tenho certeza de que Mary quer que eu tome conta dessas crianças... ela não disse com palavras, mas *seus olhos* o diziam.

— Oh! — Anne apertou as mãos dela, toda arrepiada de emoção. — E é claro que você vai fazer isso, Marilla, não é?

— Ainda não me decidi — disse Marilla, um tanto asperamente. — Não costumo me precipitar nas coisas a seu modo, Anne. Ser prima em terceiro grau é uma reivindicação mais que tênue. E será uma responsabilidade amedrontadora ter dois filhos de 6 anos para cuidar... gêmeos, ainda por cima.

Marilla achava que gêmeos eram duas vezes mais terríveis do que outros filhos.

— Gêmeos são muito interessantes... pelo menos um par deles — disse Anne. — Só quando há dois ou três pares é que fica monótono. E acho que seria muito bom para você ter algo para se divertir quando estou fora de casa, na escola.

— Não acho que seja tão divertido assim... mais preocupação e aborrecimento do que qualquer outra coisa, devo dizer. Não seria tão arriscado se eles tivessem a mesma idade que você quando a recebi em minha casa. Não me importaria tanto com Dora... ela parece boa e quieta. Mas aquele Davy é um moleque.

Anne adorava crianças e seu coração ansiava pelos gêmeos Keith. A lembrança de sua própria infância negligenciada era muito vívida ainda. Ela sabia que o único ponto vulnerável de Marilla era sua rigorosa devoção ao que ela acreditava ser seu dever, e Anne direcionou habilmente seus argumentos nessa linha.

— Se Davy é travesso, é mais um motivo para ele receber uma boa educação, não é, Marilla? Se não os adotarmos, não sabemos quem o fará, nem que tipo de influências eles poderão sofrer. Suponha que os vizinhos de porta da senhora Keith, os Sprott, os acolham. A senhora Lynde diz que Henry Sprott é o homem mais profano que já existiu e você não consegue acreditar numa palavra do que seus filhos dizem. Não seria terrível se os gêmeos aprendessem algo assim? Ou suponha que eles ficassem com os Wiggins. A senhora Lynde diz que o senhor Wiggins vende tudo que pode ser vendido e cria sua família com leite desnatado. Você não gostaria que seus parentes passassem fome, mesmo que fossem apenas primos em terceiro grau, não é? Parece-me, Marilla, que é nosso dever adotá-los.

— Suponho que sim — concordou Marilla, acabrunhada. — Acho que vou dizer a Mary que vou ficar com eles. Não precisa demonstrar tanta alegria assim, Anne. Isso significará muito trabalho extra para você. Já não consigo costurar um ponto por causa de meus olhos, então você terá de cuidar de confeccionar e remendar as roupas deles. E você não gosta de costurar.

– Odeio isso – replicou Anne, calmamente –, mas se você está disposta a adotar essas crianças por um senso de dever, é certo que eu posso costurar por um senso de dever. Faz bem às pessoas ter de fazer coisas de que não gostam... com moderação.

capítulo 8

Marilla adota gêmeos

A senhora Rachel Lynde estava sentada junto da janela da cozinha, tricotando uma colcha, exatamente como tinha estado sentada uma tarde, vários anos antes, quando Matthew Cuthbert havia descido a colina em sua charrete, com aquela que a senhora Rachel passou a chamar de "órfã importada". Mas isso tinha sido na primavera; e agora era o final do outono, e todos os bosques estavam sem folhas e os campos áridos e marrons. O sol mal estava se pondo com esfuziante pompa lilás e dourada por trás dos escuros bosques a oeste de Avonlea quando uma charrete puxada por um elegante cavalo pardo descia pela colina. A senhora Rachel espreitou com avidez.

– Ali vem Marilla, voltando do funeral – disse ela ao marido, que estava reclinado na espreguiçadeira da cozinha. Thomas Lynde ficava mais tempo que de costume recostado nessa espreguiçadeira, mas a senhora Rachel, que era tão perspicaz em perceber qualquer coisa além da porta de sua casa, ainda não tinha percebido isso. – E ela trouxe os gêmeos com ela... sim, lá está Davy inclinado sobre o anteparo, tentando agarrar a cauda do cavalo e Marilla puxando-o de volta. Dora está sentada, toda empertigada como costumava estar. Ela sempre aparenta que mal acabou de ser engomada e passada. Bem, a pobre Marilla vai ter as mãos mais que ocupadas nesse inverno, sem dúvida. Ainda assim, não vejo que pudesse fazer outra coisa do que adotá-los, dadas as circunstâncias, e ela terá Anne para ajudá-la. Anne deve estar vibrante como nunca por tudo isso e, devo admitir, ela tem realmente um jeito todo especial para lidar com crianças. Minha nossa, parece que foi ontem que o pobre Matthew trouxe a própria Anne para casa e todos riram com a ideia de Marilla ter de educar uma criança. E agora ela adotou gêmeos. A gente nunca está livre de surpresas até a morte.

O gordo cavalo foi andando vagarosamente sobre a ponte de Lynde's Hollow e ao longo da alameda de Green Gables. O semblante de Marilla estava bastante carregado. Foram dez milhas desde East Grafton e Davy Keith parecia estar possuído por uma paixão por constante movimento. Estava além do poder de Marilla fazê-lo ficar sentado e bem quieto e, durante todo o trajeto, ela ficou com medo de que ele caísse da charrete e quebrasse o pescoço, ou tombasse pela frente e acabasse sob os cascos do cavalo. Desesperada, finalmente ameaçou bater nele com força quando chegassem em casa. Diante disso, Davy agarrou-se ao colo dela, sem dar atenção às rédeas, jogou seus braços gorduchos em torno do pescoço dela e lhe deu um abraço de urso.

— Não acredito que vá fazer isso — disse ele, beijando-a afetuosamente nas bochechas enrugadas. — Você *não parece* uma dama que pode bater num menino só porque ele não consegue ficar quieto. Você não achava terrivelmente difícil ficar quieta quando tinha a minha idade?

— Não, eu sempre ficava quieta quando me pediam — respondeu Marilla, tentando falar com severidade, embora sentisse o coração amolecer sob as carícias impulsivas de Davy.

— Bem, suponho que fosse, porque você era uma menina — retrucou Davy, deslizando de volta para seu lugar após outro abraço. — Você já *foi* uma menina, suponho, embora seja muito engraçado pensar nisso. Dora pode ficar sentada e quieta... mas não tem muita graça, *eu* acho. Parece-me que ser uma menina deve ser bem chato. Aqui, Dora, deixe-me animá-la um pouco!

O método de Davy para "animá-la" era agarrar os cachos de Dora e dar-lhes um puxão. Dora deu um grito e depois chorou.

— Como pode ser um menino tão travesso quando sua pobre mãe acabou de ser sepultada hoje? — perguntou Marilla, em desespero.

— Mas ela estava feliz por morrer — disse Davy, confidencialmente. — Eu sei, porque ela me disse isso. Estava mais que cansada de estar doente. Tivemos uma longa conversa na noite antes de ela morrer. Ela me contou que você ia ficar comigo e com Dora durante o inverno e que eu devia ser um bom menino. Eu vou ser bom, mas você não pode ser bom correndo por aí, do mesmo modo que ficando sentado e quieto? E ela disse que eu sempre deveria ser gentil com Dora e defendê-la, e eu vou fazer isso.

– Você chama ser gentil com ela, puxando-lhe o cabelo?

– Bem, não vou deixar que mais ninguém o puxe – respondeu Davy, fechando os punhos e franzindo a testa. – É melhor que não tentem. Eu não a machuquei muito... ela chorou só porque é menina. Sou feliz por ser menino, mas lamento ser gêmeo. Quando a irmã de Jimmy Sprott lhe responde, ele só diz: "Eu sou mais velho que você, então é claro que sei mais"; e com isso a deixa sem ação. Mas não posso dizer a mesma coisa a Dora, e ela continua pensando diferente de mim. Você poderia me deixar dirigir a charrete um pouco, já que sou homem.

Tudo somado, Marilla se sentia agradecida quando ia entrando em seu próprio quintal, onde o vento da noite de outono dançava com as folhas caídas. Anne estava no portão para recebê-los e ajudar os gêmeos a descer. Dora se deixou beijar com toda a calma, mas Davy respondeu às boas-vindas de Anne com um de seus abraços calorosos e o alegre anúncio de "Sou o senhor Davy Keith."

À mesa de jantar, Dora se comportou como uma pequena dama, mas as maneiras de Davy deixaram muito a desejar.

– Estou com tanta fome que não tenho tempo para comer educadamente – disse ele quando Marilla o repreendeu. – Dora não tem nem metade da fome que eu tenho. Veja todo o exercício que fiz na estrada até aqui. Esse bolo é terrivelmente bom com essas ameixas. Faz muito tempo que não comemos bolo em casa, porque minha mãe estava doente demais para se meter a fazer bolos e a senhora Sprott dizia que o máximo que podia fazer era assar nosso pão. E a senhora Wiggins nunca põe ameixas nos bolos que ela faz. Corte mais! Posso comer mais um pedaço?

Marilla teria recusado, mas Anne cortou uma segunda generosa fatia. Ela, no entanto, lembrou a Davy que ele deveria dizer "Obrigado". Davy apenas sorriu e deu uma enorme mordida. Quando terminou a fatia, disse: "Se você me der outro pedaço, direi obrigado por ele".

– Não, você já comeu bolo em demasia – retrucou Marilla, num tom que Anne conhecia e que Davy deveria aprender que era definitivo.

Davy piscou para Anne e, em seguida, inclinando-se por sobre a mesa, agarrou o primeiro pedaço de bolo de Dora, do qual ela acabara de dar uma mordidinha delicada, tirou-o das próprias mãos dela e, abrindo a boca ao máximo, enfiou a fatia inteira na boca. Os lábios de Dora tremeram e Marilla ficou muda de horror. Anne prontamente exclamou, com seu melhor tom de "professora":

– Oh, Davy, cavalheiros não fazem coisas assim.

– Eu sei que não – disse Davy, assim que conseguiu falar –, mas eu não sou um desses cavalheiros.

– Mas você não quer ser? – interrogou-o Anne, chocada.

– Claro que sim. Mas não posso ser um cavalheiro antes de me tornar adulto.

– Oh, claro que pode – apressou-se Anne em replicar, pensando que se tratava de uma chance de semear boa semente desde logo. – Você pode começar a ser um cavalheiro enquanto ainda é menino. E os cavalheiros *nunca* tiram coisas das damas... ou esquecem de dizer obrigado... ou puxam os cabelos de alguém.

– Eles não se divertem muito, é verdade – acrescentou Davy, com franqueza. – Acho que vou esperar até me tornar adulto.

Marilla, com ar resignado, cortou mais um pedaço de bolo para Dora. Ela não se sentia capaz de lidar com Davy naquele momento. Foi um dia difícil para ela, com o funeral e a longa viagem. Naquele instante, olhou para o futuro com um pessimismo que daria crédito à própria Eliza Andrews.

Os gêmeos não eram muito parecidos, embora ambos fossem loiros. Dora tinha cachos longos e elegantes que nunca ficavam desalinhados. Davy tinha um conjunto de pequenos anéis amarelos e felpudos por toda a cabeça redonda. Os olhos amendoados de Dora eram delicados e meigos; os de Davy eram malandros e dançavam como os de um elfo. O nariz de Dora era reto, o de Davy era certamente arrebitado; Dora tinha uma boca que refletia maneiras afetadas; a de Davy era toda sorrisos; além disso, ele tinha uma covinha numa bochecha e nenhuma na outra, o que lhe dava uma aparência querida, cômica e assimétrica quando ria. A alegria e a travessura espreitavam em cada canto de seu rostinho.

– É melhor ir para a cama – disse Marilla, que achou que era a maneira mais fácil de livrar-se deles. – Dora vai dormir comigo e você pode colocar Davy no quartinho do lado Oeste. Você não tem medo de dormir sozinho, não é, Davy?

– Não; mas não vou para a cama tão cedo – respondeu Davy, confortavelmente.

– Oh, sim, você vai. – Isso foi tudo o que a experiente Marilla disse, mas algo em seu tom de voz desconcertou até Davy. Ele trotou obedientemente escada acima, junto com Anne.

– Quando eu crescer, a primeira coisa que vou fazer é ficar acordado a noite *inteira* só para ver como é – disse o menino, confidencialmente a ela.

Durante anos, Marilla nunca pensava naquela primeira semana da estada dos gêmeos em Green Gables sem sentir calafrios. Não que fosse realmente muito pior do que as semanas seguintes; mas assim parecia em razão da novidade que relembrava. Raramente havia um minuto do dia em que Davy não estivesse fazendo travessuras ou planejando alguma coisa; mas sua primeira façanha notável ocorreu dois dias depois de sua chegada, na manhã de domingo... um belo dia de setembro, quente, enevoado e ameno. Anne o vestiu para ir à igreja, enquanto Marilla atendia Dora. De início, Davy se recusou veementemente a lavar o rosto.

– Marilla o lavou ontem... e a senhora Wiggins me esfregou com sabão no dia do funeral. Isso é suficiente por uma semana. Não vejo vantagem em ficar limpo desse jeito. É muito mais confortável ficar sujo.

– Paul Irving lava o rosto todos os dias por conta própria – disse Anne, astutamente.

Davy morava em Green Gables há pouco mais de 48 horas; mas ele já idolatrava Anne e odiava Paul Irving, a quem ouvira Anne elogiar com entusiasmo um dia depois de sua chegada. Se Paul Irving lavava o rosto todos os dias, estava decidido. Ele, Davy Keith, faria o mesmo, ainda que isso pudesse matá-lo. A mesma consideração o induziu a submeter-se humildemente aos outros detalhes de sua toalete e ele era realmente um garotinho bonito quando tivesse passado por uma higiene completa. Anne sentiu um orgulho quase maternal enquanto o conduzia ao antigo banco dos Cuthbert.

Davy se comportou muito bem no começo, ocupando-se em lançar olhares disfarçados a todos os meninos à vista, perguntando-se qual deles seria Paul Irving. Os dois primeiros hinos e a leitura das Escrituras transcorreram sossegadamente. O senhor Allan estava orando quando ocorreu a confusão.

Lauretta White estava sentada na frente de Davy, com a cabeça ligeiramente inclinada e o cabelo louro caindo em duas longas tranças, entre as quais aparecia uma tentadora parte do pescoço branco, envolto num laço de renda solto. Lauretta era uma criança de 8 anos, gordinha e de semblante plácido, que se comportava de forma irrepreensível na igreja desde o primeiro dia em que sua mãe a levou, quando ainda era um bebê de apenas 6 meses.

Davy enfiou a mão no bolso e tirou... uma lagarta, uma lagarta peluda que se contorcia. Marilla viu e se agarrou a ele, mas era tarde demais. Davy jogou a lagarta no pescoço de Lauretta.

Bem no meio da oração do senhor Allan, ouviu-se uma série de gritos agudos. O ministro parou assustado e abriu os olhos. Todas as cabeças da congregação se soergueram. Lauretta White estava dançando e saltando no banco, sacudindo freneticamente a parte de trás do vestido.

– Ai... mamãe... mamãe... ai... tire isso... ai... tire daí... ai... esse garoto malvado a colocou em meu pescoço... ai... mamãe... está descendo... ai... ai... ai...

A senhora White levantou-se e, com uma expressão impassível, carregou a histérica e trêmula Lauretta para fora da igreja. Os gritos dela morreram ao longe e o senhor Allan continuou o serviço religioso. Mas todo mundo sentiu que aquele dia foi um fracasso. Pela primeira vez na vida, Marilla não deu atenção ao culto e Anne ficou sentada com o rosto vermelho de vergonha.

Quando chegaram em casa, Marilla pôs Davy na cama e o obrigou a ficar lá pelo resto do dia. Não lhe deu nada no jantar, a não ser um chá simples com pão e leite. Anne o levou a ele e sentou-se tristemente a seu lado, enquanto ele o tomava com gosto impenitente. Mas o olhar tristonho de Anne o perturbou.

– Suponho – disse ele, pensativamente – que Paul Irving não teria jogado uma lagarta no pescoço de uma menina na igreja, não é?

– Na verdade, não – respondeu Anne, com tristeza.

– Bem, eu meio que lamento ter feito isso, então – concedeu Davy. – Mas era uma lagarta tão grande e graciosa... eu a recolhi nos degraus da igreja quando íamos entrando. Parecia uma pena desperdiçá-la. E diga, não foi divertido ouvir os gritos daquela menina?

Na terça-feira à tarde, a Sociedade de Assistência se reuniu em Green Gables. Anne voltou correndo da escola para casa, pois sabia que Marilla precisaria de toda a ajuda que pudesse dar. Dora, asseada e arrumada, em seu vestido branco bem engomado com uma faixa preta, estava sentada com os membros da Sociedade na sala, falando recatadamente quando perguntada, mantendo silêncio quando não, e em todos os sentidos comportando-se como uma criança modelo. Davy, alegremente sujo, estava fazendo tortas de lama no curral pegado ao celeiro.

– Eu disse a ele que podia – explicou-se Marilla, cansada. – Pensei que isso o manteria longe de travessuras piores. Com isso, só consegue ficar sujo. Vamos tomar nosso chá, antes de chamá-lo. Dora pode tomá-lo conosco, mas eu nunca ousaria deixar Davy sentar-se à mesa com todos os membros da Sociedade aqui.

Quando Anne foi chamar os convidados da Sociedade para o chá, percebeu que Dora não estava na sala. A senhora Jasper Bell disse que Davy veio até a porta da frente e a chamou para sair. Uma rápida consulta com Marilla na despensa resultou na decisão de deixar as duas crianças tomar o chá mais tarde.

O chá estava pela metade quando a sala de jantar foi invadida por uma figura deplorável. Marilla e Anne se entreolharam consternadas, os membros da Sociedade ficaram espantados. Podia ser Dora... aquele choro indescritível num vestido encharcado e pingando e aquele cabelo do qual escorria água sobre o novo tapete, estampado com moedas, de Marilla... podia ser Dora?

– Dora, o que aconteceu com você? – exclamou Anne, com um olhar culpado para a senhora Jasper Bell, cuja família era considerada a única no mundo em que nunca ocorriam acidentes.

– Davy me fez caminhar em cima da cerca do chiqueiro – lamentou Dora. – Eu não queria, mas ele me chamou de medrosa. E eu caí no chiqueiro e meu vestido ficou todo sujo e um porco passou por cima de mim. Meu vestido estava horrível, mas Davy disse que se eu ficasse embaixo da bomba de água, ele o lavaria; eu fui, ele bombeou água em cima de mim, mas meu vestido não está nem um pouco mais limpo e minha linda faixa e sapatos estão estragados.

Anne fez as honras da mesa sozinha pelo resto da refeição, enquanto Marilla subia e vestia Dora com suas roupas velhas. Davy foi apanhado e mandado para a cama sem jantar. Anne foi para o quarto dele ao anoitecer e falou seriamente com o menino... um método em que ela tinha muita fé, não totalmente injustificada pelos resultados. Ela disse ao garoto que se sentia muito mal pela conduta dele.

– Eu também sinto muito agora – admitiu Davy –, mas o problema é que nunca sinto pena de fazer as coisas até depois de tê-las feito. Dora não me ajudava a fazer tortas, porque tinha medo de estragar a roupa e isso me deixou louco. Suponho que Paul Irving não teria feito a irmã dele andar numa cerca de chiqueiro, sabendo que ela poderia cair.

– Não, ele nunca sonharia com tal coisa. Paul é um perfeito pequeno cavalheiro.

Davy cerrou os olhos com força e pareceu meditar sobre isso por um tempo. Então ele foi se soerguendo e colocou os braços em torno do pescoço de Anne, aconchegando seu rostinho corado no ombro dela.

– Anne, você gosta um pouquinho de mim, mesmo que eu não seja um bom menino como Paul?

– Na verdade, eu gosto de você – respondeu Anne, sinceramente. De alguma forma, era impossível deixar de gostar de Davy. – Mas eu gostaria de você ainda mais, se não fosse tão desobediente.

– Eu... fiz outra coisa hoje – continuou Davy, com voz abafada. – Sinto muito agora, mas estou com muito medo de contar. Você não vai ficar muito zangada, não é? E você não vai contar a Marilla, vai?

– Não sei, Davy. Talvez eu deva contar a ela. Mas acho que posso prometer que não vou, se você me prometer que nunca mais fará isso, seja o que for.

– Não, não farei mais. De qualquer forma, não é provável que eu encontre mais um deles este ano. Encontrei esse na escada da adega.

– Davy, o que você fez?

– Coloquei um sapo na cama da Marilla. Você pode ir tirá-lo de lá, se quiser. Mas diga, Anne, não seria divertido deixá-lo ali?

– Davy Keith! – Anne se soltou dos braços de Davy e voou pelo corredor até o quarto de Marilla. A cama estava ligeiramente amarrotada. Levantou as cobertas numa pressa nervosa e lá estava, realmente, o sapo, piscando para ela por debaixo de um travesseiro.

– Como posso levar essa coisa horrível para fora? – gemeu Anne, com arrepios. A pazinha do fogão surgiu em sua mente e ela se esgueirou escada abaixo para buscá--la, enquanto Marilla estava ocupada na despensa. Anne teve problemas para carregar o sapo pela escada, pois o bicho saltou três vezes da pá e uma vez ela pensou que o tinha perdido no corredor. Quando finalmente o depositou no pomar de cerejeiras, deu um longo suspiro de alívio.

"Se Marilla soubesse, nunca mais na vida se sentiria segura, ao deitar na própria cama. Estou tão contente que o pequeno pecador se arrependeu a tempo. Diana está abanando para mim da janela. Estou contente... realmente sinto necessidade de alguma distração, pois, com Anthony Pye na escola e Davy Keith em casa, meus nervos tiveram tudo o que podem suportar num único dia."

capítulo 9

Uma questão de cor

Aquele velho estorvo de Rachel Lynde estava aqui de novo hoje, me importunando por uma doação para comprar um tapete para a sala da sacristia – disse o senhor Harrison, com raiva. – Detesto aquela mulher mais do que qualquer pessoa que conheço. Ela consegue resumir um sermão, um texto, um comentário e uma aplicação inteiros em seis palavras e arremessá-lo contra você como um tijolo.

Anne, que estava empoleirada na beira da varanda, desfrutando do encanto de um vento oeste ameno, que soprava pelo campo recém-arado num crepúsculo cinzento de novembro e assobiava uma pequena melodia pitoresca entre os abetos retorcidos atrás do jardim, virou seu rosto sonhador por sobre o ombro.

– O problema é que o senhor e a senhora Lynde não se entendem – explicou ela. – Isso é o que sempre acontece quando as pessoas não gostam uma da outra. Eu também não gostava da senhora Lynde no início; mas assim que comecei a entendê-la, aprendi a gostar dela.

– Talvez a senhora Lynde tenha maneiras que caiam no gosto de algumas pessoas; mas não continuaria comendo bananas só porque me disseram que aprenderia a gostar delas – resmungou o senhor Harrison. – E quanto a entendê-la, eu entendo que ela é uma intrometida incorrigível e eu disse isso a ela.

– Oh, isso deve ter ferido profundamente os sentimentos dela – disse Anne, num tom de reprovação. – Como pode dizer uma coisa dessas? Eu disse coisas terríveis à senhora Lynde há bastante tempo, mas foi quando perdi a paciência. Eu não haveria de dizer coisas desse tipo *em sã consciência*.

– Era a verdade e acredito que a verdade deve ser dita a todos.

– Mas o senhor não disse a verdade toda – objetou Anne. – O senhor só conta a parte desagradável da verdade. Pois bem, o senhor já me disse uma dúzia de vezes que meu cabelo era ruivo, mas nunca me disse que eu tinha um nariz bonito.

– Diria que você sabe disso sem que seja preciso dizê-lo – riu o senhor Harrison.

– Eu sei que também tenho cabelo ruivo... embora seja *muito* mais escuro do que costumava ser... então não há necessidade de me dizer isso também.

– Bem, bem, vou tentar não mencionar isso de novo, visto que você é tão sensível. Deve me desculpar, Anne. Tenho o hábito de ser franco e as pessoas não devem se importar.

– Mas elas não conseguem deixar de se importar. E não acho que ajude o fato de ser um hábito seu. O que pensaria de uma pessoa que andasse espetando com alfinetes e agulhas os outros e dissesse: "Desculpe, você não deve se importar... é apenas um hábito que tenho". O senhor pensaria que essa pessoa era louca, não é? E quanto à senhora Lynde ser uma intrometida, talvez o seja. Mas o senhor lhe disse que ela era pessoa de bom coração, que sempre ajudava os pobres e que nunca abriu a boca quando Timothy Cotton roubou um pote de manteiga de sua leiteria, dizendo à esposa que o havia comprado dela? A senhora Cotton reclamou quando as duas se encontraram depois, afirmando que a manteiga tinha gosto de nabo, e a senhora Lynde retrucou apenas que lamentava que tivesse ficado tão ruim.

– Suponho que ela tenha algumas boas qualidades – admitiu Harrison, de má vontade. – A maioria das pessoas tem. Eu mesmo tenho algumas, embora você nunca pudesse suspeitar. Mas de qualquer forma, não vou dar nada para aquele tapete. As pessoas estão eternamente implorando por dinheiro por aqui, é o que me parece. Como está indo seu projeto de pintar o salão?

– Esplendidamente. Tivemos uma reunião da Sociedade dos Melhoradores de Avonlea na noite de sexta-feira passada e descobrimos que tínhamos bastante dinheiro para pintar o salão e cobri-lo com telhas também. A *maioria* das pessoas doou com muita generosidade, senhor Harrison.

Anne era uma moça de alma doce, mas podia instilar um pouco de veneno em suas inocentes frases quando a ocasião o exigia.

– De que cor vão pintá-lo?

– Decidimos por um verde muito bonito. O teto será vermelho escuro, é claro. O senhor Roger Pye vai buscar a tinta na cidade hoje.

– Quem vai fazer o trabalho?

– O senhor Joshua Pye, de Carmody. Ele está quase terminando o telhado. Tivemos de ceder o contrato a ele, pois cada um dos Pye... e são quatro famílias, bem sabe... cada um deles afirmou que não daria um centavo, a menos que Joshua fizesse o trabalho. Doaram 12 dólares entre todos e pensamos que era muito a perder, embora algumas pessoas pensem que não deveríamos ter cedido aos Pye. A senhora Lynde diz que eles tentam açambarcar tudo.

– A questão principal é se esse Joshua fará bem o trabalho. Se o fizer, não vejo que importe se o nome dele é Pye ou Pudding[8].

– Ele tem a reputação de ser um bom trabalhador, embora digam que é um homem muito peculiar. Quase nunca fala.

– Então é bastante peculiar – disse Harrison, secamente. – Ou, pelo menos, as pessoas daqui assim vão chamá-lo. Eu mesmo nunca fui muito falante até que vim para Avonlea e então tive de começar, em legítima defesa, caso contrário a senhora Lynde teria dito que eu era surdo e passaria a pedir doações para que eu aprendesse a linguagem dos sinais. Já está indo embora, Anne?

– Preciso ir. Tenho de remendar algumas peças de roupa de Dora esta noite. Além disso, a essa altura Davy provavelmente já partiu o coração de Marilla com alguma nova travessura. Hoje de manhã, a primeira coisa que me perguntou foi: "Para onde vai a escuridão, Anne? Eu quero saber". Disse-lhe que tinha ido para o outro lado do mundo; mas depois do café da manhã ele afirmou que não... que tinha descido no poço. Marilla me contou que o apanhou pendurado sobre a boca do poço quatro vezes hoje, tentando alcançar a escuridão.

– É um verdadeiro moleque – declarou o senhor Harrison. – Ontem, ele veio

---

8   Trocadilho que no inglês faz sentido, porquanto *pie* (embora o sobrenome seja Pye, a pronúncia é a mesma) significa torta e *pudding*, pudim.

aqui e puxou seis penas da cauda de Ginger antes que eu tivesse voltado do celeiro. O pobre pássaro está deprimido desde então. Essas crianças devem ser um problema para vocês, imagino.

– Tudo o que vale a pena ter sempre dá trabalho – disse Anne, decidindo secretamente perdoar a próxima travessura de Davy, qualquer que fosse, visto que ele se havia vingado de Ginger por ela.

O senhor Roger Pye trouxe, naquela noite, a tinta para pintar o salão e o senhor Joshua Pye, um homem carrancudo e taciturno, começou o trabalho no dia seguinte. Não foi perturbado em sua tarefa. O salão estava situado no local chamado de "estrada de baixo". No final do outono, essa estrada estava sempre molhada e lamacenta, e as pessoas que iam para Carmody viajavam pela estrada "de cima", mais longa. O salão estava tão cercado por bosques de abetos que era quase invisível, a menos que se chegasse muito perto dele. O senhor Joshua Pye pintou na solidão e na independência, que eram tão caras a seu coração insociável.

Na sexta-feira à tarde, ele terminou o trabalho e foi para casa em Carmody. Logo depois da partida dele, a senhora Rachel Lynde decidiu ir até o local, embora tivesse de enfrentar a lama da estrada de baixo, impelida pela curiosidade de ver como tinha ficado o salão com sua nova pintura. Quando contornou a curva dos abetos, ela viu.

A visão afetou a senhora Lynde de modo mais que estranho. Largou as rédeas, ergueu as mãos e exclamou: "Bendita Providência!" Apertou os olhos como se não pudesse acreditar neles. Então descambou a rir quase histericamente.

– Deve haver algum engano... deve haver. Eu sabia que aqueles Pye iriam bagunçar as coisas.

A senhora Lynde voltou para casa, parando pelo caminho, para contar às pessoas que ia encontrando, o que tinha ocorrido com o salão. A notícia se espalhou como um relâmpago. Gilbert Blythe, debruçado sobre um livro em casa, ouviu a notícia ao pôr do sol, por meio de um rapaz contratado por seu pai, e correu ofegantemente para Green Gables, sendo alcançado pelo caminho por Fred Wright. No portão do quintal de Green Gables, sob o grande salgueiro sem folhas, encontraram Diana Barry, Jane Andrews e Anne Shirley, a personificação do desespero.

– Certamente que não é verdade, Anne! – exclamou Gilbert.

– É verdade – respondeu Anne, parecendo a musa da tragédia. – A senhora Lynde veio me contar, logo que chegou de Carmody. Oh, é simplesmente terrível! Será que adianta tentar melhorar alguma coisa?

– O que é terrível? – perguntou Oliver Sloane, chegando nesse momento com uma chapeleira que trouxera da cidade para Marilla.

– Você não ficou sabendo? – perguntou Jane, com raiva. – Bem, é simplesmente isso... Joshua Pye pintou o salão de azul, em vez de verde... um azul carregado e brilhante, a tonalidade que usam para pintar carroças e carrinhos de mão. E a senhora Lynde diz que é a cor mais horrorosa que já viu ou imaginou para um edifício, especialmente quando combinada com um telhado vermelho. Poderia simplesmente ter me nocauteado com uma pena quando fiquei sabendo disso. É de partir o coração, depois de todos os problemas que tivemos.

– Como diabos pode ter acontecido um erro desses? – lamentou Diana.

A culpa desse imperdoável desastre recaiu consequentemente sobre os Pye. Os Melhoradores decidiram usar tintas Morton-Harris e as latas de tinta Morton-Harris estavam numeradas de acordo com um mostruário de cores. Um comprador escolhia nesse mostruário a tonalidade da cor e fazia o pedido pelo número correspondente. O número 147 tinha o tom de verde desejado e quando o senhor Roger Pye avisou aos Melhoradores, por intermédio de seu filho, John Andrew, de que estava se dirigindo para a cidade e compraria a tinta para eles, os Melhoradores pediram a John Andrew que informasse o pai para comprar o número 147. John Andrew sempre afirmou que foi esse número que transmitiu ao pai, mas o senhor Roger Pye declarou com toda a firmeza que John Andrew lhe passou o número 157; e o assunto permanece nesse impasse até hoje.

Naquela noite, havia uma consternação geral em todas as casas de Avonlea, onde morava algum Melhorador. A tristeza em Green Gables era tão grande que afetou até mesmo Davy. Anne chorava desconsoladamente.

– Devo chorar, mesmo que tenha quase 17 anos, Marilla – soluçou ela. – É tão mortificante. E soa a toque fúnebre de nossa sociedade. Vamos ser ridicularizados por toda a vida.

Na vida, contudo, como nos sonhos, as coisas, com muita frequência, acontecem ao contrário. Os habitantes de Avonlea não riram; estavam zangados também. O dinheiro deles fora destinado para pintar o salão e, consequentemente, se sentiram muito magoados com o engano. A indignação pública se centralizou nos Pye. Roger Pye e John Andrew haviam feito toda a confusão entre eles; e quanto a Joshua Pye, deveria ser um tolo de nascença para não suspeitar que algo estava errado ao abrir as latas e ver a cor da tinta. Joshua Pye, quando criticado por isso, rebateu que a preferência dos habitantes de Avonlea pelas cores não era assunto que cabia a ele discutir, qualquer que fosse sua opinião particular; ele havia sido contratado para pintar o salão, não para opinar sobre a cor; e ele pretendia ser pago pelo trabalho.

Os Melhoradores pagaram-no com o espírito cheio de amargura, depois de consultar o senhor Peter Sloane, que era magistrado.

– Vocês devem pagar pelo trabalho – disse Peter. – Não podem responsabilizá-lo pelo erro, uma vez que ele afirma que nunca foi informado a respeito da cor que deveria usar, mas só lhe entregaram as latas e lhe disseram para executar o serviço. Mas é uma vergonha gritante, pois aquele salão tem certamente uma aparência horrorosa.

Os azarados Melhoradores esperavam que Avonlea demonstrasse mais preconceito do que nunca contra eles; mas, em vez disso, a simpatia pública se voltou a favor deles. As pessoas achavam que o pequeno grupo zeloso e entusiasta, que havia trabalhado tanto por seu objetivo, fora mal utilizado. A senhora Lynde disse a eles que continuassem e mostrassem aos Pye que realmente havia pessoas no mundo que poderiam fazer coisas sem criar confusão. O senhor Major Spencer avisou-os de que haveria de retirar todos os troncos ao longo da estrada em frente à sua fazenda e semearia grama às suas próprias custas; e a senhora Hiram Sloane foi, um dia, até a escola e chamou Anne misteriosamente para a varanda, a fim de lhe dizer que, se a Sociedade quisesse fazer um canteiro de gerânios nas encruzilhadas, na primavera, eles não precisariam ter receio de sua vaca, pois ela faria com que o insaciável animal fosse mantido dentro de limites seguros. Até o senhor Harrison riu, se é que era riso de fato, em particular e, aparentemente, era todo simpatia.

– Não ligue para isso, Anne. A maioria das tintas fica mais feia a cada ano, mas esse azul é tão feio quanto pode ser no começo, depois passa a esmaecer e ficar mais bonito. E o telhado está com as telhas bem ajustadas e bem pintado. As pessoas poderão sentar-se no salão em dias de chuva, sem se preocupar com goteiras. De qualquer maneira, vocês já fizeram muito.

– Mas o salão azul de Avonlea será, doravante, motivo de riso em todos os povoados vizinhos – disse Anne, com amargura.

E deve-se confessar que foi.

capítulo 10

Davy em busca de emoções

Anne, voltando a pé da escola para casa pela Vereda das Bétulas, numa tarde de novembro, sentiu-se uma vez mais convencida de que a vida era algo maravilhoso. Aquele tinha sido um dia muito bom; tudo tinha corrido bem em seu pequeno reino. St. Clair Donnell não tinha brigado com nenhum dos outros meninos por causa de seu nome. O rosto de Prillie Rogerson estava tão inchado por causa da dor de dente que nem uma vez tentou flertar com os meninos sentados por perto. Barbara Shaw teve apenas *um único* acidente... derramou uma concha de água no chão... E Anthony Pye não havia comparecido à escola.

– Como tem sido bom este mês de novembro! – disse Anne, que nunca havia superado seu hábito infantil de falar sozinha. – Novembro costuma ser um mês desagradável... como se o ano tivesse descoberto de repente que estava ficando mais velho e não pudesse fazer nada além de chorar e inquietar-se por isso. Este ano está envelhecendo graciosamente... assim como uma idosa dama altiva que sabe que pode ser encantadora mesmo com cabelos grisalhos e rugas. Tivemos dias adoráveis e crepúsculos deliciosos. Esta última quinzena tem sido tão pacífica, e até Davy tem se comportado bem. Penso que ele está realmente melhorando muito. Como o bosque está silencioso hoje... nem um murmúrio, exceto aquele vento suave sussurrando na copa das árvores! Parece ressaca numa costa distante. Como as árvores são preciosas! Vocês, belas árvores! Amo cada uma de vocês como uma amiga.

Anne parou um momento para abraçar uma jovem e esguia bétula e beijar seu tronco branco-creme. Diana, que estava passando pela curva do caminho, a viu e riu.

– Anne Shirley, você está apenas fingindo ser adulta. Acredito que, ao ficar sozinha, continua a mesma menininha que sempre foi.

– Bem, não se pode superar o hábito de ser uma menina de uma só vez – replicou

Anne, alegremente. – Veja bem, fui criança durante 14 anos e faz escassos três que me tornei adulta. Tenho certeza de que sempre me sentirei como uma criança no meio dos bosques. Essas caminhadas da escola para casa são praticamente o único tempo que tenho para sonhar... exceto a meia hora, ou menos, antes de dormir. Estou tão ocupada em lecionar, estudar e ajudar Marilla com os gêmeos, que não tenho outro momento para imaginar coisas. Você não sabe que esplêndidas aventuras eu tenho todas as noites, pouco depois de deitar em meu quartinho do lado leste. Sempre imagino que sou algo muito brilhante, triunfante e esplêndido... uma grande *prima donna* ou uma enfermeira da Cruz Vermelha ou uma rainha. Na noite passada, eu era uma rainha. É realmente esplêndido imaginar que se é rainha. Você se diverte ao máximo, sem inconveniente algum, e pode deixar de ser rainha quando quiser, o que não seria possível na vida real. Mas aqui, no meio do bosque, gosto mesmo de imaginar coisas bem diferentes... sou uma dríade morando num pinheiro velho ou um pequeno elfo marrom da floresta, escondido sob uma folha dobrada. Aquela bétula branca que você me viu beijando é uma de minhas irmãs. A única diferença é que ela é uma árvore e eu sou uma moça, mas não há diferença real. Para onde está indo, Diana?

– Até a casa dos Dickson. Prometi ajudar Alberta a cortar seu vestido novo. Você não pode descer à tardinha, Anne, e voltar para casa comigo?

– Poderia... visto que Fred Wright está na cidade – respondeu Anne, com um semblante refletindo inocência.

Diana corou, sacudiu a cabeça e seguiu em frente. Não parecia estar ofendida, no entanto.

Anne pretendia realmente ir à casa dos Dickson naquela noite, mas não foi. Quando chegou a Green Gables, encontrou um estado de coisas que baniu todos os outros pensamentos de sua mente. Marilla a encontrou no quintal... uma Marilla de olhos arregalados.

– Anne, Dora desapareceu!

– Dora! Desaparecida! – Anne olhou para Davy, que estava se balançando no portão do quintal e detectou alegria nos olhos dele. – Davy, você sabe onde ela está?

– Não, não sei – respondeu Davy, com firmeza. – Não a vejo desde a hora do almoço, sinto muito.

– Estive fora desde 1 hora da tarde – disse Marilla. – Thomas Lynde adoeceu de repente e Rachel mandou me chamar com urgência. Quando saí daqui, Dora estava brincando com sua boneca na cozinha e Davy estava fazendo tortas de barro atrás do celeiro. Só cheguei em casa meia hora atrás... e nenhuma Dora à vista. Davy afirma que não a viu mais, desde que saí.

– Não a vi mesmo – confessou Davy, solenemente.

– Ela deve estar por aqui – disse Anne. – Ela nunca iria andar para longe daqui, sozinha... sabe como ela é tímida. Talvez tenha adormecido num dos quartos.

Marilla sacudiu a cabeça.

– Eu a procurei pela casa inteira. Mas pode estar em alguma das construções.

Seguiu-se uma busca completa. Cada canto da casa, do quintal e das construções externas foi revistado por aquelas duas perturbadas mulheres. Anne percorreu os pomares e a Floresta Assombrada, chamando pelo nome de Dora. Marilla tomou uma vela e explorou o porão. Davy acompanhou uma de cada vez e era criativo em sugerir lugares onde Dora poderia estar. Finalmente, se encontraram novamente no quintal.

– É algo realmente misterioso – gemeu Marilla.

– Onde ela pode estar? – perguntou Anne, preocupadíssima

– Talvez tenha caído no poço – sugeriu Davy, animado.

Anne e Marilla se entreolharam, receosas. O pensamento estivera com as duas durante toda a busca, mas nenhuma ousou expressá-lo em palavras.

– Ela... ela poderia ter caído – sussurrou Marilla.

Anne, sentindo-se tonta e aflita, foi até a boca do poço e espiou. O balde estava suspenso na parte interna. Bem lá embaixo havia um minúsculo reflexo de água parada. O poço dos Cuthbert era o mais profundo de Avonlea. Se Dora... mas Anne não podia considerar essa ideia. Estremeceu e se afastou.

– Vá correndo e chame o senhor Harrison – disse Marilla, torcendo as mãos.

– O senhor Harrison e John Henry não estão em casa... foram para a cidade hoje. Vou chamar o senhor Barry.

O senhor Barry veio junto com Anne, carregando um rolo de corda, ao qual estava preso um instrumento parecido com um gancho, que tinha sido a ponta de um forcado. Marilla e Anne ficaram ao lado, frias e abaladas de horror e pavor, enquanto o senhor Barry vasculhava o poço; e Davy, montado no portão, observava o grupo com uma expressão que indicava grande satisfação.

Finalmente, o senhor Barry balançou a cabeça, com ar aliviado.

– Ela não pode estar lá embaixo. É, no entanto, uma coisa muito curiosa; onde poderia ter ido? Olhe aqui, rapaz, tem certeza de que não faz ideia de onde sua irmã está?

– Eu já disse uma dúzia de vezes que não – respondeu Davy, com ar magoado. – Talvez um vagabundo veio e a roubou.

– Bobagem – disse Marilla, rispidamente, aliviada de seu horrível medo do poço. – Anne, acha que ela poderia ter ido até a casa do senhor Harrison? Ela sempre anda falando desse papagaio, desde o dia em que você a levou até lá.

– Não posso acreditar que Dora se aventurasse a ir tão longe sozinha, mas vou até lá verificar – replicou Anne.

Ninguém estava olhando para Davy naquele momento ou teria observado que uma mudança decisiva havia ocorrido em seu rosto. Silenciosamente, desceu do portão e correu, tão rápido quanto suas gorduchas pernas conseguiam carregá-lo, para o celeiro.

Anne saiu correndo pelos campos até a fazendo de Harrison, sem muita esperança em seu espírito. A casa estava trancada, as persianas das janelas baixadas e não havia qualquer sinal de vida no local. Ela parou na varanda e chamou Dora em voz alta.

Ginger, na cozinha atrás dela, gritou e praguejou com súbita ferocidade; mas, entre suas explosões, Anne ouviu um grito lamentoso vindo da casinha do quintal, que servia de depósito das ferramentas do senhor Harrison. Anne voou até a porta, abriu-a e agarrou uma pequena mortal com o rosto banhado em lágrimas, que estava sentada desamparadamente num pequeno barril emborcado.

– Oh, Dora, Dora, que susto você nos deu! Como veio parar aqui?

– Davy e eu viemos até aqui ver Ginger – soluçou Dora –, mas não pudemos vê-lo; só Davy o fez praguejar, chutando a porta. E então Davy me trouxe para cá, correu para fora e trancou a porta; e eu não conseguia sair. Chorei e gritei, estava com medo e, oh, estou com tanta fome e com tanto frio; pensei que você nunca viria, Anne.

– Davy? – Mas Anne não pôde dizer mais nada. Carregou Dora para casa com o coração pesado. Sua alegria ao encontrar a criança sã e salva foi sufocada pela dor causada pelo comportamento de Davy. A extravagância de trancar Dora poderia ter sido facilmente perdoada. Mas Davy havia contado mentiras... mentiras inequívocas a sangue-frio. Esse era o fato desagradável e Anne não podia fechar os olhos diante disso. Poderia ter se sentado e chorado de puro desapontamento. Havia passado a amar Davy ternamente... não sabia com quanta ternura até esse momento... e sentiu-se insuportavelmente magoada ao descobrir que ele era culpado de deliberada mentira.

Marilla ouviu a história de Anne num silêncio que não era bom presságio para Davy; o senhor Barry riu e aconselhou que Davy fosse sumariamente punido. Depois que o senhor Barry foi para casa, Anne acalmou e aqueceu a chorosa e trêmula Dora, serviu-lhe o jantar e a colocou na cama. Então voltou para a cozinha, no momento em que Marilla entrava muito séria, conduzindo, ou melhor, puxando o relutante Davy, coberto de teias de aranha, que ela acabara de encontrar escondido no canto mais escuro do estábulo.

Ela o empurrou até o capacho, posto no meio do assoalho, e foi sentar-se perto da janela leste. Anne estava sentada, desacorçoada, perto da janela oeste. Entre as duas, o culpado, de pé. Estava virado de costas para Marilla, humilde, vencido, assustado; mas seu rosto estava voltado para Anne e, embora estivesse um pouco envergonhado, havia um brilho de camaradagem nos olhos de Davy, como se soubesse que havia feito algo errado e que seria punido por isso, mas que podia contar com Anne para uma bela gargalhada mais tarde, em função do ocorrido.

Nenhum sorriso meio escondido, porém, obteve ele dos olhos cinzentos de Anne, como poderia ter acontecido se fosse apenas uma questão de travessura. Havia algo mais... algo feio e repulsivo.

– Como pôde se comportar assim, Davy? – perguntou ela, tristemente.

Davy se contorceu, desconfortavelmente.

– Só fiz isso por diversão. As coisas estão tão quietas por aqui há tanto tempo que achei que seria divertido dar um grande susto em vocês. E foi um susto e tanto!

Apesar do medo e de um pouco de remorso, Davy sorriu com a lembrança.

– Mas você disse uma falsidade, Davy – disse Anne, mais triste que nunca.

Davy parecia confuso.

– O que é uma falsidade? Você quer dizer uma mentira?

– Quero dizer uma história que não é verdadeira.

– Claro que contei – disse Davy, com franqueza. – Se eu não tivesse contado, vocês não teriam ficado assustadas. *Tive* de contar.

Anne estava sentindo a reação de seu medo e esforço. A atitude impenitente de Davy deu o toque final. Duas grandes lágrimas transbordaram de seus olhos.

– Oh, Davy, como pôde? – exclamou ela, com um tremor na voz. – Você não sabe como isso está errado?

Davy estava horrorizado. Anne chorava... ele tinha feito Anne chorar! Uma onda de verdadeiro remorso inundou seu pequeno coração ardente e o engolfou. Ele correu para Anne, atirou-se em seu colo, jogou os braços em volta do pescoço dela e irrompeu em lágrimas.

– Eu não sabia que era errado contar mentiras – soluçou ele. – Como você esperava que eu soubesse que estava errado? Todos os filhos do senhor Sprott as contam *regularmente*, todos os dias, sem a menor vergonha. Suponho que Paul Irving jamais conta mentiras e aqui estou eu tentando a todo custo ser tão bom como ele, mas agora suponho que você nunca vai me amar de novo. Mas acho que você poderia ter me dito que isso era errado. Lamento terrivelmente ter feito você chorar, Anne, e nunca mais vou contar uma mentira.

Davy enterrou o rosto no ombro de Anne e chorou torrencialmente. Anne, num súbito lampejo de compreensão, abraçou-o com força e olhou para Marilla por cima da cabeleira encaracolada do menino.

– Ele não sabia que era errado contar mentiras, Marilla. Acho que devemos perdoá-lo desta vez, se ele prometer nunca mais dizer o que não é verdade.

– Nunca mais, agora que sei que é ruim – afirmou Davy, entre soluços. – Se me apanhar contando uma lorota de novo, pode... – Davy procurou mentalmente por uma penitência adequada... – pode me esfolar vivo, Anne.

– Não diga "lorota", Davy... diga "mentira" – interveio a professora.

– Por quê? – perguntou Davy, acomodando-se confortavelmente e erguendo os olhos com o rosto inquisitivo, manchado de lágrimas. – Por que lorota não é tão bom quanto mentira? Eu quero saber. É uma palavra tão grande quanto a outra.

– É gíria; e não fica bem os meninos usar gírias.

– Há um monte de coisas que é errado fazer – disse Davy, com um suspiro. – Nunca pensei que houvesse tantas. Lamento que seja errado dizer loro... mentiras, porque é extremamente cômodo; mas como é errado, nunca mais vou contar uma. O que vão fazer comigo desta vez, por ter contado uma mentira? Eu quero saber. – Anne olhou de modo suplicante para Marilla.

– Não quero ser dura demais com a criança – disse Marilla. – Ouso dizer que ninguém jamais lhe disse que era errado contar mentiras, e aqueles filhos de Sprott não eram companheiros apropriados para ele. A pobre Mary estava muito doente para poder educá-lo adequadamente e presumo que não se poderia esperar que uma criança de 6 anos saiba coisas como essa por instinto. Suponho que teremos apenas que assumir que ele não sabe *nada* sobre o que é certo e começar do zero. Mas ele vai ter de ser punido por ter trancado Dora e não consigo pensar em outra coisa senão mandá-lo para a cama sem jantar, como já fizemos com tanta frequência. Não pode sugerir outra coisa, Anne? Estaria inclinada a pensar que você deve ser capaz, com essa imaginação de que você tanto fala.

– Mas os castigos são tão horríveis e eu gosto de imaginar somente coisas agradáveis – disse Anne, acariciando Davy. – Já existem tantas coisas desagradáveis no mundo que é inútil imaginar outras mais.

Por fim, Davy foi mandado para a cama, como de costume, e lá deveria permanecer até o meio-dia do dia seguinte. Evidentemente, ele pensou um pouco, pois, quando Anne subiu para o quarto, minutos depois, ouviu-o chamar seu nome, baixinho. Entrando, ela o encontrou sentado na cama, com os cotovelos sobre os joelhos e o queixo apoiado nas mãos.

– Anne – disse ele, solenemente –, é errado para todo mundo dizer loro... mentiras? Eu quero saber!

– Claro que sim.

– É errado para uma pessoa adulta?

– Sim.

– Então – disse Davy, decididamente –, Marilla é má, porque *ela* conta mentiras. E ela é pior do que eu, porque eu não sabia que era errado, mas ela sabia.

– Davy Keith, Marilla nunca contou uma mentira em sua vida – disse Anne, indignada.

– Contou. Ela me disse, terça-feira passada, que algo terrível *poderia* me acontecer, se eu não fizesse minhas orações todas as noites. E não as faço há mais de uma semana, só para ver o que aconteceria... e nada aconteceu – concluiu Davy, em tom aflito.

Anne sufocou a louca vontade de rir com a convicção de que seria fatal e, em seguida, se preocupou seriamente em salvar a reputação de Marilla.

– Ora, Davy Keith – disse ela, solenemente –, algo terrível *aconteceu* com você hoje mesmo.

Davy parecia cético.

– Acredito que você quer dizer ser mandado para a cama sem jantar – disse ele, com desdém –, mas *isso* não é terrível. Claro, não gosto disso, mas já fui mandado para a cama tantas vezes sem jantar, desde que cheguei aqui, que estou começando a me acostumar. E vocês não economizam comida alguma quando me mandam dormir sem jantar, pois eu sempre como o dobro no café da manhã.

– Não estou falando do fato de você ser mandado para a cama. Refiro-me ao fato de você ter contado uma mentira hoje. E, Davy... – Anne se inclinou sobre o pé da cama e levantou o dedo de forma expressiva para o culpado... –, para um menino, dizer o que não é verdade, é quase a pior coisa que poderia lhe *acontecer*... quase a pior. Então, você pode ver que Marilla lhe disse a verdade.

– Mas eu pensei que algo ruim seria emocionante – protestou Davy, decepcionado.

– Marilla não pode ser culpada pelo que você pensou. Coisas ruins nem sempre são emocionantes. Muitas vezes, são apenas desagradáveis e estúpidas.

– Mas foi extremamente engraçado ver você e Marilla olhando para o poço – disse Davy, abraçando os joelhos.

Anne manteve o rosto sério até descer as escadas e depois desabou na sala de estar e riu até lhe doer os flancos.

– Gostaria que você me contasse a piada – disse Marilla, um tanto austera. – Não tive muito do que rir hoje.

– Você vai rir quando ouvir isso – garantiu Anne. E Marilla realmente riu, o que mostrou o quanto sua mentalidade havia evoluído desde a adoção de Anne. Mas imediatamente depois, suspirou.

– Suponho que não deveria ter dito isso a ele, embora tenha ouvido um ministro dizer isso a uma criança uma vez. Mas Davy me irritou muito. Foi naquela noite em que você estava no concerto, em Carmody, e eu o estava colocando na cama. Ele disse que não via utilidade em orar até que tivesse crescido bastante, para que a oração tivesse alguma importância para Deus. Anne, não sei o que vamos fazer com essa criança. Nunca vi uma igual. Estou me sentindo totalmente desanimada.

– Oh, não diga isso, Marilla. Lembre-se de como eu era má quando vim para cá.

– Anne, você nunca foi má... *nunca*. Vejo isso agora, quando aprendi o que é a verdadeira maldade. Você sempre estava se metendo em apuros terríveis, devo admitir, mas sua motivação era sempre boa. Davy é simplesmente mau de puro amor pelo que é mau.

– Oh, não, eu não acho que seja essencialmente mau – replicou Anne. – É apenas travessura. E esse lugar é sossegado demais para ele, você sabe. Não conta com a companhia de outros meninos para brincar e sua mente precisa ter algo com que se ocupar. Dora é tão resguardada e tranquila, que não serve como companheira de divertimento para um menino. Eu realmente acho que seria melhor deixá-los ir para a escola, Marilla.

– Não – respondeu Marilla, resolutamente –, meu pai sempre disse que nenhuma criança deveria ser trancada entre as quatro paredes de uma escola até os 7 anos de idade, e o senhor Allan diz a mesma coisa. Os gêmeos podem ter algumas aulas em casa, mas não deverão ir para a escola antes de terem completado 7 anos.

– Bem, então devemos tentar corrigir Davy em casa – disse Anne, bem-disposta. – Com todos os seus defeitos, é realmente um menino muito querido. Não posso deixar de amá-lo. Marilla, pode ser uma coisa espantosa o que vou dizer, mas honestamente, gosto mais de Davy do que de Dora, mesmo sendo ela tão boa.

– Não sei porquê, mas é o que acontece comigo também – confessou Marilla. – E não é justo, pois Dora não dá trabalho. Não poderia haver criança melhor e dificilmente se consegue notar que ela está nessa casa.

– Dora é boa demais – disse Anne. – Ela se comportaria bem, mesmo que não houvesse ninguém para lhe dizer o que fazer. Já nasceu educada, de modo que não precisa de nós; e eu acho – concluiu Anne, tocando o ponto central da questão – que sempre amamos mais as pessoas que mais precisam de nós. Davy precisa demais de nós.

– Ele certamente precisa de algo – concordou Marilla. – Rachel Lynde diria que seria de uma boa surra.

capítulo 11

Fatos e fantasias

Lecionar é um trabalho realmente muito interessante – escreveu Anne a uma grande amiga da Queen's Academy. – Jane diz que acha isso monótono, mas eu não concordo. É quase certo que algo divertido acontece todos os dias, e as crianças dizem coisas muito engraçadas. Jane diz que repreende os alunos quando fazem discursos jocosos; provavelmente por isso é que ela acha o ensino monótono. Esta tarde, o pequeno Jimmy Andrews estava tentando soletrar "salpicado" e não conseguia. "Bem", disse ele finalmente, "não consigo soletrar, mas sei o que significa."

– E o que significa? – perguntei.

– O rosto de St. Clair Donnell, senhorita.

St. Clair é certamente muito sardento; apesar disso, tento evitar que os outros comentem a respeito... pois já fui sardenta uma vez e me lembro bem disso. Mas não acho que St. Clair se importe. Foi porque Jimmy o chamou de "St. Clair" que St. Clair bateu nele no caminho da escola para casa. Soube da briga, mas não oficialmente; então acho melhor nem tomar conhecimento.

Ontem eu estava tentando ensinar adição a Lottie Wright. Perguntei: "Se você tinha três bombons numa mão e dois na outra, quantos você tinha no total?". "Uma mão cheia", respondeu Lottie. E na aula de ciências naturais, quando pedi que eles me dessem uma boa razão pela qual não se deveria matar os sapos, Benjie Sloane respondeu gravemente: "Porque choveria no dia seguinte".

É tão difícil deixar de rir, Stella. Tenho de controlar a vontade de rir até chegar em casa, e Marilla diz que fica nervosa ao ouvir gritos selvagens de alegria vindos do quarto do lado leste, sem qualquer causa aparente. Conta que uma vez um homem em Grafton enlouqueceu e foi assim que começou.

Você sabia que Thomas Becket[9] foi canonizado como uma *serpente*? Rose Bell diz que sim... e também que William Tyndale[10] *escreveu* o Novo Testamento. Claude White diz que uma "geleira" é uma vendedora de gelatina!

Acho que a coisa mais difícil no ensino, assim como a mais interessante, é fazer com que as crianças lhe contem suas verdadeiras impressões sobre as coisas. Num dia tempestuoso da semana passada, eu os reuni a meu redor na hora do lanche e tentei fazer que falassem comigo como se eu fosse um deles. Pedi que me contassem as coisas que mais queriam. Algumas das respostas foram bem comuns... bonecas, pôneis e patins. Outras foram decididamente originais. Hester Boulter queria "usar seu vestido de domingo todos os dias e comer na sala de estar". Hannah Bell queria "ser boazinha sem ter de se esforçar para isso". Marjory White, de 10 anos, queria ser uma viúva. Ao lhe perguntar por quê, ela me disse, seriamente, que, "se você é solteira, as pessoas a chamam de solteirona e, se você é casada, seu marido manda em você; mas se for uma viúva, não correria o risco nem de uma nem de outra coisa". O desejo mais notável foi o de Sally Bell. Ela queria uma "lua de mel". Perguntei-lhe se sabia o que era e me respondeu que achava que era "um tipo de bicicleta fora do comum, porque seu primo de Montreal saiu em lua de mel quando se casou e sempre teve as bicicletas do último tipo!"

Outro dia, pedi a todos que me contassem a pior coisa que já haviam feito. Não consegui que os mais velhos topassem, mas a terceira classe respondeu com bastante franqueza. Eliza Bell tinha "ateado fogo nos novelos de linha da tia". Questionada se pretendia realmente fazer isso, respondeu "não inteiramente". Ela apenas tentou acender uma pontinha para ver como queimava e todo o pacote ardeu num instante. Emerson Gillis gastou 10 centavos comprando doces quando deveria ter posto o dinheiro na caixa de coleta das missões. O pior crime de Annetta Bell foi "comer alguns mirtilos das plantas que cresciam no cemitério". Willie White tinha "escorregado várias vezes pelo telhado da estrebaria com suas calças de domingo". Mas acrescentou: "Fui punido por isso, pois tive de usar calças remendadas na Escola Dominical

---

9   Thomas Becket (1118-1170), arcebispo de Cantuária, entrou em conflito com o rei Henrique II e foi assassinado na catedral por partidários do rei; é venerado como santo pela Igreja católica e também pela anglicana.
10   William Tyndale (1494-1536), intelectual inglês, traduziu a *Bíblia* e aderiu à Reforma protestante; foi perseguido e condenado à fogueira.

durante todo o verão, e quando você é punido por ter feito algo, não precisa se arrepender por isso."

Gostaria que você pudesse ver algumas das composições... desejo-o tanto que lhe enviarei cópias de algumas escritas recentemente. Na semana passada, disse aos alunos da quarta turma que escrevessem cartas, endereçadas a mim, sobre o que quisessem, acrescentando, como sugestão, que poderiam me contar sobre algum lugar que haviam visitado ou alguma coisa ou pessoa interessante que tivessem encontrado. Deveriam escrever em papel especial de carta, colocar a missiva num envelope e endereçá-la a mim, tudo sem ajuda de ninguém. Na sexta-feira passada de manhã, encontrei uma pilha de cartas sobre minha mesa e naquela noite percebi de novo que ensinar também tem seus prazeres bem como seus pesares. Essas composições compensaram muitas coisas.

Envio-lhe a de Ned Clay, com endereço, ortografia e gramática, como foi originalmente escrita:

"Senhorita professora ShiRley

Green gabels.

p.e. Island can

pássaros

Querida professora, acho que vou escrever uma composição sobre pássaros. Os pássaros são animais muito úteis. Meu gato caça pássaros. Seu nome é William mas papai o chama de tom. ele é todo listrado e congelou uma das orelhas do inverno passado. só por isso ele seria um gato bonito. Meu tio adotou um gato. ele veio para sua casa um dia e não ia embora e o tio diz que se esqueceu mais do que a maioria das pessoas sabiam. ele o deixa dormir em sua cadeira de balanço e minha tia diz que ele pensa mais nele do que em seus filhos. isso não está certo. devemos ser gentis com os gatos e dar-lhes leite fresco, mas não devemos ser melhores com eles do que com nossos filhos. isso é tudo que eu consigo pensar, então não mais no momento de

edward blake ClaY."

St. Clair Donnell é, como sempre, curto e objetivo. St. Clair nunca desperdiça palavras. Não creio que ele tenha escolhido o assunto ou adicionado o pós-escrito por malícia premeditada. Acontece que ele não tem muito tato ou imaginação.

"Querida Senhorita Shirley

A senhorita nos disse para descrever algo estranho que vimos. Vou descrever o salão de Avonlea. Tem duas portas, uma interna e outra externa. Tem seis janelas e uma chaminé. Tem duas extremidades e dois lados. É pintado de azul. Isso é o que o torna estranho. É construído na estrada de baixo para Carmody. É a terceira construção mais importante de Avonlea. As outras são a igreja e a ferraria. Ali as pessoas se reúnem em clubes de debate e palestras e concertos.

Sinceramente,

Jacob Donnell.

P.S. O salão é de um azul muito brilhante."

A carta de Annetta Bell era bastante longa, o que me surpreendeu, pois escrever redações não é o forte de Annetta, e as dela são geralmente tão breves como as de St. Clair. Annetta é uma menininha tranquila e um modelo de bom comportamento, mas não há nenhuma sombra de originalidade nela. Aqui está a carta que escreveu.

"Querida professora,

Acho que vou escrever uma carta para dizer o quanto eu a amo. Eu a amo com todo o meu coração, alma e mente... com tudo que há em mim para amar... e eu quero servi-la para sempre. Seria meu maior privilégio. É por isso que me esforço tanto em ser boa na escola e aprender minhas lições.

Você é tão linda, minha professora. Sua voz é como música e seus olhos são como amores-perfeitos, banhados de orvalho. Você é como uma rainha alta e imponente. Seu cabelo é como ouro ondulado. Anthony Pye diz que é vermelho, mas você não precisa prestar atenção em Anthony.

Só a conheço há alguns meses, mas não consigo imaginar que houve um tempo em que eu não a conhecia... quando você ainda não tinha entrado em minha vida para abençoá-la e santificá-la. Sempre olharei para trás, para este ano como o mais maravilhoso da minha vida, porque ele me trouxe você. Além disso, é o ano em que nos mudamos de Newbridge para Avonlea. Meu amor por você tornou minha vida muito rica e me protegeu de muitos perigos e males. Devo tudo isso a você, minha querida professora.

Nunca vou me esquecer de como você estava adorável na última vez em que a vi naquele vestido preto com flores no cabelo. Vou ver você sempre assim, mesmo quando estivermos velhas e grisalhas. Você sempre será jovem e bonita para mim, querida professora. Penso em você o tempo todo... de manhã, ao meio-dia e ao anoitecer. Eu a amo quando você ri e quando suspira... mesmo quando parece desdenhosa. Eu nunca a vi ficar zangada, embora Anthony Pye diga que você sempre parece assim, mas não me admiro que esteja zangada com ele, porque ele merece. Eu a amo em todos os vestidos... você parece mais adorável em cada vestido novo do que no anterior.

Querida professora, boa noite. O sol se pôs e as estrelas estão brilhando... estrelas que são tão brilhantes e bonitas quanto seus olhos. Eu beijo suas mãos e rosto, minha querida. Que Deus cuide de você e a proteja de todo mal.

Sua afetuosa aluna,

Annetta Bell".

Essa carta extraordinária me intrigou muito. Eu sabia que Annetta não poderia ter escrito algo desse teor, da mesma forma que sabia que ela não poderia voar. Quando fui para a escola no dia seguinte, levei-a para um passeio até o riacho, durante o recreio, e pedi que ela me contasse a verdade sobre a carta. Annetta chorou e confessou tudo sem problemas. Disse que nunca tinha escrito uma carta e não sabia como ou o que dizer, mas encontrou um pacote de cartas de amor na gaveta de cima da cômoda da mãe, cartas que haviam sido escritas por um antigo "namorado".

– Não eram de meu pai – soluçou Annetta –, eram de alguém que estava estudando para ministro e assim ele podia escrever cartas adoráveis; mas afinal, mamãe não se casou com ele. Ela me disse que, na maioria das vezes, não conseguia distinguir o que ele estava dizendo. Mas achei que as cartas eram lindas e que me bastaria copiar algumas frases delas, aqui e acolá, para escrever para você. Coloquei "professora" onde ele colocava "dama" e acrescentei algumas coisas que me vinham à mente e mudei ainda outras palavras. Coloquei "vestido" no lugar de "humor". Eu não sabia exatamente o que era um "humor", mas imaginei que fosse algo para vestir. Achei que você não notaria a diferença. Não sei como você descobriu que a carta não era totalmente minha. Você deve ser muito inteligente, professora.

Eu disse a Annetta que era errado copiar cartas de outra pessoa e assumi-la como própria. Mas receio que a única coisa de que Annetta se arrependeu foi o fato de ter sido descoberta.

– E eu a amo, professora – soluçou ela. – Era tudo verdade, mesmo que o ministro tenha escrito isso primeiro. Eu a amo de todo o coração.

É muito difícil repreender alguém apropriadamente em tais circunstâncias.

Aqui está a carta de Barbara Shaw. Não consigo reproduzir as rasuras do original.

"Querida professora,

Você disse que poderíamos escrever sobre uma visita. Só fiz uma visita. Foi na casa da minha tia Mary, no inverno passado. Minha tia Mary é uma mulher muito especial e uma ótima dona de casa. Na primeira noite em que estive lá, tomamos chá. Eu derrubei um jarro e o quebrei. A tia Mary disse que ela tinha aquele jarro desde que se tinha casado e que ninguém o tinha quebrado antes. Quando nos levantamos, pisei na fímbria de seu vestido e todos os babados da saia se rasgaram. Na manhã seguinte, quando me levantei, bati a jarra contra a bacia e quebrei as duas e virei uma xícara de chá na toalha de mesa no café da manhã. Quando estava ajudando tia Mary com a louça do jantar, derrubei um prato de porcelana e ele se quebrou. Naquela noite, caí na escada e torci o tornozelo e tive que ficar de cama uma semana. Eu ouvi a tia Mary dizer ao tio Joseph que foi uma bênção ou eu teria quebrado tudo na casa. Quando melhorei, estava na hora de voltar para casa. Eu não gosto muito de visitar. Gosto mais de ir à escola, especialmente desde que vim para Avonlea.

Atenciosamente,

Barbara Shaw"

A de Willie White começa assim:

"Respeitável senhorita,

Quero lhe contar sobre minha tia muito corajosa. Ela mora em Ontário e um dia foi ao celeiro e viu um cachorro no quintal. O cachorro não devia estar ali, então ela apanhou um pedaço de pau, deu-lhe uma pancada forte e o levou para dentro do celeiro e o trancou. Logo em seguida, chegou um homem à procura de um leão fugaz (dúvida: Willie se referia a um leão fugitivo?) que escapou de um circo. No final das contas, o cachorro era um leão e minha tia muito corajosa o tinha empurrado para dentro do celeiro com uma vara. É de se admirar que ela não foi devorada, mas ela foi muito corajosa. Emerson Gillis diz que se ela pensou que era um cachorro, então ela não foi mais corajosa do que se fosse realmente um cachorro. Mas Emerson está com inveja, porque ele não tem uma tia corajosa; ele só tem tios."

Guardei a melhor para o fim. Você ri de mim porque acho que Paul é um gênio, mas tenho certeza de que a carta dele vai convencê-la de que ele é uma criança muito especial. Paul mora com a avó, perto da costa, e não tem companheiros... nenhum amigo verdadeiro. Você se lembra que nosso professor de Gestão Escolar, dizendo que não devemos ter "favoritos" entre nossos alunos, mas não posso deixar de amar Paul Irving mais que todos os outros que me são confiados. Não acho que faça mal, pois todos amam Paul, até mesmo a senhora Lynde, que diz que nunca poderia imaginar que iria gostar tanto de um ianque. Os outros meninos da escola também gostam dele. Não há nada de fraco ou afetado nele, apesar de seus sonhos e fantasias. Ele é muito viril e se sobressai em todos os jogos. Recentemente, brigou com St. Clair Donnell, porque St. Clair disse que a Bandeira da União[11] era bem mais significativa do que a Bandeira de Estrelas e Listras. O resultado foi uma batalha empatada e um acordo mútuo para respeitar o patriotismo um do outro, daí em diante. St. Clair diz que pode bater *mais forte*, mas Paul pode bater *muito mais vezes*.

Segue a carta de Paul.

"Minha queridaa professora,

A senhorita nos disse que poderíamos escrever sobre algumas pessoas interessantes que conhecemos. Acho que as pessoas mais interessantes que conheço são minhas pessoas de pedra e quero lhe falar sobre elas. Nunca contei a ninguém sobre elas, exceto à vovó e a meu pai, mas gostaria que você soubesse sobre elas, porque você entende as coisas. Existe muita gente que não entende as coisas, então não adianta contá-las.

Minhas pessoas de pedra vivem na costa. Eu costumava visitá-las quase todos os dias, no final da tarde, antes do inverno chegar. Agora não posso ir, até a primavera, mas elas estarão lá, pois pessoas assim nunca mudam... essa é a coisa mais esplêndida sobre elas. Nora foi a primeira que conheci, por isso acho que a amo mais. Ela mora na baía dos Andrews e tem cabelos e olhos pretos e sabe tudo sobre as sereias e as ondinas. Você deveria ouvir as histórias que ela conta. Depois, há os Marinheiros Gêmeos. Eles não moram em lugar nenhum, navegam o tempo todo, mas muitas vezes vêm à terra para conversar comigo. Eles formam um par de alegres marujos e já viram de tudo no mundo... e mais do que há no mun-

---

11   A autora contrapõe a *Union Jack* ou *Union Flag*, bandeira do Reino Unido, à bandeira dos Estados Unidos, feita de *Stars and Stripes* (estrelas e listras).

do. Sabe o que aconteceu uma vez com o mais novo dos Marinheiros Gêmeos? Ele estava navegando e entrou direto na luz do luar na água. A luz do luar é a trilha que a lua cheia faz na água quando se ergue sobre o mar, professora. Bem, o mais novo dos Marinheiros Gêmeos navegou sobre a luz do luar até que chegou diretamente na lua, e havia uma portinha dourada na lua; ele a abriu e entrou por ela. Curtiu algumas aventuras maravilhosas na lua, mas esta carta ficaria muito longa, se eu as contasse.

Há também a Dama Dourada da caverna. Um dia encontrei uma grande caverna na costa e entrei e, depois de um tempo, encontrei a Dama Dourada. Ela tem cabelos dourados que descem até os pés e seu vestido é todo reluzente e cintilante como ouro vivo. E ela tem uma harpa dourada e a toca o dia todo... pode-se ouvir a música a qualquer momento ao longo da costa, se apurar o ouvido, mas a maioria das pessoas haveria de pensar que é apenas o vento soprando entre as rochas. Nunca contei a Nora sobre a Dama Dourada. Tive medo de que isso pudesse ferir seus sentimentos. Ela até se sente ferida em seus sentimentos, se eu converso muito com os Marinheiros Gêmeos.

Sempre encontrei os Marinheiros Gêmeos nas Rochas Listradas. O Marinheiro Gêmeo mais novo é muito bem-humorado, mas o mais velho pode parecer terrivelmente feroz às vezes. Tenho minhas suspeitas sobre esse gêmeo mais velho. Creio que poderia ser um pirata, se ousasse. Há realmente algo muito misterioso nele. Ele praguejou uma vez e eu lhe disse que, se fizesse isso de novo, não precisaria mais vir à terra para falar comigo, porque eu prometi à minha avó que nunca me associaria com ninguém que diz palavrões. Posso lhe dizer que ele ficou bem assustado e me falou que, se eu o perdoasse, ele me levaria ao pôr do sol. Então, no final de tarde seguinte, quando eu estava sentado nas Rochas Listradas, o Gêmeo mais velho veio velejando sobre o mar num barco encantado e eu entrei nele. O barco tinha as cores das pérolas e do arco-íris, como o interior da concha do mexilhão, e sua vela era como a luz do luar. Bem, velejamos diretamente para o pôr do sol. Pense nisso, professora, eu estive no pôr do sol. E o que você imagina que é? O pôr do sol é uma terra cheia de flores. Navegamos por um grande jardim e as nuvens são canteiros de flores. Navegamos até um grande porto, todo da cor do ouro, e eu desembarquei numa extensa campina toda coberta de botões de ouro do tamanho de rosas. Fiquei lá por muito tempo. Pareceu-me quase um ano, mas o Gêmeo mais velho diz que foram apenas alguns minutos. Veja, na terra do pôr do sol, o tempo é muito mais longo do que aqui.

Seu amoroso aluno, *Paul Irving*.

P. S. é claro, nada nesta carta é realmente verdade, professora. P.I."

capítulo 12

Um dia infeliz

Na realidade, começou na noite anterior, com uma agitada vigília por causa de uma terrível dor de dentes. Quando Anne se levantou naquela maçante e amarga manhã de inverno, sentiu que a vida era chata, insossa e inaproveitável.

Ela foi para a escola com um humor nada angelical. Sua bochecha estava inchada e seu rosto doía. A sala de aula estava fria e enfumaçada, pois o fogo se recusava a queimar e as crianças estavam amontoadas em torno dele, tremendo de frio. Anne mandou que fossem para seus lugares com um tom de voz mais ríspido do que já havia usado em qualquer outra ocasião. Anthony Pye foi até sua carteira com seu habitual andar impertinente e ela o viu sussurrando algo para o colega sentado ao lado; e então, os dois olharam para ela com um sorriso malicioso.

Nunca houve, assim parecia a Anne, tantos lápis barulhentos como naquela manhã; e quando Barbara Shaw se aproximou de sua mesa com uma conta de adição, tropeçou no balde de carvão, com resultados desastrosos. O carvão rolou por todos os cantos da sala e sua lousa se quebrou em vários pedaços; e quando ela se levantou, seu rosto, manchado de pó de carvão, fez os meninos desatar em gargalhadas.

Anne, que estava ouvindo a leitura da segunda série, voltou-se repentinamente.

– Francamente, Bárbara – disse ela, com frieza –, se você não consegue se mover sem tropeçar em algo, é melhor que fique sentada. É realmente vergonhoso para uma garota de sua idade ser tão desajeitada.

A pobre Bárbara voltou cambaleando para sua carteira; e as lágrimas combinadas com o pó de carvão produziram um efeito verdadeiramente grotesco. Nunca antes, sua amada e simpática professora tinha falado com ela nesse tom ou dessa maneira, e Barbara ficou profundamente magoada. A própria Anne sentiu uma pontada na consciência; mas isso só serviu para aumentar sua irritação mental e a turma da segunda série ainda se lembra daquela aula, bem como da impiedosa lição de aritmética que se seguiu. No preciso momento em que Anne estava verificando as contas, St. Clair Donnell chegou ofegante.

– Você está meia hora atrasado, St. Clair – lembrou-lhe Anne, friamente. – O que houve?

– Por favor, senhorita, eu tive de ajudar minha mãe a fazer um pudim para o jantar, porque estamos esperando visitas e Clarice Almira está doente – foi a resposta de St. Clair, dada num tom de voz perfeitamente respeitoso, mas provocando, contudo, grande alvoroço entre os colegas.

– Vá para seu lugar e resolva os seis problemas da página 84 de seu livro de aritmética como punição – disse Anne. St. Clair pareceu bastante surpreso com o tom de voz dela, mas foi humildemente até sua mesa e tirou sua lousa. Em seguida, passou furtivamente um pequeno pacote para Joe Sloane, do outro lado do corredor. Anne o apanhou no ato e deu um fim fatal a esse pacote.

A velha senhora Hiram Sloane havia começado, recentemente, a fazer e vender "bolinhos de nozes" como forma de aumentar sua escassa renda. Os bolinhos eram especialmente tentadores para os meninos e, durante várias semanas, Anne enfrentou algumas dificuldades por causa disso. No caminho para a escola, os meninos investiam seu dinheirinho na casa da senhora Hiram, compravam os bolinhos e os levavam para a escola e, se possível, comiam e compartilhavam com os colegas durante o horário de aula. Anne os tinha avisado que, se trouxessem mais bolinhos para a escola, seriam confiscados; ainda assim, ali estava St. Clair Donnell passando friamente ao colega um pacote deles, embrulhado no papel listrado de azul e branco usado pela senhora Hiram, debaixo dos próprios olhos dela, a professora.

– Joseph – disse Anne, calmamente –, traga esse embrulho para cá.

Joe, assustado e envergonhado, obedeceu. Ele era um menino gordo que sempre corava e gaguejava quando estava com medo. Nunca alguém pareceu mais culpado do que o pobre Joe naquele momento.

– Jogue-o na lareira – ordenou Anne.

Joe empalideceu de repente.

– P... p... p... por favor, se... se... senhorita – começou ele.

– Faça o que estou mandando, Joseph, sem nenhuma palavra mais.

– M... m... mas se... se... senhorita... s... são... – engasgou Joe, em desespero.

– Joseph, você vai me obedecer ou *não?* – interrompeu-o Anne.

Um rapaz mais ousado e mais confiante do que Joe Sloane teria ficado igualmente intimidado com o tom de voz e com o perigoso brilho nos olhos dela. Essa era uma nova Anne, que nenhum de seus alunos jamais vira. Joe, com um olhar agonizante dirigido a St. Clair, foi até a lareira, abriu a grande tampa quadrada da frente e jogou o pacote azul e branco lá dentro, antes que St. Clair, que se levantara de um salto, pudesse dizer uma palavra. Então ele recuou bem a tempo.

Por alguns momentos, os aterrorizados ocupantes da escola de Avonlea não souberam se o que havia ocorrido era um terremoto ou uma erupção vulcânica. O pacote de aparência inocente, que Anne precipitadamente supôs conter os bolinhos de nozes da senhora Hiram, na verdade continha uma variedade de bombinhas e busca-pés que Warren Sloane havia mandado vir da cidade por intermédio do pai de St. Clair Donnell no dia anterior, com a intenção de celebrar uma festa de aniversário naquela noite. As bombinhas explodiram num estrondo fragoroso e os busca-pés saíram voando para fora da porta, girando loucamente pela sala, assobiando e soltando faíscas. Anne tombou sentada na cadeira, branca de desespero, e todas as meninas subiram nas carteiras aos gritos. Joe Sloane ficou paralisado no meio da confusão e St. Clair, rindo descontroladamente, ia e vinha pelo corredor. Prillie Rogerson desmaiou e Annetta Bell ficou histérica.

Embora parecesse muito tempo, na realidade foram apenas alguns minutos, antes que o último busca-pé se apagasse. Anne, recuperando-se, levantou rapidamente para abrir portas e janelas e deixar sair o gás e a fumaça, que enchiam a sala. Em seguida, ajudou as meninas a carregar Prillie inconsciente para a varanda, onde Barbara Shaw, numa agoniante ânsia de ser útil, derramou um balde de água quase gelada no rosto e nos ombros de Prillie, antes que alguém pudesse impedi-la.

Passou-se uma hora antes que o silêncio fosse restabelecido... mas era um silêncio que podia ser apalpado. Todos perceberam que mesmo a explosão não havia clareado a atmosfera mental da professora. Ninguém, exceto Anthony Pye, ousava sussurrar uma palavra. Ned Clay fez chiar acidentalmente o lápis enquanto fazia uma soma; viu o olhar de Anne e desejou que o chão se abrisse e o tragasse. A aula de geografia foi conduzida através do continente com tal velocidade que deixou os alunos tontos. A aula de gramática se constituiu numa análise exaustiva, penetrando nos mínimos detalhes. Chester Sloane, ao soletrar "odorífero" com dois efes, foi levado a pensar que jamais poderia sobreviver a essa desgraça, seja neste mundo ou no que está por vir.

Anne sabia que tinha se exposto ao ridículo e que o incidente seria motivo de riso, naquela noite, em inúmeras mesas de chá, mas saber disso apenas a irritava ainda mais. Se estivesse mais calma, poderia ter conduzido a situação com uma bela risada, mas agora isso era impossível; então ela ignorou o fato com frio desdém.

Quando Anne voltou para a escola depois do almoço, todas as crianças estavam como de costume em seus assentos e todos os rostos estavam cuidadosamente curvados sobre as carteiras, exceto o de Anthony Pye. Ele espiou Anne por cima do livro, com seus olhos negros brilhando de curiosidade e escárnio. Anne abriu a gaveta de sua mesa em busca de giz e, debaixo de sua própria mão, um rato ágil saltou da gaveta, correu pela mesa e pulou no chão.

Anne gritou, saltou para trás, como se fosse uma cobra, e Anthony Pye riu alto.

Então se fez silêncio... um silêncio assustador e desconfortável. Annetta Bell estava em dúvida se deveria ficar histérica de novo ou não, especialmente porque ela não sabia exatamente para onde o rato tinha ido. Mas decidiu se dominar. Quem poderia se entregar à histeria com uma professora tão pálida e com olhos tão faiscantes parada bem na sua frente?

— Quem colocou esse rato em minha mesa? — perguntou Anne. Sua voz era grave, mas fez correr um arrepio de alto a baixo pela espinha de Paul Irving. Joe Sloane olhou para ela, sentiu-se responsável desde o alto da cabeça até a ponta dos pés, mas gaguejou descontroladamente:

— N... n... não fui e... eu, pro... professora; n... n... não fui... e...eu.

Anne não deu atenção ao infeliz Joseph. Ela olhou para Anthony Pye e Anthony Pye devolveu-lhe o olhar, impassível e sem vergonha alguma.

– Anthony, foi você?

– Sim, fui eu – respondeu Anthony, insolentemente.

Anne puxou a vara da mesa. Era uma vara comprida e pesada, de madeira resistente.

– Venha para cá, Anthony.

Estava longe de ser a punição mais severa a que Anthony Pye já havia sido submetido. Anne, mesmo essa Anne de alma tempestuosa como se configurava naquele momento, não poderia ter punido nenhuma criança com crueldade. Mas a vara cantou com firmeza e, finalmente, o ar desafiador de Anthony fraquejou; ele estremeceu e as lágrimas escorreram de seus olhos.

Anne, com a consciência pesada, largou a vara e disse a Anthony para voltar a seu lugar. Ela se sentou à mesa sentindo-se envergonhada, arrependida e amargamente mortificada. Sua raiva tão repentina se desvaneceu e ela teria pago qualquer coisa para poder encontrar alívio nas lágrimas. Então, toda a sua sobranceria tinha chegado até esse ponto... ela havia realmente batido num de seus alunos. Como Jane haveria de se sentir triunfante! E como o senhor Harrison haveria de rir! Mas pior do que tudo isso, o pensamento mais amargo de todos, ela havia perdido sua última chance de conquistar Anthony Pye. Ele nunca mais haveria de gostar dela.

Anne, mediante o que alguém chamou de "esforço hercúleo", conteve as lágrimas até chegar em casa, naquela noite. Então ela se fechou no quarto do lado leste e chorou toda a sua vergonha, remorso e decepção no travesseiro... chorou tanto que Marilla ficou preocupada, invadiu o quarto e insistiu em saber qual era o problema.

– O problema é que fiz coisas que abalam minha consciência – soluçou Anne. – Oh, esse tem sido realmente um dia infeliz, Marilla. Estou com tanta vergonha de mim mesma! Perdi a paciência e bati em Anthony Pye.

– Fico contente em saber disso – disse Marilla, incisiva. – É o que você deveria ter feito há muito tempo.

– Oh, não, não, Marilla. E eu não vejo como vou conseguir encarar novamente essas crianças. Sinto que me humilhei até o pó. Você não imagina como eu estava zangada, odiosa e horrível. Não consigo esquecer a expressão nos olhos de Paul Irving... ele parecia totalmente surpreso e desapontado. Oh, Marilla, tentei tanto ser paciente e conquistar Anthony... e agora tudo ruiu.

Marilla passou sua mão calejada de tanto trabalho no brilhante e desalinhado cabelo da moça com maravilhosa ternura. Quando os soluços de Anne se tornaram mais suaves, ela lhe disse, com muita amabilidade:

– Você leva as coisas muito a sério, Anne. Todos nós cometemos erros... mas as pessoas os esquecem. E um dia infeliz acontece para todos. Quanto a Anthony Pye, por que você precisa se importar, se ele não gosta de você? Ele é o único.

– Não consigo evitar. Quero que todos me amem e me dói muito quando um deles não gosta de mim. E Anthony nunca mais vai gostar de mim. Oh, fiz exatamente o papel de idiota hoje, Marilla. Vou lhe contar toda a história.

Marilla ouviu a história toda e, se sorria de certas partes, Anne não percebeu. Quando terminou, Marilla disse, repentinamente:

– Bem, não importa. Esse dia acabou e amanhã será um novo, sem erros, como você mesma costumava dizer. Desça e venha cear. Vai ver se uma boa xícara de chá e aqueles doces de ameixa que fiz hoje não vão animá-la.

– Doces de ameixa não vão abrandar uma mente doentia – disse Anne, desconsolada; mas Marilla achou que era um bom sinal o fato de ela ter se recuperado bastante para conseguir adaptar um provérbio.

A alegre mesa de jantar, com os rostos faceiros dos gêmeos e os incomparáveis doces de ameixa de Marilla... dos quais Davy comeu quatro... afinal a "animaram" consideravelmente. Ela teve uma boa noite de sono e acordou pela manhã para se reencontrar a si mesma e o mundo, ambos transformados. Tinha nevado suave e densamente durante as horas de escuridão e a linda brancura, que cintilava com o gélido brilho do sol, parecia um manto de caridade lançado sobre todos os erros e humilhações do passado.

"Cada manhã é um novo começo,

Cada manhã o mundo é recriado,"

cantava Anne, enquanto se vestia.

Por causa da neve, ela teve de seguir pela estrada para a escola e pensou que seria certamente uma coincidência e tanto se Anthony Pye viesse pisoteando a neve por ali, justo no momento em que ela haveria de sair da alameda de Green Gables. Ela se sentiu tão culpada como se suas posições estivessem invertidas; mas para seu indizível espanto, Anthony não só levantou o boné... o que nunca tinha feito antes... mas disse sossegadamente:

– Caminhada meio ruim, não é? Posso levar esses livros para a senhorita, professora?

Anne entregou seus livros, perguntando-se a si mesma se era possível que estivesse acordada. Anthony caminhou em silêncio até a escola, mas quando Anne retomou os livros, sorriu para ele... não o sorriso "amável" estereotipado que ela havia tão persistentemente assumido em favor dele, mas uma súbita demonstração de boa camaradagem. Anthony sorriu... não, verdade seja dita, Anthony lhe devolveu um *sorriso malicioso*. Um sorriso malicioso geralmente não é considerado um gesto respeitoso; ainda assim, Anne percebeu subitamente que, se ainda não havia conquistado a afeição de Anthony, de uma forma ou de outra, havia conquistado seu respeito.

A senhora Rachel Lynde foi visitá-la no sábado seguinte e confirmou isso.

– Bem, Anne, acho que você conquistou Anthony Pye, é isso. Ele diz que acredita que você, afinal, não é nada má, mesmo sendo uma moça. Diz que as vergastadas que você lhe deu foram "tão boas quanto as de um homem".

– Mas nunca imaginei que iria conquistá-lo com a vara – replicou Anne, um pouco pesarosa, sentindo que seus ideais a haviam logrado em algum ponto. – Não parece certo. Tenho certeza de que minha teoria da bondade não pode estar errada.

– Não, mas os Pye são uma exceção a todas as regras conhecidas, é isso – declarou a senhora Rachel, com convicção.

O senhor Harrison disse: "Achava que um dia chegaria a isso".

Quando soube, Jane desdenhou o fato sem piedade.

capítulo 13

Um piquenique dourado

No caminho para Orchard Slope, Anne encontrou Diana, com destino a Green Gables, exatamente onde a velha ponte de troncos cobertos de musgo cruzava o córrego abaixo da Floresta Assombrada; as duas se sentaram à margem da Bolha da Dríade, onde minúsculas folhas de samambaias estavam se desenrolando como os cachinhos verdes da cabeça de duendes, despertando de uma soneca.

– Eu estava indo convidá-la para a comemoração de meu aniversário no sábado – disse Anne.

– Seu aniversário? Mas seu aniversário foi em março!

– Não foi culpa minha – riu Anne. – Se meus pais tivessem me consultado, isso nunca teria acontecido. Eu teria escolhido nascer na primavera, é claro. Deve ser maravilhoso vir ao mundo com flores e violetas. Sempre sentiria que era a irmã adotiva delas. Mas como não pude escolher, a segunda melhor coisa é comemorar meu aniversário na primavera. Priscilla vem no sábado e Jane estará em casa. Vamos, nós quatro, ao bosque e lá passaremos um dia dourado, conhecendo a primavera. Nenhuma de nós a conhece realmente ainda, mas lá vamos encontrá-la como nunca conseguimos em qualquer outro lugar. De qualquer maneira, quero explorar todos esses campos e lugares solitários. Tenho a convicção de que existem dezenas de belos recantos que nunca foram realmente *vistos*, embora possam ter sido *olhados*. Faremos amizade com o vento, com o céu e com o sol e vamos trazer para casa a primavera em nossos corações.

– *Parece* extremamente lindo – disse Diana, com alguma desconfiança interior sobre a magia das palavras de Anne. – Mas não vai estar ainda muito úmido em alguns lugares?

– Oh, vamos usar botas de borracha – foi a concessão de Anne, para questões práticas. – E gostaria que você viesse sábado de manhã cedo para me ajudar a preparar o almoço. Vamos preparar as iguarias mais deliciosas que pudermos... coisas que combinem com a primavera, entende...tortinhas de geleia e biscoitos caseiros, biscoitos recheados com cobertura de glacê rosa e amarelo e bolo. E devemos levar sanduíches também, embora *não* sejam muito poéticos.

O sábado provou ser o dia ideal para um piquenique... um dia de brisa, quente e ensolarado, com um vento fraco que soprava pelos prados e pomares. Sobre cada planalto e campo iluminado pelo sol havia um delicado verde salpicado de flores.

O senhor Harrison, que estava rastelando nos fundos de sua fazenda e sentindo um pouco do feitiço da primavera, mesmo em seu sangue sóbrio e de meia-idade, viu quatro garotas carregando cestas e passando pela extremidade de suas terras, que beirava um bosque limítrofe de bétulas e abetos. O eco de suas vozes alegres e risos chegava até ele.

– É tão fácil ser feliz num dia como este, não é? – estava dizendo Anne, com a verdadeira filosofia própria dela. – Vamos tentar fazer de hoje um dia realmente dourado, meninas, um dia do qual sempre iremos nos lembrar com prazer. Viemos em busca de beleza e nos recusamos a ver qualquer outra coisa. "Que se dane a enfadonha preocupação!" Jane, você está pensando em algo que deu errado na escola, ontem.

– Como você sabe? – resmungou Jane, espantada.

– Oh, conheço essa expressão... já a senti várias vezes em meu próprio rosto. Mas tire isso da cabeça, querida. Poderá resolver isso segunda-feira... ou se não, tanto melhor. Oh, meninas, meninas, vejam aquele recanto de violetas! Aquilo é algo para a galeria de imagens da memória. Quando tiver 80 anos... se algum dia chegar a tanto... vou fechar os olhos e ver essas violetas como as vejo agora. Esse é o primeiro belo presente que nosso dia nos deu.

– Se um beijo pudesse ser visto, acho que se pareceria com uma violeta – disse Priscilla.

Anne estava radiante.

– Estou tão contente por ter *expressado* esse pensamento, Priscilla, em vez de apenas ter pensado e guardado para si mesma. Este mundo seria um lugar muito mais interessante... embora seja muito interessante de qualquer maneira... se as pessoas expressassem seus verdadeiros pensamentos.

– Seria muito difícil conter algumas pessoas – comentou Jane, sabiamente.

– Suponho que poderia ser, mas seria culpa delas, por pensarem coisas inomináveis. De qualquer forma, podemos expressar todos os nossos pensamentos hoje, porque não teremos nada além de belos pensamentos. Todo mundo pode dizer exatamente o que lhe vem à mente. *Isso* é uma simples conversa. Aqui está um pequeno caminho que nunca vi antes. Vamos explorá-lo.

A vereda era sinuosa, tão estreita que as meninas caminhavam em fila indiana e mesmo assim os ramos de abeto roçavam em seus rostos. Sob os abetos havia aveludadas almofadas de musgo e, mais adiante, onde as árvores eram cada vez menores e escassas, o solo era rico de uma variedade de pequenas plantas verdes.

– Quantas orelhas-de-elefante – exclamou Diana. – Vou escolher um grande maço, são tão bonitas.

– Como é possível que essas graciosas coisas emplumadas tenham recebido um nome tão terrível? – perguntou Priscilla.

– Porque a pessoa que por primeiro as denominou não tinha imaginação ou talvez a tivesse em demasia – disse Anne. – Oh, garotas, vejam isso!

"Isso" era uma poça rasa de água, no meio de uma pequena clareira do bosque, onde o caminho terminava. Mais tarde, na nova estação, secaria e seu lugar seria preenchido por uma viçosa quantidade de samambaias; mas agora era uma plácida lâmina de água cintilante, redonda como um pires e clara como cristal. Um anel de jovens bétulas esguias a circundava e pequenas samambaias emolduravam sua margem.

– *Que* linda! – exclamou Jane.

– Vamos dançar em volta dela como ninfas da floresta – gritou Anne, largando a cesta e estendendo as mãos.

Mas a dança não foi um sucesso, porque o chão estava lamacento e Jane acabou perdendo as botas e ficando descalça.

– Você não pode ser uma ninfa dos bosques, se tiver de usar botas de borracha – foi sua decisão.

– Bem, devemos dar um nome a esse lugar antes de deixá-lo – disse Anne, cedendo à incontestável lógica dos fatos. – Cada uma sugere um nome e vamos tirar a sorte. Diana?

– Lagoa das Bétulas – sugeriu Diana, prontamente.

– Lago de Cristal – disse Jane.

Anne, de pé atrás delas, implorou com os olhos para que Priscilla não sugerisse outro nome parecido e Priscilla inventou o nome de "Espelho Bruxuleante". A escolha de Anne foi "O Espelho das Fadas".

Os nomes foram escritos em tiras de casca de bétula com um lápis que a professora Jane tirou de seu bolso e as colocou no chapéu de Anne. Então Priscilla fechou os olhos e puxou uma. "Lago de Cristal", leu Jane, triunfante. Lago de Cristal foi chamado e, se Anne pensou que o acaso havia pregado uma peça na lagoazinha, nada falou a respeito.

Atravessando a vegetação rasteira, as meninas chegaram até as novas e isoladas pastagens verdes do senhor Silas Sloane. Do outro lado, encontraram a entrada de uma vereda que seguia pelo bosque e decidiram explorá-la também. Foram recompensadas com uma sucessão de belas surpresas. Primeiro, contornando a pastagem do senhor Sloane, apareceu um arco de cerejeiras silvestres em flor. As meninas dependuraram seus chapéus nos braços e enfeitaram seus cabelos com flores sedosas e aveludadas. Em seguida, a trilha dobrava em ângulos retos e mergulhava num bosque de abetos tão espesso e escuro que elas caminhavam numa penumbra semelhante ao crepúsculo, sem nenhum vislumbre do céu ou do sol.

– É aqui onde moram os elfos malignos da floresta – sussurrou Anne. – Eles são travessos e maliciosos, mas não podem nos causar danos, porque não têm permissão para fazer o mal na primavera. Havia um deles nos espiando, por trás daquele velho abeto retorcido; e vocês não viram um grupo deles naquele grande cogumelo sarapintado que acabamos de ultrapassar? As boas fadas sempre procuram lugares ensolarados.

– Eu gostaria que as fadas existissem realmente – disse Jane. – Não seria bom ter três desejos atendidos... ou mesmo apenas um? O que vocês desejariam, meninas, se pudessem ter um desejo realizado? Eu gostaria de ser rica, bonita e inteligente.

– Eu desejaria ser alta e esguia – disse Diana.

– Eu desejaria ser famosa – disse Priscilla.

Anne pensou em seu cabelo e depois descartou o pensamento como indigno.

– Eu desejaria que fosse primavera o tempo todo, no coração de todos e em todas as nossas vidas – disse ela.

– Mas isso – interveio Priscilla – seria apenas desejar que este mundo fosse como o paraíso.

– Apenas como uma parte do céu. Nas outras partes haveria verão e outono... sim, e um pouco de inverno também. Acho que, às vezes, haveria de querer campos nevados brilhando e geadas embranquecendo tudo no céu. E você não, Jane?

– Eu... eu não sei – respondeu Jane, desconfortavelmente. Jane era uma boa menina, membro da igreja, que tentava conscienciosamente viver sua fé e acreditava em tudo o que lhe haviam ensinado. Mas ela nunca pensou no céu mais do que fosse conveniente para sua crença.

– Minnie May me perguntou outro dia se iríamos usar nossos melhores vestidos todos os dias no céu – riu Diana.

– E você não disse a ela que sim? – perguntou Anne.

– Misericórdia, não! Eu lhe disse que por lá não haveríamos de pensar em vestidos.

– Oh, eu acho que vamos... um *pouco* – disse Anne, seriamente. – Haverá muito tempo em toda a eternidade para isso, sem negligenciar as coisas mais importantes. Eu acredito que todos nós vamos usar vestidos lindos... ou suponho que *túnica* seria uma maneira mais adequada para o caso. Vou querer usar rosa por alguns séculos no início... levaria muito tempo para me cansar dessa cor, tenho certeza. Eu amo rosa e nunca poderei usá-la neste mundo.

Depois de passar pelos abetos, a vereda descia para uma pequena clareira ensolarada onde uma ponte de troncos cruzava um riacho; e então apareceu a glória de uma faia iluminada pelo sol, onde o ar era como vinho dourado transparente, as folhas, frescas e verdes, o chão da floresta um mosaico de trêmulos raios de sol. Depois, mais cerejas silvestres e um pequeno vale de abetos esguios; e depois, uma colina tão íngreme que as meninas perderam o fôlego ao subir; mas quando alcançaram o topo e saíram para o campo aberto, a surpresa mais bela de todas as esperava.

Mais além ficavam os "campos dos fundos" das fazendas que se estendiam até a estrada de cima para Carmody. Pouco antes deles, cercado por faias e abetos, mas aberto para o Sul, havia um recanto e nele, um jardim... ou o que um dia fora um jardim. Um muro de pedra em ruínas, coberto de musgos e ervas, o cercava. Ao longo do lado leste, corria uma fileira de cerejeiras, brancas como uma massa de neve. Ainda havia vestígios de caminhos antigos e uma dupla fileira de roseiras no meio; mas todo o resto do espaço era um tapete de narcisos amarelos e brancos, em sua floração mais graciosa e abundante, balançando ao vento acima da grama verdejante.

– Oh, perfeitamente adorável! – exclamaram três meninas. Anne apenas olhou em eloquente silêncio.

– Como é possível que algum dia tenha existido um jardim aqui? – perguntou-se Priscilla, surpresa.

– Deve ser o jardim de Hester Gray – disse Diana. – Ouvi minha mãe falar sobre isso, mas nunca o tinha visto e não imaginava que ainda pudesse existir. Você já ouviu a história, Anne?

– Não, mas o nome me parece familiar.

– Oh, você deve tê-lo visto no cemitério. Ela está enterrada lá no canto do álamo. Sabe, onde está aquela pequena lápide marrom que tem esculpidos dois portões que se abrem e a escrita "Dedicado à memória de Hester Gray, de 22 anos". Jordan Gray está sepultado ao lado dela, mas não há nenhuma lápide para ele. É estranho que Marilla nunca lhe tenha contado isso, Anne. Como o fato aconteceu há trinta anos, todos já se esqueceram.

– Bem, se há uma história, devemos ouvi-la – disse Anne. – Vamos sentar aqui entre os narcisos e Diana vai contá-la. Ora, meninas, existem centenas deles... estão espalhados por toda parte. Parece que o jardim foi atapetado com a combinação da luz do luar e dos raios do sol. Essa é uma descoberta que valeu a pena. E pensar que morei a menos de uma milha desse lugar por seis anos e nunca o tinha visto! Vamos lá, Diana.

– Há muito tempo – começou Diana –, essa fazenda pertencia ao velho senhor David Gray. Ele não vivia aqui... morava onde Silas Sloane mora agora. Ele tinha um filho, Jordan, que foi trabalhar em Boston no inverno; e enquanto estava lá, se apaixonou por uma garota chamada Hester Murray. Ela trabalhava numa loja, mas odiava esse trabalho. Tinha sido criada no interior e sempre quis voltar. Quando Jordan a pediu em casamento, ela disse que aceitaria, se ele a levasse para algum lugar tranquilo, onde não veria nada além de campos e árvores. Então ele a trouxe para Avonlea. A senhora Lynde dizia que ele estava correndo um risco terrível ao se casar com uma ianque, e é certo que Hester era muito delicada e uma péssima dona de casa; mas minha mãe diz que ela era muito bonita e meiga e Jordan adorava o chão em que ela pisava. Bem, o senhor Gray deu a Jordan essa fazenda e ele construiu uma pequena casa aqui; Jordan e Hester viveram nela por quatro anos. Ela não saía muito e quase ninguém a visitava, exceto minha mãe e a senhora Lynde. Jordan fez este jardim para ela e ela se apaixonou por esse recanto e passava aqui a maior parte do tempo. Ela não era nada boa como dona de casa, mas tinha muita habilidade em cultivar flores. E então ela adoeceu. Minha mãe acha que já estava acometida de tuberculose antes de vir para cá. Ela nunca repousou realmente, mas, com o passar do tempo, foi ficando sempre mais fraca. Jordan não quis que ninguém viesse para atendê-la. Ele fez tudo sozinho e minha mãe diz que era tão terno e amável como uma mulher. Ele a envolvia, todos os dias, num xale e a carregava para o jardim, onde ficava deitada num banco, totalmente feliz. Dizem que ela fazia Jordan se ajoelhar a seu lado todas as noites e todas as manhãs para orar com ela, pedindo para morrer no jardim quando chegasse sua hora. E sua oração foi atendida. Um dia, Jordan a carregou até o banco e então colheu todas as rosas que estavam desabrochadas e as distribuiu sobre ela; e ela apenas sorriu para ele... e fechou os olhos.... e esse – concluiu Diana, com voz suave – foi seu fim".

– Oh, que história emocionante – suspirou Anne, enxugando as lágrimas.

– O que aconteceu com Jordan? – perguntou Priscilla.

– Ele vendeu a fazenda depois que Hester morreu e voltou para Boston. O senhor Jabez Sloane comprou a fazenda e transladou a casinha para a estrada. Jordan morreu cerca de dez anos depois e foi trazido para cá e enterrado ao lado de Hester.

– Não consigo entender como ela pôde querer morar aqui, longe de tudo – disse Jane.

– Oh, eu posso entender *isso* facilmente – replicou Anne, pensativa. – Eu não iria querer isso para mim mesma porque, embora adore os campos e os bosques, também amo as pessoas. Mas posso entender esse desejo de Hester. Ela estava morrendo de cansaço com o barulho da cidade grande e a aglomeração de pessoas sempre indo e vindo e sem se importar com ela. Ela só queria escapar de tudo isso e se retirar a um lugar tranquilo, verde e amigável, onde pudesse descansar. E ela conseguiu exatamente o que queria, algo que poucas pessoas conseguem, acredito. Ela teve quatro belos anos antes de morrer... quatro anos de perfeita felicidade; então acho que ela deveria ser mais invejada do que lastimada. E mais, fechar os olhos e adormecer entre rosas, com quem mais amava na terra sorrindo para ela... ah, acho que foi lindo!

– Ela plantou aquelas cerejeiras ali – disse Diana. – E ela disse à minha mãe que não viveria para comer suas frutas, mas queria pensar que algo que plantou continuaria vivendo e ajudando a embelezar o mundo depois que ela morresse.

– Estou tão contente por termos vindo por essa vereda – disse Anne, com olhos brilhantes. – Este é meu aniversário de adoção, vocês sabem, e este jardim e sua história são meus presentes de aniversário. Sua mãe lhe disse, alguma vez, qual era a aparência de Hester Gray, Diana?

– Não... só que ela era bonita.

– Fico bastante contente com isso, porque posso imaginar como ela era, sem ser importunada pelos fatos. Acho que ela era muito magra e pequena, com cabelos escuros, suavemente encaracolados, com grandes olhos castanhos, meigos e tímidos, e com um semblante pálido e melancólico.

As meninas deixaram suas cestas no jardim de Hester e passaram o resto da tarde vagando pelos bosques e campos em derredor, descobrindo muitos belos recantos e veredas. Quando sentiram fome, almoçaram no lugar mais bonito de todos... na margem íngreme de um riacho borbulhante, onde bétulas brancas se erguiam no meio da relva alta e sedosa. As garotas se sentaram nas raízes e fizeram justiça às iguarias de Anne, mesmo os sanduíches nada poéticos foram muito apreciados pelos apetites saudáveis e intocados, aguçados pelo ar fresco e pelos exercícios que haviam feito. Anne havia trazido copos e limonada para suas convidadas, mas ela preferiu beber água fresca do riacho, num copo feito de casca de bétula. O copo vazava e a água tinha gosto de terra, como a água de riacho costuma ter na primavera; mas Anne achou mais apropriado para a ocasião do que limonada.

– Olhem, estão vendo aquele poema? – perguntou ela, de repente, apontando.

– Onde? – Jane e Diana olharam fixamente, como se esperassem ver rimas rúnicas nas bétulas.

– Lá... córrego abaixo... aquele velho tronco verde coberto de musgo com a água fluindo por cima dele em suaves ondulações, como se tivessem sido penteadas, e aquele único raio de sol caindo diretamente sobre ele, penetrando até o fundo da lagoa. Oh, é o mais belo poema que já vi.

– Preferiria chamá-lo de quadro – disse Jane. – Um poema é composto de uma série de linhas e versos.

– Oh, meu Deus, não. – Anne balançou afirmativamente a cabeça adornada com uma leve coroa de flores de cerejeira silvestre. – As linhas e versos são apenas as vestes externas do poema, assim como seus babados e franzidos não são realmente *você*, Jane. O verdadeiro poema é a alma dentro deles... e esse belo recanto é a alma de um poema não escrito. Não é todo dia que se vê uma alma... até mesmo a de um poema.

– Eu me pergunto com o que uma alma... uma alma de uma pessoa... haveria de se parecer – disse Priscilla, com ar sonhador.

– Como isso – respondeu Anne, apontando para o esplendor de um raio de sol filtrado, que fluía através dos ramos de uma bétula. – Apenas com forma e traços, é claro. Gosto de imaginar que as almas são feitas de luz. E algumas estão salpicadas de manchas rosadas e tremeluzem... e outras têm uma cintilação suave como o luar refletido no mar... e outras ainda são pálidas e transparentes como a névoa ao amanhecer.

– Uma vez, li em algum lugar que as almas são como flores – disse Priscilla.

– Então sua alma é um narciso dourado – completou Anne – e a de Diana é como uma rosa vermelha. A de Jane é uma flor de maçã, rosada, saudável e doce.

– E a sua é uma violeta branca, com listras roxas no centro – finalizou Priscilla.

Jane sussurrou para Diana, dizendo que realmente não conseguia entender do que as outras estavam falando. Poderia ela entender?

As meninas voltaram para casa à luz de um calmo pôr do sol dourado, com as cestas cheias de flores de narciso do jardim de Hester, algumas das quais Anne levou ao cemitério no dia seguinte e as depôs sobre o túmulo de Hester. Passarinhos pousados nos ramos dos abetos cantavam e as rãs respondiam coaxando nos brejos. Todos os vales entre as colinas estavam cobertos de luz das cores de topázio e esmeralda.

– Bem, tivemos um dia adorável, não se pode negar – disse Diana, como se dificilmente esperasse ter quando partiu.

– Foi um dia verdadeiramente dourado – disse Priscilla.

– Eu sou terrivelmente apaixonada por bosques – disse Jane.

Anne não disse nada. Estava olhando ao longe, para o céu a Oeste e pensando na pequena Hester Gray.

capítulo 14

Um perigo evitado

Anne, voltando do correio para casa numa sexta-feira ao entardecer, encontrou-se com a senhora Lynde, que, como sempre, estava envolvida com todos os problemas da igreja e da nação.

– Acabei de passar na casa de Timothy Cotton, para ver se poderia mandar Alice Louise me ajudar por alguns dias – disse ela. – Ela esteve comigo na semana passada, pois, embora seja muito lenta para fazer as coisas, é melhor do que não ter ninguém. Mas ela está doente e não pode vir. Timothy está lá sentado, tossindo e reclamando. Faz dez anos que está morrendo e vai continuar morrendo por mais dez anos. Um tipo como ele não consegue morrer nem acabar logo com tudo isso... eles não conseguem se prender a nada por tempo suficiente, mesmo estando doentes, para terminar com isso. São uma terrível família inábil e o que vai ser deles não sei, mas talvez a Providência saiba.

A senhora Lynde suspirou como se duvidasse da extensão do conhecimento da Providência sobre o assunto.

– Marilla estava às voltas com seus olhos novamente na terça-feira, não é? O que o especialista achou deles? – continuou ela.

– Ele ficou muito satisfeito – disse Anne, bem animada. – Diz que houve uma grande melhora e pensa que o perigo da perda completa da visão já passou. Mas diz que nunca mais vai conseguir ler muito ou fazer qualquer trabalho manual refinado novamente. Como estão seus preparativos para seu bazar?

As damas da Sociedade Assistencial estavam preparando uma feira e um jantar, e a senhora Lynde era a chefe e líder da iniciativa.

– Muito bem... e isso me lembra que a senhora Allan acha que seria bom montar uma barraca como uma cozinha dos velhos tempos e servir um jantar de feijão cozido, roscas, tortas e outras guloseimas. Estamos coletando acessórios antigos por toda parte. A senhora Simon Fletcher vai nos emprestar os tapetes trançados da mãe dela e a senhora Levi Boulter, algumas cadeiras velhas; a tia Mary Shaw vai nos emprestar o guarda-louça com portas de vidro. Creio que Marilla nos ceda seus castiçais de latão. E queremos todos os pratos antigos que pudermos conseguir. A senhora Allan está especialmente decidida em conseguir uma genuína bandeja de porcelana azul, se conseguirmos encontrar. Mas parece que ninguém tem. Sabe onde poderíamos arrumar uma?

– Com a senhorita Josephine Barry. Vou escrever e perguntar se pode emprestá-la para a ocasião – disse Anne.

– Bem, gostaria que você fizesse isso. Acho que vamos ter o jantar daqui a uns quinze dias. Tio Abe Andrews está profetizando chuva e tempestade para esse período; e isso é um sinal bastante claro de que teremos tempo bom.

O dito "Tio Abe", deve ser lembrado, era como os antigos profetas, no sentido de que tinha pouco crédito em sua própria terra. Era, de fato, considerado como verdadeira piada, porque poucas de suas previsões meteorológicas se haviam cumprido. O senhor Elisha Wright, que se esforçava para dar a impressão de ser um sabe-tudo local, costumava dizer que ninguém em Avonlea jamais pensou em procurar nos jornais de Charlottetown as previsões do tempo. Não; só perguntavam ao tio Abe a previsão do tempo para o dia seguinte e esperavam exatamente o contrário. Sem se desencorajar, tio Abe continuava profetizando.

– Queremos que a feira acabe antes das eleições – continuou a senhora Lynde –, porque os candidatos certamente virão e gastarão muito dinheiro. Os conservadores andam subornando a torto e a direito, então eles podem muito bem ter a chance de gastar seu dinheiro honestamente pelo menos uma vez.

Anne era uma Conservadora fervorosa, por lealdade à memória de Matthew, mas não quis se manifestar. Sabia que não devia provocar a senhora Lynde na política. Anne tinha uma carta para entregar a Marilla, com carimbo postal de uma cidade da Colúmbia Britânica.

– Provavelmente é do tio das crianças – disse ela, nervosa, quando chegou em casa. – Oh, Marilla, gostaria de saber o que ele diz sobre os dois.

– O melhor plano seria abri-la e ver – disse Marilla, secamente. Um observador atento haveria de perceber que ela também estava nervosa, mas preferia morrer a demonstrar isso.

Anne abriu o envelope e deu uma olhada no conteúdo um tanto desalinhado e mal escrito.

– Ele diz que não pode ficar com as crianças nessa primavera... esteve adoentado durante a maior parte do inverno e seu casamento foi adiado. Quer saber se podemos mantê-las até o outono e então vai tentar levá-las. Claro que vamos ficar com elas, não é, Marilla?

– Não vejo qualquer outra saída – respondeu Marilla, com certa severidade, embora sentisse um alívio secreto. – De qualquer forma, elas não são tão problemáticas como eram... ou então nós nos acostumamos com elas. Davy melhorou muito.

– Suas *maneiras* são certamente muito melhores – replicou Anne, cautelosamente, como se não estivesse preparada para dizer o mesmo sobre a conduta moral do garoto.

Anne tinha voltado da escola na noite anterior quando Marilla estava fora, numa reunião da Sociedade Assistencial. Dora havia adormecido no sofá da cozinha e Davy estava no cubículo contíguo da sala de estar, devorando prazerosamente o conteúdo de um vidro da famosa geleia de ameixa amarela de Marilla... "a compota das visitas", Davy a chamava... que ele tinha sido proibido de tocar. Sentiu-se culpado quando Anne o surpreendeu e o tirou de dentro do cubículo.

– Davy Keith, você não sabe que é totalmente errado comer essa compota, uma vez que lhe disseram para nunca tocar em nada dentro de *daquele* quartinho?

– Sim, eu sabia que era errado – admitiu Davy, desconfortável –, mas geleia de ameixa é terrivelmente boa, Anne. Só espiei e parecia tão gostosa que pensei em provar apenas um pouquinho. Enfiei meu dedo no pote... – Anne gemeu... – E o lambi para limpá-lo. E era muito mais gostosa do que pensei, que fui buscar uma colher e acabei por *me instalar aqui*.

Anne lhe deu um sermão tão sério sobre o pecado de roubar geleia de ameixa que Davy ficou com a consciência pesada e prometeu, com beijos de arrependimento, nunca mais fazer isso.

– De qualquer forma, haverá bastante compota no céu, isso é um conforto – disse ele, satisfeito.

Anne interrompeu um sorriso que se esboçava.

– Talvez haja... se pedirmos – disse ela –, mas o que o faz pensar assim?

– Ora, está no catecismo – disse Davy.

– Oh, não, não há nada *disso* no catecismo, Davy.

– Mas eu digo que há – persistiu Davy. – Estava naquela pergunta que Marilla me ensinou no domingo passado. "Por que devemos amar a Deus?" Resposta: "Porque Ele nos conserva e nos redime". Conserva é apenas uma forma sagrada de dizer compota.

– Preciso beber água – disse Anne, apressadamente. Quando voltou, custou-lhe algum tempo e dificuldade para explicar a Davy que aquela palavra constante na dita pergunta do catecismo tinha uma diferença de significado muito grande.

– Bem, eu pensei que era bom demais para ser verdade – disse ele por fim, com um suspiro de convicto desapontamento. – E, além disso, não via como Ele haveria de encontrar tempo para fazer compota, se vai ser um dia de sábado sem fim, como diz o hino. Eu não sei se quero ir para o céu. Nunca vai haver sábados comuns no céu, Anne?

– Sim, sábados e todos os outros tipos de dias bonitos. E cada dia no céu será mais bonito do que o anterior, Davy – assegurou Anne, bastante contente por Marilla não estar por perto para ficar chocada. Marilla, é desnecessário dizer, estava criando os gêmeos nas boas e velhas formas de teologia e desencorajava todas as especulações fantasiosas sobre isso. Todo domingo, ela ensinava a Davy e Dora um hino, uma pergunta do catecismo e dois versículos da Bíblia. Dora aprendia docilmente e recitava como uma pequena máquina, talvez com tanta compreensão ou interesse como se fosse uma máquina de verdade. Davy, pelo contrário, tinha uma curiosidade viva e frequentemente fazia perguntas que levavam Marilla a estremecer por seu destino.

– Chester Sloane diz que não faremos nada o tempo todo no céu, a não ser andar por aí com vestidos brancos e tocar harpa; e ele diz que espera não ter de ir para lá até ficar velho, porque talvez então ele goste. E acha que vai ser horrível usar vestidos e eu também acho. Por que os anjos homens não podem usar calças, Anne? Chester Sloane está interessado nessas coisas, porque vão fazer dele um ministro. Ele tem de ser ministro porque a avó dele deixou o dinheiro para mandá-lo para a faculdade e ele não vai receber nada, se não se tornar ministro. Ela pensava que um ministro era uma coisa muito respeitável para se ter numa família. Chester diz que não se importa muito... que preferia ser um ferreiro... mas ele está disposto a se divertir o máximo que puder antes de começar a ser ministro, porque não espera ter muita diversão depois. Eu não vou ser um ministro. Vou ser comerciante, como o senhor Blair, e ter montes de doces e bananas. Mas eu preferiria ir para seu tipo de paraíso, se me deixassem tocar uma gaita de boca em vez de uma harpa. Você acha que eles vão deixar?

– Sim, acho que vão deixar, se você quiser – era tudo o que Anne julgou que podia dizer no momento.

Naquela noite, os membros da Sociedade de Melhorias de Avonlea se reuniram na casa do senhor Harmon Andrews e havia sido solicitada a presença de todos, uma vez que assuntos importantes deviam ser discutidos. A Sociedade estava numa condição próspera e já havia realizado maravilhas. No início da primavera, o senhor Major Spencer havia cumprido sua promessa e limpou, gradeou e semeou as margens de toda a estrada em frente de sua fazenda. Uma dúzia de outros homens, alguns motivados pela determinação de não deixar um Spencer passar à frente deles, outros estimulados a agir por Melhoradores em suas próprias casas, seguiram seu exemplo. O resultado foi que havia longas faixas de grama aveludada onde antes havia vegetação rasteira ou arbustos feios. Em contraste, as fachadas das fazendas que não haviam sido restauradas pareciam tão malcuidadas, que seus proprietários ficaram secretamente envergonhados e decidiram pensar no que poderiam fazer na primavera seguinte. O triângulo do terreno na encruzilhada também havia sido limpo e semeado, e o canteiro de gerânios de Anne, que não havia sido danificado por qualquer vaca invasora, já estava florido no centro.

De modo geral, os Melhoradores achavam que estavam se dando muito bem, mesmo que o senhor Levi Boulter, abordado com muito tato por uma comissão cuidadosamente selecionada sobre a velha casa em sua fazenda, lhes dissesse sem rodeios que não aceitaria que fosse incluída nos planos deles.

Nessa reunião especial, eles pretendiam redigir uma petição aos administradores da escola, pedindo humildemente que uma cerca fosse colocada em volta do terreno da escola; e um plano também deveria ser discutido para o plantio de algumas árvores ornamentais ao lado da igreja, se os fundos da Sociedade permitissem... pois, como disse Anne, não adiantava começar outra coleta, enquanto o salão permanecesse azul. Os membros estavam reunidos na sala de visitas de Andrews e Jane já estava de pé para promover a nomeação de uma comissão que deveria descobrir e relatar o preço das ditas árvores, quando Gertie Pye entrou, com um penteado pompadoriano e totalmente enfeitada de babados e arrebiques. Gertie tinha o hábito de se atrasar... "para fazer sua entrada mais impressionante", diziam pessoas rancorosas. A entrada de Gertie nesse momento foi certamente impressionante, pois ela se deteve dramaticamente no meio da sala, ergueu as mãos, revirou os olhos e exclamou:

– Acabei de ouvir algo perfeitamente horrível. O que vocês acham? O senhor Judson Parker *vai alugar toda a cerca de sua fazenda para uma empresa de produtos farmacêuticos fazer anúncios.*

Pela primeira vez na vida, Gertie Pye causou toda a sensação que desejava. Se ela tivesse jogado uma bomba entre os complacentes Melhoradores, dificilmente poderia ter causado mais.

– *Não pode* ser verdade – disse Anne, surpresa.

– Foi exatamente isso que *eu* disse quando ouvi pela primeira vez, não sabe? – acrescentou Gertie, que estava visivelmente eufórica. – *Eu* disse que não podia ser verdade... que Judson Parker não teria *coragem* para fazer isso, sabe. Mas meu pai o encontrou esta tarde e lhe perguntou a respeito, e ele disse que era verdade. Imagine! Sua fazenda fica ao lado da estrada de Newbridge, e como deverá ser tremendamente horrível ver anúncios de comprimidos e curativos ao longo dela, não é verdade?

Os Melhoradores *sabiam*, e muito bem todos eles. Mesmo os menos imaginativos entre eles poderiam vislumbrar o efeito grotesco de meia milha de cerca de madeira adornada com esses anúncios. Todos os pensamentos sobre os terrenos da igreja e da escola desapareceram diante desse novo perigo. As regras parlamentares e os regulamentos foram esquecidos, e Anne, em desespero, desistiu de tentar registrar tudo em ata. Todo mundo falava ao mesmo tempo e a confusão foi medonha.

– Oh, vamos manter a calma – implorou Anne, que era a mais nervosa de todos – e tentemos pensar em algum modo de evitá-lo.

– Não sei como você vai evitá-lo – exclamou Jane, com amargura. – Todo mundo sabe como Judson Parker é. Ele faria *qualquer coisa* por dinheiro. Não tem uma centelha de espírito público ou *nenhum* senso de beleza.

A perspectiva parecia pouco promissora. Judson Parker e sua irmã eram os únicos Parker em Avonlea, de modo que nenhuma influência poderia ser exercida por conexões familiares. Martha Parker era uma senhora de certa idade que desaprovava os jovens em geral e os Melhoradores, em particular. Judson era um homem jovial e de fala mansa, tão uniformemente benévolo e gentil, que era surpreendente que tivesse poucos amigos. Talvez tivesse se dedicado demasiadamente a transações comerciais... o que raramente resulta em popularidade. Tinha a reputação de ser muito "astuto" e era opinião generalizada que "não tinha muitos princípios".

– Se Judson Parker tiver a chance de "ganhar um centavo honesto", como ele mesmo diz, nunca vai perdê-la – declarou Fred Wright.

– Não há *ninguém* que tenha alguma influência sobre ele? – perguntou Anne, desesperada.

– Ele vai visitar Louisa Spencer em White Sands – sugeriu Carrie Sloane. – Talvez ela pudesse persuadi-lo a não alugar suas cercas.

– Ela não – interveio Gilbert, enfaticamente. – Eu conheço bem Louisa Spencer. Ela não "acredita" em Sociedades de Melhorias, mas *sim* em dólares e centavos. É mais provável que esteja mais propensa a estimular Judson do que a dissuadi-lo.

– A única coisa a fazer é eleger uma comissão que o interpele e proteste – disse Julia Bell. – E devemos enviar moças, pois ele dificilmente seria civilizado com rapazes... mas *eu* não irei, então ninguém precisa me indicar.

– Melhor mandar Anne sozinha – disse Oliver Sloane. – Se ninguém consegue dobrar Judson, ela há de conseguir.

Anne protestou. Estava disposta a ir e falar; mas devia levar outros "para lhe dar apoio moral". Diana e Jane foram designadas para apoiá-la moralmente e os Melhoradores se dispersaram, zunindo como abelhas furiosas de indignação. Anne estava tão preocupada que não dormiu até quase o despontar do dia e chegou a sonhar que os administradores haviam levantado uma cerca ao redor da escola e pintado os dizeres "Experimente comprimidos roxos", em toda a sua extensão.

A comissão visitou Judson Parker na tarde seguinte. Anne implorou eloquentemente contra seu desígnio nefasto e Jane e Diana a apoiaram moral e valentemente. Judson era polido, agradável, lisonjeiro; teceu-lhes vários elogios pela delicadeza dos girassóis; sentia-se muito mal por recusar um pedido de jovens tão encantadoras... mas negócios eram negócios; não podia permitir que os sentimentos atrapalhassem seus negócios nesses tempos difíceis.

– Mas vou dizer o que *vou fazer* – disse ele, com uma piscadela, em seus grandes olhos claros. – Vou dizer ao agente que deve usar apenas cores bonitas e de bom gosto... vermelho, amarelo e outras. Vou lhe dizer que não deve pintar os anúncios de *azul*, de forma alguma.

Derrotada, a comissão se retirou, pensando coisas impróprias a proferir.

– Fizemos tudo o que podíamos e devemos simplesmente confiar o resto à Providência – disse Jane, imitando inconscientemente o tom e o estro da senhora Lynde.

– Quem sabe se o senhor Allan pode fazer alguma coisa – refletiu Diana.

Anne sacudiu a cabeça.

– Não, não adianta incomodar o senhor Allan, especialmente agora que o bebê está tão doente. Judson escaparia dele tão facilmente quanto de nós, embora agora tenha começado a ir à igreja com bastante regularidade. Isso ocorre simplesmente porque o pai de Louisa Spencer é um ancião e muito exigente nessas coisas.

– Judson Parker é o único homem em Avonlea que sonharia em alugar suas cercas – disse Jane, indignada. – Nem mesmo Levi Boulter ou Lorenzo White se rebaixariam a isso, avarentos como são. Eles respeitariam a opinião pública.

A opinião pública certamente pressionou Judson Parker quando os fatos se tornaram conhecidos, mas isso não ajudou muito. Judson ria sozinho e a desafiava; e os Melhoradores estavam tentando se resignar com a perspectiva de ver a parte mais bonita da estrada de Newbridge desfigurada por anúncios quando, por ocasião da reunião seguinte da Sociedade, Anne se levantou tranquilamente ao chamado do presidente para os relatórios das comissões, e anunciou que o senhor Judson Parker a havia instruído para informar a Sociedade de que *não* iria alugar suas cercas para a empresa farmacêutica.

Jane e Diana se entreolharam como se não acreditassem no que tinham acabado de ouvir. A etiqueta parlamentar, que geralmente era estritamente respeitada na Sociedade de Avonlea, proibia dar vazão instantânea à curiosidade; mas depois que a Sociedade encerrou a reunião, Anne foi assediada por explicações. Anne não tinha nenhuma explicação a dar. No final da tarde do dia anterior, Judson Parker se encontrou com ela na estrada e lhe disse que havia decidido apoiar a Sociedade em sua peculiar repulsa a qualquer propaganda de medicamentos. Isso foi tudo o que Anne podia dizer naquele momento ou depois, e era a pura verdade; mas quando Jane Andrews, a caminho de casa, confidenciou a Oliver Sloane sua firme convicção de que havia algo mais por trás da misteriosa mudança de opinião de Judson Parker do que Anne Shirley havia revelado, ela também falou a verdade.

Na tarde anterior, Anne tinha ido à casa da velha senhora Irving na estrada da costa e tinha voltado para casa tomando um atalho que a conduzia primeiro aos campos baixos da costa e depois a um bosque de faias, nos fundos da propriedade de Robert Dickson, seguindo uma pequena trilha que desembocava na estrada principal, logo acima do Lago das Águas Brilhantes... conhecido por pessoas sem imaginação como Lagoa dos Barry.

Dois homens estavam sentados em suas carruagens, paradas na beira da estrada, logo na entrada do caminho. Um deles era Judson Parker; o outro era Jerry Corcoran, um homem de Newbridge contra quem, como a senhora Lynde teria dito em eloquente ironia, jamais foi *provado* algo de suspeito. Era um comerciante de implementos agrícolas e personagem de destaque em questões políticas. Ele tinha um dedo... algumas pessoas diziam *todos* os dedos... em cada torta política que era preparada; e como o Canadá estava às vésperas de uma eleição geral, Jerry Corcoran estivera ocupado por muitas semanas, angariando votos no condado em favor do candidato de seu partido. Assim que Anne emergiu de sob os galhos das faias, ouviu Corcoran dizer:

– Se votar em Amesbury, Parker... bem, eu tenho uma nota promissória daquele par de grades que você comprou na primavera. Suponho que não se oporia em tê-la de volta, hein?

– Be... bem, visto que o coloca dessa maneira – respondeu Judson, com um sorriso forçado –, acho que posso muito bem fazer isso. Um homem deve cuidar de seus próprios interesses nesses tempos difíceis.

Nesse momento, os dois viram Anne e a conversa cessou abruptamente. Anne se curvou com frieza e continuou andando, com o queixo um pouco mais abaixado do que o normal. Logo Judson Parker a alcançou.

– Quer uma carona, Anne? – perguntou ele, cordialmente.

– Não, obrigada – respondeu Anne educadamente, mas com um leve e agudo desdém em sua voz, que penetrou até mesmo a consciência não muito sensível de Judson Parker. Seu rosto ficou vermelho e ele puxou as rédeas com raiva; mas as prudentes considerações seguintes o detiveram. Ele olhou desconfortavelmente para Anne, enquanto ela caminhava firme, sem olhar para a direita nem para a esquerda. Será que ela tinha ouvido a oferta inconfundível de Corcoran e sua aceitação muito clara? Maldito Corcoran! Se ele não conseguisse traduzir em frases menos perigosas o que pretendia dizer, haveria de ficar em apuros, mais dia menos dia. E a maldita professora ruiva, com o hábito de surgir dentre as faias, onde não tinha necessidade de estar. Se Anne tivesse ouvido, Judson Parker, julgando-a por seus próprios métodos e enganando-se com isso a si mesmo, acreditava que ela haveria de espalhar isso por todos os cantos. Bem, Judson Parker, como vimos, não se preocupava excessivamente com a opinião pública; mas ser conhecido por ter aceitado suborno seria algo vexatório; e se um dia chegasse aos ouvidos de Isaac Spencer, adeus para sempre a toda esperança de conquistar Louisa Jane com sua confortável perspectiva como herdeira de um próspero fazendeiro! Judson Parker sabia que o senhor Spencer o olhava com certa desconfiança; ele não podia correr riscos.

– Ahem... Anne, queria falar com você sobre aquele pequeno assunto que estivemos discutindo outro dia. Decidi não alugar minhas cercas para aquela empresa, afinal. Uma sociedade com um objetivo como a de vocês deve ser incentivada.

Anne ficou um pouquinho mais à vontade.

– Obrigada – disse ela.

– E... e... você não precisa mencionar aquela pequena conversa minha com Jerry.

– Não tenho intenção nenhuma de mencioná-la em qualquer caso – retrucou Anne, friamente, pois teria preferido ver todas as cercas de Avonlea pintadas com anúncios antes de se rebaixar para barganhar com um homem que venderia seu voto.

– Isso mesmo... isso mesmo – concordou Judson, imaginando que eles se entendiam perfeitamente. – Não chegue a pensar que o faria. Claro, eu estava apenas ludibriando Jerry... ele se acha tão astuto e inteligente. Não tenho qualquer intenção de votar em Amesbury. Vou votar em Grant como sempre fiz... você verá isso quando a eleição terminar. Só concordei com Jerry para ver se ele se comprometia. E está tudo bem sobre a cerca... pode comunicar isso aos Melhoradores.

– São necessários todos os tipos de pessoas para formar um mundo, como sempre ouvi, mas acho que alguns deles podiam ser dispensados – disse Anne, naquela noite, a seu reflexo no espelho do quartinho do lado leste. – Eu não teria mencionado essa coisa vergonhosa a alma nenhuma, sob hipótese alguma; então estou com minha consciência limpa *nesse* ponto. Realmente não sei a quem ou a que agradecer por isso. *Eu* nada fiz para que acontecesse, e é difícil acreditar que a Providência sempre empregue medidas semelhantes às que usam políticos como Judson Parker e Jerry Corcoran.

capítulo 15

O início das férias

Anne trancou a porta da escola num final de tarde tranquilo e amarelado, quando os ventos ronronavam nos abetos ao redor do terreno e as sombras eram longas e preguiçosas na beirada do bosque. Pôs a chave no bolso com um suspiro de satisfação. O ano letivo havia acabado e ela havia sido recontratada para o ano seguinte, com muitas expressões de satisfação... apenas o senhor Harmon Andrews disse que ela deveria usar a vara com mais frequência... e dois deliciosos meses de férias bem merecidas acenavam para ela convidativamente. Anne se sentia em paz com o mundo e consigo mesma enquanto descia a colina com sua cesta de flores na mão. Desde as primeiras flores de maio, Anne nunca tinha deixado de fazer sua peregrinação semanal ao túmulo de Matthew. Todos os habitantes de Avonlea, exceto Marilla, já haviam esquecido o quieto, tímido e pouco importante Matthew Cuthbert; mas sua memória permanecia viva no coração de Anne e assim sempre seria. Ela nunca poderia esquecer o gentil velho que tinha sido o primeiro a lhe dar amor e simpatia de que sua infância carente tanto precisava.

No sopé da colina, um menino estava sentado na cerca, à sombra dos abetos... um menino com olhos grandes e sonhadores e um rosto lindo e sensível. Ele desceu e se juntou a Anne, sorrindo; mas havia vestígios de lágrimas em sua face.

— Pensei em esperar por você, professora, porque sabia que estava indo para o cemitério — disse ele, deslizando a mão na dela. — Eu também vou para lá... estou levando esse buquê de gerânios para colocar no túmulo de meu avô Irving, em nome de minha avó. E olhe, professora, vou colocar esse buquê de rosas brancas ao lado do túmulo do vovô, em memória de minha mãezinha... porque não posso ir ao túmulo dela para colocá-lo. Mas você não acha que ela vai saber do mesmo jeito?

— Sim, tenho certeza que ela vai, Paul.

– Sabe, professora, faz exatamente três anos que minha mãezinha morreu. É muito, muito tempo, mas dói tanto como antes... e eu sinto falta dela tanto quanto antes. Às vezes, parece que simplesmente não consigo suportar, dói muito.

A voz de Paul se enfraqueceu e seus lábios tremeram. Ele olhou para suas rosas, na esperança de que a professora não percebesse as lágrimas em seus olhos.

– E ainda assim – disse Anne, suavemente – você não gostaria que parasse de doer... você não iria querer esquecer sua mãezinha, mesmo se pudesse.

– Não, de fato, eu não gostaria... é assim que me sinto. Você é tão boa para compreender, professora. Ninguém mais entende tão bem... nem mesmo a vovó, embora seja tão boa para mim. Meu pai entendeu muito bem, mas ainda não pude falar muito com ele sobre a mamãe, porque isso o faz se sentir muito mal. Quando ele cobria o rosto com as mãos, eu sabia que era hora de parar. Pobre papai, ele deve estar terrivelmente solitário sem mim; mas ele não tem ninguém, além de uma governanta, e ele acha que governantas não são boas para criar meninos, especialmente quando ele tem de ficar muito tempo longe de casa a negócios. As avós são as melhores, depois das mães. Algum dia, quando eu estiver mais crescido, vou voltar para a casa de meu pai e nunca mais nos separaremos.

Paul tinha falado tanto com Anne sobre sua mãe e seu pai que ela sentia como se os conhecesse. Pensava que a mãe dele devia ser muito parecida com o que ele era, em temperamento e disposição; e ela imaginou que Stephen Irving era um homem bastante reservado, de natureza profunda e terna, que ele ocultava escrupulosamente do mundo.

– Meu pai não é muito fácil de se conhecer – havia dito Paul, uma vez. – Eu só o conheci de verdade depois que minha mãezinha morreu. Mas ele é esplêndido quando se consegue conhecê-lo realmente. É a pessoa que mais amo no mundo, e depois a vovó Irving, e depois você, professora. Eu a amaria mais, logo depois de meu pai, se não fosse meu *dever* amar mais a vovó Irving, porque ela está fazendo tanto por mim. Acho que entende, professora. Eu gostaria que ela deixasse a lamparina acesa em meu quarto até que eu adormecesse. Ela a leva embora logo depois de me enfiar na cama, porque diz que não devo ser covarde. Eu *não* tenho medo, mas *prefiro* ficar com a lamparina. Minha mãezinha costumava sentar-se a meu lado e segurava minha mão até eu dormir. Acho que ela me mimou demais. As mães às vezes fazem isso, bem sabe.

Não, Anne não sabia disso, embora pudesse imaginar. Pensou com tristeza em *sua mãezinha*, a mãe que a achava tão "perfeitamente linda" e que havia morrido há tanto tempo; estava enterrada ao lado de seu jovem marido naquele túmulo distante, que ninguém visitava. Anne não conseguia se lembrar de sua mãe e por essa razão quase invejava Paul.

– Meu aniversário é na próxima semana – disse Paul, enquanto subiam a longa colina vermelha, aquecendo-se aos raios de sol de junho – e papai me escreveu dizendo que está me enviando algo que acha que vou gostar mais do que de qualquer outra coisa que ele pudesse mandar. Creio que já chegou, pois a vovó está mantendo a gaveta da estante fechada e isso é algo novo. E quando perguntei por quê, ela parecia misteriosa e disse que meninos não devem ser curiosos demais. É muito emocionante fazer aniversário, não é? Vou fazer 11. Você nunca pensaria que tenho essa idade ao olhar para mim, não é? Vovó diz que sou muito pequeno para minha idade e que é tudo porque não como bastante mingau. Eu faço o melhor que posso, mas a vovó oferece pratos tão generosos... não há nada de mesquinho na vovó, posso lhe garantir. Desde que você e eu tivemos aquela conversa sobre orar, quando voltávamos da Escola Dominical naquele dia, professora... quando me disse que devemos orar por todas as nossas dificuldades... eu orei todas as noites para que Deus me desse graça suficiente para que eu conseguisse comer cada gota de meu mingau de manhã. Mas ainda não consegui fazer isso; e se é porque tenho pouca graça ou muito mingau, eu realmente não consigo saber. A vovó diz que meu pai foi criado com mingau e certamente funcionou bem no caso dele, pois deveria ver os ombros que ele tem. Mas às vezes – concluiu Paul com um suspiro e um ar meditativo – eu realmente acho que o mingau vai ser a causa de minha morte.

Anne se permitiu um sorriso, uma vez que Paul não estava olhando para ela. Todos os habitantes de Avonlea sabiam que a velha senhora Irving estava educando o neto de acordo com os bons e antiquados métodos de dieta e moral.

– Esperemos que não, querido – disse ela, alegremente. – Como estão as suas pessoas do rochedo? O Gêmeo mais velho ainda continua se comportando bem?

– Ele *tem* de fazer isso – disse Paul, enfaticamente. – Ele sabe que não vou me associar a ele, se não o fizer. Ele é realmente cheio de maldade, eu acho.

– E Nora já descobriu sobre a Dama Dourada?

– Não; mas acho que ela suspeita. Tenho quase certeza de que ela me observou da última vez que fui à caverna. *Eu* não me importo se ela descobrir... é apenas pelo próprio bem dela que eu não quero que ela o descubra... para que seus sentimentos não sejam feridos. Mas se ela está *determinada* a ter seus sentimentos feridos, não há como evitar.

– Se eu fosse para a costa alguma noite com você, acha que eu poderia ver suas pessoas de pedra também?

Paul balançou a cabeça, com gravidade.

– Não, eu não acho que poderia ver *minhas* pessoas de pedra. Sou o único que pode vê-las. Mas você poderia ver suas próprias pessoas de pedra. Você é do tipo que pode. Nós dois somos desse tipo. Você *entende*, professora – acrescentou ele, apertando a mão dela, amigavelmente. – Não é esplêndido ser desse tipo, professora?

– Esplêndido – concordou Anne, com seus olhos cinzentos brilhantes fitando os brilhantes olhos azuis dele. Anne e Paul sabiam *quão belo é o reino que a imaginação abre para a vista*; e ambos sabiam o caminho para aquela terra da felicidade. Lá, a rosa da alegria florescia imortal pelos vales e riachos; as nuvens nunca escureciam o céu ensolarado; os doces sinos nunca saíam do tom; e se multiplicavam as almas gêmeas. O conhecimento da geografia daquela terra... "a leste do sol, a oeste da lua"... é um dom inestimável, que não pode ser comprado em mercado algum. Deve ser o presente das boas fadas no dia do nascimento e os anos nunca podem desfigurá-lo ou tirá-lo. É melhor possuí-lo, vivendo num sótão, do que ser habitante de palácios sem tê-lo.

O cemitério de Avonlea ainda era a própria solidão recoberta de relva que sempre havia sido. Com toda a certeza, os Melhoradores estavam de olho nele e Priscilla Grant havia lido um relatório sobre os cemitérios antes da última reunião da Sociedade. Em algum momento futuro, os Melhoradores pretendiam substituir a velha cerca de madeira, coberta de musgo, por uma nova de tela de arame, aparar a grama e reerguer os monumentos descaídos.

Anne colocou no túmulo de Matthew as flores que havia trazido e foi até o pequeno recanto, à sombra do álamo, onde repousava Hester Gray. Desde o dia do piquenique, na primavera, Anne sempre colocava flores no túmulo de Hester quando visitava o de Matthew. Na tarde anterior, havia feito uma peregrinação de volta ao pequeno jardim deserto no meio do bosque e tinha trazido de lá algumas das rosas brancas de Hester.

– Achei que gostaria mais dessas do que de qualquer outra, querida – disse ela, suavemente.

Anne ainda estava ali sentada quando viu uma sombra sobre a grama; ergueu os olhos e viu a senhora Allan. Elas voltaram juntas para casa.

O semblante da senhora Allan não era mais o da noiva que o ministro havia trazido para Avonlea cinco anos antes. Tinha perdido um pouco de seu brilho e das curvas juvenis, e havia linhas finas e pacientes ao redor dos olhos e da boca. Uma pequena sepultura naquele mesmo cemitério explicava algumas delas; e algumas novas surgiram durante a recente doença, agora felizmente superada, de seu filho pequeno. Mas as covinhas da senhora Allan eram tão doces e repentinas como sempre, seus olhos tão claros, brilhantes e verdadeiros; e o que faltava de beleza juvenil em seu rosto, era agora mais do que compensado por mais ternura e força.

– Suponho que esteja ansiosa por suas férias, Anne? – disse ela quando deixaram o cemitério.

Anne concordou, com um aceno da cabeça.

– Sim... posso saborear a palavra como um pedaço de doce sobre minha língua. Acho que o verão vai ser adorável. De um lado, porque a senhora Morgan está vindo para a Ilha em julho e Priscilla vai trazê-la para cá. Sinto uma de minhas velhas "emoções" só de pensar.

– Espero que se divirta, Anne. Você trabalhou muito no ano passado e com sucesso.

– Oh, não sei. Avancei tão pouco em tantas coisas. Não fiz o que pretendia fazer quando comecei a lecionar, no outono passado. Não vivi de acordo com meus ideais.

– Nenhum de nós consegue – disse a senhora Allan, com um suspiro. – Mas Anne, você sabe o que Lowell[12] diz: "Não é o fracasso, mas o mísero ideal que é crime". Devemos ter ideais e tentar viver de acordo com eles, mesmo que nunca tenhamos sucesso. A vida seria péssima sem eles. Com eles é grandiosa e ótima. Apegue-se firmemente a seus ideais, Anne.

– Vou tentar. Mas tenho de abandonar a maioria de minhas teorias – disse Anne, rindo um pouco. – Quando comecei minha carreira de professora, eu tinha o mais belo conjunto de teorias que possa imaginar, mas cada uma delas me desapontou, de um modo ou de outro.

– Até a teoria do castigo corporal – brincou a senhora Allan.

Mas Anne enrubesceu.

– Nunca vou me perdoar por ter batido em Anthony.

– Bobagem, querida, ele mereceu. E isso combina com ele. Você não teve mais problemas com ele desde então e ele passou a pensar que não há ninguém como você. Sua bondade conquistou o amor dele, depois que a ideia de que uma "moça não pode ser boa professora" foi arrancada da mente inflexível dele.

– Ele pode ter merecido o castigo, mas não é esse o ponto. Se eu tivesse calma e deliberadamente decidido bater nele porque achei que era uma punição justa para ele, não estaria me sentindo assim. Mas a verdade, senhora Allan, é que eu simplesmente fiquei irritada e bati nele por causa disso. Eu não estava pensando se era justo ou injusto... mesmo se ele não merecesse, eu o teria feito do mesmo jeito. É isso que me humilha.

– Bem, todos nós cometemos erros, querida, então deixe isso para trás. Devemos lamentar nossos erros e aprender com eles, mas nunca levá-los conosco para o futuro. Ali vai Gilbert Blythe em sua bicicleta... para casa, para suas férias também, suponho. Como vocês dois estão indo em seus estudos?

– Muito bem. Planejamos terminar o Virgílio esta noite... faltam apenas vinte linhas para concluir. Então, não vamos estudar mais até setembro.

---

12 James Russel Lowell (1819-1891), escritor norte-americano, autor de obras críticas e satíricas, como *Biglow papers* e *A fable for critics*.

– Acha que algum dia chegará à universidade?

– Oh, não sei. – Anne olhou sonhadoramente para o horizonte tingido de opala. – Os olhos de Marilla nunca vão ficar muito melhor do que estão agora, apesar de nos sentirmos gratas por pensar que não vão piorar. E depois há os gêmeos... de alguma forma, não acredito que o tio vai mandar buscá-los. Talvez a faculdade possa estar na curva da estrada, mas ainda não cheguei à curva e não penso muito sobre isso para não ficar descontente.

– Bem, eu gostaria de ver você ingressando na universidade, Anne; mas se não for possível, não fique descontente. Afinal, construímos nossas vidas onde quer que estejamos... a faculdade só pode nos ajudar a tornar as coisas mais fáceis. Nossas vidas podem ser mais abrangentes ou mais restritas, de acordo com o que colocamos nelas e não com o que podemos obter delas. A vida é rica e plena aqui... e em toda parte... se pudermos apenas aprender como abrir todo o nosso coração para sua riqueza e plenitude.

– Acho que entendo o que a senhora quer dizer – disse Anne, pensativa – e sei que tenho muito a agradecer... oh, tanto... meu trabalho, Paul Irving, os queridos gêmeos e todos os meus amigos. Sabe, senhora Allan, sou muito grata à amizade. Ela embeleza tanto a vida!

– A verdadeira amizade é de fato uma coisa muito útil – disse a senhora Allan – e devemos ter dela um ideal muito elevado e nunca maculá-la por qualquer falha na verdade e na sinceridade. Temo que a palavra amizade seja frequentemente degradada a um tipo de intimidade que nada tem de amizade verdadeira em si.

– Sim... como Gertie Pye e Julia Bell. Elas são muito íntimas e vão a todos os lugares juntas; mas Gertie está sempre dizendo coisas desagradáveis de Julia pelas costas e todo mundo pensa que ela tem ciúmes dela, porque sempre fica muito feliz quando alguém critica Julia. Eu acho que é profanação chamar isso de amizade. Se temos amigos, devemos buscar apenas o que há de melhor neles e dar-lhes o que há de melhor em nós, não acha? Então a amizade seria a coisa mais linda do mundo.

– A amizade *é* muito bonita – sorriu a senhora Allan –, mas algum dia...

Então ela parou abruptamente. No delicado semblante de fronte pálida a seu lado, com olhos cândidos e feições instáveis, havia ainda muito mais de criança do que de mulher. O coração de Anne abrigava até agora apenas sonhos de amizade e de ambição, e a senhora Allan não desejava extirpar as flores dessa doce inconsciência. Então ela deixou que sua frase se completasse no decorrer dos anos vindouros.

capítulo 16

A importância das coisas em certas circunstâncias

— Anne – disse Davy, com voz suplicante, subindo no lustroso sofá de couro na cozinha de Green Gables, onde Anne estava sentada, lendo uma carta –, Anne, estou com uma fome *terrível*. Você não faz ideia.

— Vou lhe dar um pedaço de pão com manteiga num minuto – replicou Anne, distraída. Sua carta evidentemente continha notícias empolgantes, pois suas bochechas estavam coradas como as rosas da grande roseira lá fora, e seus olhos cintilavam como só os olhos de Anne podiam fazê-lo.

— Mas não estou com fome de pão e manteiga – disse Davy, num tom desgostoso. – Estou com fome de bolo de ameixa.

— Oh! – riu Anne, largando a carta e passando o braço em torno de Davy para lhe dar um apertão. – Esse é um tipo de fome que pode ser suportado muito bem, Davy. Você sabe que uma das regras de Marilla é que não pode comer nada além de pão com manteiga entre as refeições.

— Bem, me dê um pedaço então... por favor.

Davy tinha finalmente aprendido a dizer "por favor", mas geralmente o acrescentava como uma reflexão tardia. Ele olhou com aprovação para a fatia generosa que Anne lhe trouxe e disse:

— Você sempre coloca uma bela quantidade de manteiga, Anne. Marilla a espalha bem fina. Desce muito mais fácil quando há muita manteiga.

A fatia "escorregou" com razoável facilidade, a julgar por seu rápido desaparecimento. Davy pôs primeiramente a cabeça para fora do sofá, deu uma cambalhota dupla no tapete e depois se sentou e anunciou decididamente:

— Anne, estou decidido a respeito do céu. Não quero ir para lá.

– Por que não? – perguntou Anne, séria.

– Porque o paraíso fica no sótão de Simon Fletcher e eu não gosto de Simon Fletcher.

– Paraíso no... sótão de Simon Fletcher! – hesitou Anne, surpresa demais até mesmo para rir. – Davy Keith, o que foi que enfiou ideia tão extraordinária em sua cabeça?

– Milty Boulter diz que o céu está lá. Foi no último domingo na Escola Dominical. A lição era sobre Elias e Eliseu, e eu me levantei e perguntei à senhorita Rogerson onde ficava o céu. A senhorita Rogerson parecia terrivelmente ofendida. Ela já estava um tanto zangada, porque, ao nos perguntar o que Elias deixou para Eliseu quando foi para o céu, Milty Boulter disse: "Suas roupas velhas" e todos nós rimos antes de pensar. Eu queria poder pensar primeiro e fazer as coisas depois, porque então não as faria. Mas Milty não queria ser desrespeitoso. Ele simplesmente não consegue pensar no nome das coisas. A senhorita Rogerson disse que o céu está onde Deus está e que eu não devia fazer esse tipo de pergunta. Milty me cutucou e disse num sussurro: "O céu está no sótão do tio Simon e vou explicar isso no caminho de casa". Então, quando voltávamos para casa, ele explicou. Milty tem muito jeito para explicar as coisas. Mesmo quando não sabe nada sobre alguma coisa, ele inventa um monte de coisas e então você tem tudo explicado do mesmo jeito. A mãe dele é irmã da senhora Simon e ele foi junto com ela ao funeral quando a prima, Jane Ellen, morreu. O ministro disse que ela tinha ido para o céu, mas Milty disse que ela estava deitada no caixão, bem na frente deles. Mas ele supõe que carregaram o caixão para o sótão depois. Bem, quando Milty e a mãe subiram as escadas, depois que tudo acabou, para apanhar o chapéu dela, ele lhe perguntou onde ficava o céu, para onde Jane Ellen tinha ido, e ela apontou diretamente para o teto e disse: "Lá em cima". Milty sabia que não havia nada além do sótão acima do teto, e foi assim que *ele* descobriu. E está com muito medo de ir para a casa do tio Simon desde então.

Anne tomou Davy no colo e fez o possível para desenroscar esse emaranhado teológico. Ela estava muito mais preparada para a tarefa do que Marilla, pois se lembrava de sua própria infância e tinha uma compreensão instintiva das ideias curiosas que às vezes as crianças de 7 anos têm sobre assuntos que são, obviamente, muito claros e simples para pessoas adultas. Ela tinha acabado de convencer Davy de que o céu *não* ficava no sótão de Simon Fletcher quando Marilla voltou do jardim, onde ela e Dora estavam colhendo ervilhas. Dora era uma pequena alma laboriosa e nunca ficava mais feliz do que ao "ajudar" em várias pequenas tarefas adequadas para seus dedinhos gorduchos. Ela dava de comer às galinhas, colhia batatas, secava a louça e levava recados a toda hora. Era asseada, menina de fé e obediente; nunca precisava ser mandada duas vezes para fazer uma coisa e nunca se esquecia de nenhum de seus pequenos deveres. Davy, pelo contrário, era bastante descuidado e esquecido; mas tinha o dom natural de conquistar a afeição, e por isso Anne e Marilla gostavam mais dele.

Enquanto Dora descascava as ervilhas com orgulho e Davy, com as cascas, fazia barcos com mastros de fósforos e velas de papel, Anne contava a Marilla o maravilhoso conteúdo de sua carta.

— Oh, Marilla, o que você acha? Recebi uma carta de Priscilla e ela diz que a senhora Morgan está na Ilha e que, se fizer bom tempo na quinta-feira, elas virão a Avonlea e chegarão aqui por volta das 12 horas. Passarão a tarde conosco e irão para o hotel em White Sands à noite, porque alguns dos amigos americanos da senhora Morgan estão hospedados lá. Oh, Marilla, não é maravilhoso? Mal posso acreditar que não estou sonhando.

— Atrevo-me a dizer que a senhora Morgan é igual a qualquer outra pessoa — disse Marilla, secamente, embora ela própria se sentisse um pouco empolgada. A senhora Morgan era uma mulher famosa e uma visita dela não era uma ocorrência comum. — Então devem vir para o almoço, não é?

— Sim; e oh, Marilla, posso eu mesma preparar todo o almoço? Quero sentir que posso fazer alguma coisa pela autora de "O jardim dos botões de rosa", mesmo que seja só preparar um almoço para ela. Você não vai se importar, não é?

— Oh Deus, não gosto tanto assim de cozinhar diante do calor do fogo em julho a ponto de me ofender se outra pessoa o fizer. É mais que bem-vinda ao trabalho.

— Obrigada — disse Anne, como se Marilla tivesse acabado de lhe prestar um grande favor, — vou preparar o menu esta noite.

— É melhor não tentar preparar pratos muito estilosos — advertiu Marilla, um pouco alarmada com o som bombástico da palavra "menu". — Provavelmente vai se arrepender, se os fizer.

– Oh, não vou preparar nenhum prato "estiloso", se isso significa tentar preparar pratos que normalmente não fazemos em ocasiões festivas – garantiu Anne. – Isso seria presunção e, embora eu saiba que não tenho tanto bom senso e firmeza quanto uma garota de 17 anos e uma professora deveria ter, não sou tão tola até *esse* ponto. Mas quero que tudo esteja tão elegante e delicioso quanto possível. Davy, não deixe essas cascas de ervilhas pelas escadas dos fundos... alguém pode escorregar nelas. Vou preparar uma sopa leve como entrada... você sabe que consigo fazer uma adorável sopa de creme de cebola... e depois, dois frangos assados. Os dois galos brancos. Tenho verdadeira afeição por esses galos, são aves de estimação desde que a galinha cinza chocou os dois... que eram bolinhas de penugem amarela. Mas sei que teriam de ser sacrificados algum dia e, certamente, não poderia haver ocasião mais digna do que esta. Mas oh, Marilla, *eu* não posso matá-los... nem mesmo em honra da senhora Morgan. Vou ter de pedir a John Henry Carter para que venha e faça isso por mim.

– Eu vou fazer isso – ofereceu-se Davy –, se Marilla os segurar pelas pernas, porque acho que vou precisar das duas mãos para manejar a machadinha. É muito divertido vê-los pulando depois que as cabeças são cortadas.

– Depois vou servir ervilha, feijão, batata cremosa e salada de alface, como vegetais – resumiu Anne. – Para sobremesa, torta de limão com chantilly, café, queijo e biscoitos. Vou fazer as tortas e os biscoitos amanhã e vou arrumar também meu vestido de musselina branca. Hoje à noite, vou avisar Diana, porque vai querer arrumar o dela. As heroínas da senhora Morgan quase sempre vestem musselina branca, e Diana e eu decidimos que seria assim que nos vestiríamos se algum dia nos encontrássemos com ela. Vai ser uma delicada homenagem, não acha? Davy, querido, não deve enfiar cascas de ervilha nas fendas do assoalho. Devo convidar o senhor e a senhora Allan para o almoço, e a senhorita Stacy também, pois eles estão todos muito ansiosos para conhecer a senhora Morgan. É uma sorte que ela venha enquanto a senhorita Stacy está aqui. Davy, querido, não coloque as cascas de ervilha navegando no balde de água... vá lá fora e brinque na tina de água dos animais. Oh, espero que o tempo esteja lindo na quinta-feira, e acho que vai estar, porque tio Abe disse, ontem à noite, quando foi visitar o senhor Harrison, que iria chover quase toda a semana.

– Esse é um bom sinal – concordou Marilla.

Anne foi correndo para Orchard Slope naquela noite, para contar as novidades a Diana, que também ficou muito empolgada, e elas discutiram o assunto, sentadas no balanço dependurado no grande salgueiro do jardim de Barry.

– Oh, Anne, será que não posso ajudá-la a preparar o almoço? – implorou Diana. – Você sabe que posso fazer uma esplêndida salada de alface.

– Claro que pode – disse Anne, generosamente. – E quero que me ajude a fazer a decoração também. E quero a sala de visitas transformada simplesmente num *caramanchão* de flores... e a mesa deve ser adornada com rosas silvestres. Oh, espero que tudo corra bem. As heroínas da senhora Morgan *nunca* ficam em apuros ou em desvantagem, e são sempre tão autoconfiantes e tão boas donas de casa. Parecem já ter *nascido* como boas donas de casa. Você se lembra de que Gertrude em "Dias de Edgewood" cuidava da casa do pai quando tinha apenas 8 anos de idade. Quando eu tinha 8 anos, mal sabia fazer alguma coisa, exceto cuidar de crianças. A senhora Morgan deve ser uma autoridade em questão de meninas, visto que escreveu tanto sobre elas, e quero que ela tenha uma boa opinião sobre nós. Imaginei tudo de uma dúzia de maneiras diferentes... como ela é, o que vai dizer e o que eu vou dizer. E estou tão nervosa por causa de meu nariz. Está com sete sardas, como pode ver. Apareceram no dia do piquenique da Sociedade, quando me expus ao sol sem chapéu. Creio que seja ingratidão de minha parte me preocupar com elas, quando deveria ficar agradecida por não estarem espalhadas por todo o meu rosto, como já aconteceu; mas eu gostaria que elas não tivessem aparecido... todas as heroínas da senhora Morgan têm uma pele tão perfeita! Não me lembro de nenhuma sardenta entre elas.

– As suas não são muito perceptíveis – consolou-a Diana. – Tente passar nelas um pouco de suco de limão hoje à noite.

No dia seguinte, Anne fez as tortas e os biscoitos, preparou seu vestido de musselina e varreu e espanou todos os cômodos da casa... um procedimento totalmente desnecessário, pois Green Gables estava, como de costume, em perfeita ordem, que era tão cara para Marilla. Mas Anne sentiu que um grãozinho de poeira seria uma profanação numa casa que teria a honra de receber a visita de Charlotte E. Morgan. Limpou até o quartinho de trastes debaixo da escada, embora não houvesse a mais remota possibilidade de que a senhora Morgan pudesse ver seu interior.

– Mas eu quero *sentir* que está em perfeita ordem, mesmo que não seja para ela ver – disse Anne a Marilla. – Sabe, em seu livro *Chaves douradas*, ela faz com que suas duas heroínas, Alice e Louisa, tomem como lema esses versos de Longfellow[13]:

"*Nos velhos tempos da arte,*

Construtores trabalhavam com o maior esmero

Cada diminuta e invisível parte,

Pois os deuses veem em todo lugar."

Por isso elas sempre mantinham limpas as escadas do porão e nunca se esqueciam de varrer por baixo das camas. Eu ficaria com a consciência pesada se soubesse que esse quartinho estava em desordem quando a senhora Morgan esteve em casa. Desde que lemos *Chaves douradas*, em abril passado, Diana e eu também tomamos esses versos como nosso lema.

Naquela noite, John Henry Carter e Davy conseguiram executar os dois galos brancos e Anne os preparou, e a tarefa geralmente desagradável foi glorificada ante seus olhos pelo destino das gordas aves.

– Não gosto de depenar aves – disse ela a Marilla –, mas não é uma sorte que não tenhamos que nos compenetrar no que nossas mãos podem estar fazendo? Eu estava depenando os galos com as mãos, mas na imaginação estava vagando pela Via Láctea.

– Achei que você tinha espalhado mais penas pelo chão do que de costume – comentou Marilla.

Então Anne pôs Davy na cama e o fez prometer que haveria de se comportar perfeitamente no dia seguinte.

– Se eu me comportar bem quanto possível durante todo o dia de amanhã, você

---

[13] Henry Wadsworth Longfellow (1807-1882), poeta norte-americano; entre suas publicações se destacam *Evangeline* e *A canção de Hiawatha*.

vai me deixar ser tão travesso quanto puder no outro dia? – perguntou Davy.

– Não posso prometer isso – disse Anne, discretamente –, mas vou levar você e Dora remando até a outra extremidade da lagoa e vamos desembarcar nas dunas de areia e fazer um piquenique.

– É um trato – disse Davy. – Eu vou me comportar bem, pode apostar. Eu pretendia ir até a casa do senhor Harrison e atirar ervilhas com minha nova espingarda de pressão contra o Ginger, mas posso fazer isso outro dia. Acho que amanhã vai ser exatamente igual aos domingos, mas um piquenique na praia vai compensar *isso*.

capítulo 17

Um capítulo de acidentes

Anne acordou três vezes durante a noite e fez peregrinações até a janela para se certificar de que a previsão do tio Abe não estava se concretizando. Finalmente, raiou a aurora, perolada e brilhante, num céu cheio de luz prateada e esplendor, e o maravilhoso dia havia chegado.

Diana apareceu logo após o café da manhã, com uma cesta de flores num braço e seu vestido de musselina no outro... pois não adiantaria vesti-lo até que todos os preparativos para o almoço estivessem concluídos. Enquanto isso, usava seu vestido rosa estampado e um avental de linho extraordinária e maravilhosamente ornado de babados e franzidos; estava muito elegante, bonita e rosada.

– Você está simplesmente graciosa – disse Anne, com admiração.

Diana suspirou.

– Mas tive de deixar de lado cada um dos meus vestidos *novamente*. Estou pesando quatro quilos a mais do que em julho. Anne, *onde* isso vai parar? As heroínas da senhora Morgan são todas altas e esbeltas.

– Bem, vamos esquecer nossos problemas e pensar em coisas boas – disse Anne, alegremente. – A senhora Allan diz que sempre que pensamos em algo que é uma provação, devemos pensar também em algo agradável para contrapor. Se você é um pouco rechonchuda, tem as covinhas mais encantadoras; e se eu tenho um nariz sardento, o *formato* dele é ótimo. Você acha que o suco de limão deu resultado?

– Sim, realmente acho que deu – respondeu Diana, em tom crítico; e, toda exultante, Anne foi para o jardim, que estava cheio de sombras delicadas e oscilantes luzes douradas.

– Em primeiro lugar, vamos decorar a sala. Temos muito tempo, pois Priscilla disse que elas estariam aqui por volta das 12h ou 12h30, o mais tardar, então deveremos almoçar à 1 hora.

Poderia haver, nesse momento, duas moças mais felizes e mais empolgadas em algum lugar do Canadá ou dos Estados Unidos, mas é de duvidar. Cada movimento da tesoura, quando caía uma rosa, uma peônia e um jacinto, parecia cantarolar: "A senhora Morgan está chegando hoje". Anne se perguntava como o senhor Harrison *podia* continuar ceifando o feno placidamente no campo do outro lado da estrada, como se nada estivesse para acontecer.

A sala de visitas em Green Gables era um ambiente bastante severo e sombrio, com rígida mobília marrom, espessas cortinas de renda e mantas brancas cobrindo os móveis, dispostas sempre em ângulos perfeitamente corretos, exceto nos momentos em que se enganchavam nos botões de pessoas sem sorte. Até Anne nunca fora capaz de infundir muita graça nesse ambiente, pois Marilla não permitia qualquer alteração. Mas é maravilhoso o que as flores podem fazer, se souber dispô-las de forma conveniente; quando Anne e Diana terminaram a decoração, a sala parecia outra.

Uma grande jarra azul cheia de bolas-de-neve transbordava na mesa polida. A reluzente cornija negra da lareira estava repleta de rosas e samambaias. Cada prateleira da estante continha um feixe de campânulas; os cantos escuros de cada lado da grade da lareira estavam iluminados com vasos cheios de peônias carmesim e a própria lareira parecia estar em chamas com papoulas amarelas. Todo esse esplendor e cores, misturadas com a luz do sol que penetrava pelas janelas através dos ramos de madressilva, numa profusão de sombras dançantes sobre as paredes e o piso, transformaram o cômodo geralmente sombrio no verdadeiro "caramanchão" imaginado por Anne; e arrancou até mesmo tributos de admiração de Marilla, que entrou para criticar e acabou ficando para elogiar.

– Agora, devemos pôr a mesa – disse Anne, no tom de uma sacerdotisa prestes a realizar algum rito sagrado em honra de uma divindade. – Vamos colocar um grande vaso de rosas silvestres no centro e uma única rosa na frente do prato de cada um... e um buquê especial de botões de rosa somente diante da senhora Morgan... uma alusão a *O jardim dos botões de rosa*, bem sabe.

A mesa estava posta na sala de estar, com a melhor toalha de linho de Marilla e a melhor porcelana, cristais e prataria. Pode-se ter toda a certeza de que cada artigo disposto sobre a mesa foi limpo ou polido com a mais alta perfeição possível, para obter brilho e esplendor.

Em seguida, as meninas foram para a cozinha, que estava impregnada de apetitosos odores que emanavam do forno, onde os galos já estavam assando. Anne preparou as batatas e Diana tomou a si o preparo da ervilha e do feijão. Depois, enquanto Diana se fechou na despensa para temperar a salada de alface, Anne, cujas bochechas começavam a ficar vermelhas, tanto de empolgação quanto por causa do calor do fogo, preparou o molho para a carne de galinha, picou as cebolas para a sopa e, por fim, bateu o creme para as tortas de limão.

E o que Davy estava fazendo durante todo esse tempo? Estava cumprindo a promessa de se comportar bem? De fato, estava. A bem da verdade, ele fez questão de ficar na cozinha, pois sua curiosidade o impelia a querer ver tudo o que acontecia. Mas enquanto estava sentado em silêncio num canto, ocupado em desatar os nós de um pedaço da rede de pesca, que havia trazido para casa de sua última ida à costa, ninguém se opôs a que ficasse na cozinha.

Às 11h30, a salada de alface estava pronta, os círculos dourados das tortas estavam enfeitados com chantilly e tudo o que devia ferver e borbulhar estava fervendo e borbulhando.

– É melhor irmos nos vestir agora – disse Anne –, pois elas podem chegar por volta do meio-dia. Devemos almoçar à 1 hora, uma vez que a sopa deve ser servida assim que estiver pronta.

De fato, sérios eram os rituais de toalete que se desenrolavam no momento, no quarto do lado leste. Ansiosa, Anne observou o nariz e se alegrou ao ver que as sardas não eram tão perceptíveis, por causa da aplicação do suco de limão ou por causa do rubor incomum de suas bochechas. Quando estavam prontas, pareciam tão meigas, elegantes e juvenis como qualquer uma das "heroínas da senhora Morgan".

– Espero ser capaz de dizer alguma coisa de vez em quando e não ficar sentada como se fosse muda – disse Diana, ansiosa. – Todas as heroínas da senhora Morgan conversam tão lindamente! Mas tenho medo de ficar calada como uma tola. E com certeza vou dizer "eu sei". Não tenho dito isso com frequência desde que a senhorita Stacy lecionou aqui; mas em momentos de empolgação, essas palavras sempre me escapam. Anne, se eu disser "eu sei" diante da senhora Morgan, vou morrer de vergonha. E isso seria quase tão ruim como não ter nada a dizer.

– Estou nervosa por causa de muitas coisas – disse Anne –, mas não acho que tenha muito medo de não poder falar.

E, para fazer justiça a ela, não havia.

Anne envolveu seu glorioso vestido de musselina num grande avental e desceu para preparar a sopa. Marilla se vestiu, e também os gêmeos, e parecia mais animada do que nunca. Ao meio-dia e meia, chegaram os Allan e a senhorita Stacy. Tudo estava indo bem, mas Anne começava a ficar nervosa. Certamente, já era hora de Priscilla e da senhora Morgan chegar. Ela ia com frequência até o portão e olhava para a rua com a mesma ansiedade que sua xará, na história do *Barba Azul*[14], espiava da janela da torre.

– Suponha que não venham – disse ela, lamentando-se.

– Não fique pensando nisso. Seria muito cruel – disse Diana, que, no entanto, estava começando a ter desconfortáveis pressentimentos a respeito.

– Anne – disse Marilla, saindo da sala –, a senhorita Stacy quer ver a bandeja de porcelana da senhorita Barry.

Anne correu até o armário da sala de estar para apanhar a bandeja. Cumprindo a promessa que havia feito à senhora Lynde, tinha escrito à senhorita Barry de Charlottetown, pedindo a bandeja emprestada. A senhorita Barry era uma velha amiga de Anne e prontamente mandou a bandeja, acompanhada de uma carta em que exortava Anne a ser muito cuidadosa, pois tinha pago 20 dólares pela bandeja. Esta havia servido a seu propósito no bazar da Sociedade e depois havia retornado ao armário de Green Gables, pois Anne não confiava em ninguém, a não ser em si mesma, para levá-la de volta à cidade.

---
14 *O Barba Azul* é um conto de Charles Perrault (1628-1703), escritor e poeta, considerado o pai da literatura infantil; é o autor de célebres contos, como *Chapeuzinho Vermelho, O Gato de Botas, A Bela Adormecida, Cinderela, O Pequeno Polegar.*

Ela carregou a bandeja com cuidado até a porta da frente, onde os convidados estavam desfrutando da brisa fresca que soprava do riacho. A bandeja foi examinada e admirada; então, justamente quando Anne a tomava de volta em suas próprias mãos, ouviu-se um forte estrondo na despensa da cozinha. Marilla, Diana e Anne correram para lá; mas a última se deteve um instante apenas para pousar a preciosa bandeja no segundo degrau da escada.

Quando chegaram à despensa, se depararam com um espetáculo verdadeiramente angustiante... um garotinho com semblante culpado saltava da mesa, com sua blusa limpa estampada generosamente lambuzada de recheio amarelo e, sobre a mesa, os destroços do que tinham sido duas belas tortas de limão recheadas.

Davy tinha terminado de desenroscar sua rede de pesca e tinha enrolado o barbante numa bola. Em seguida, foi até a despensa para colocá-la na prateleira acima da mesa, onde já guardava um bom número de bolas semelhantes que, até onde se pôde descobrir, não serviam para nada de útil, exceto para o prazer de possuí-las. Davy teve de subir na mesa e alcançar a prateleira num ângulo perigoso... algo que Marilla o havia proibido de fazer, visto que já havia falhado anteriormente nessa tentativa. O resultado, dessa vez, foi desastroso. Davy escorregou e caiu estatelado nas tortas de limão. Sua blusa limpa estava arruinada para aquela ocasião e as tortas, para sempre. Apesar dos pesares e de coisas ruins que acontecem, sempre há alguém que possa tirar proveito; e, nesse caso, foi o porco que saiu ganhando com o infortúnio de Davy.

— Davy Keith — disse Marilla, sacudindo-o pelos ombros —, não o proibi de subir nessa mesa de novo? Não proibi?

— Eu esqueci — choramingou Davy. — Você me disse para não fazer tantas coisas, que não consigo me lembrar de todas.

— Bem, vá subindo as escadas e fique lá em cima até depois do almoço. Talvez assim consiga reavivar sua memória e se lembrar de tudo. Não, Anne, nem pense em interceder por ele. Não o estou punindo porque estragou as tortas... foi um acidente. Eu o estou punindo por sua desobediência. Vá, Davy, estou mandando!

— E vou ficar sem almoço? — lamentou Davy.

— Você pode descer depois e almoçar sozinho na cozinha.

– Ah, tudo bem – disse Davy, um tanto consolado. – Eu sei que Anne vai guardar alguns bons ossos para mim, não é, Anne? Porque você sabe que eu não queria cair em cima das tortas. Diga, Anne, já que *estão* estragadas, posso levar alguns pedaços comigo lá para cima?

– Não, nada de torta de limão para você, senhor Davy – disse Marilla, empurrando-o para o corredor.

– O que vamos fazer para sobremesa? – perguntou Anne, olhando com pesar para os destroços e ruínas.

– Traga um pote de compota de morango – respondeu Marilla, consoladora. – Sobrou bastante creme ainda na bacia.

Bateu 1 hora... mas nada de Priscilla ou da senhora Morgan. Anne estava agoniada. Tudo estava pronto e a sopa estava exatamente no ponto em que deveria estar, mas não se podia garantir que permanecesse assim por muito tempo.

– Não acredito mais que venham – disse Marilla, com irritação.

Anne e Diana buscaram conforto nos olhos uma da outra.

À 1h30, Marilla tornou a vir da sala.

– Meninas, *devemos* almoçar. Todo mundo está com fome e não adianta esperar mais. Priscilla e a senhora Morgan não vêm, isso está claro, e não faz sentido continuar esperando.

Anne e Diana começaram a servir o almoço, sem demonstrar qualquer entusiasmo nessa situação.

– Creio que não vou conseguir comer nem um bocado – disse Diana, aflita.

– Nem eu. Mas espero que tudo esteja gostoso para a senhorita Stacy e o senhor e senhora Allan – disse Anne, apática.

Quando Diana serviu a ervilha, provou e uma expressão muito peculiar cobriu seu rosto.

– Anne, *você* colocou açúcar na ervilha?

– Sim – respondeu Anne, amassando as batatas com o ar de quem espera cumprir seu dever. – Coloquei uma colher de açúcar. Nós sempre colocamos. Você não gostou?

– Mas eu também pus uma colher quando a levei ao fogão – disse Diana.

Anne largou o espremedor e provou a ervilha também. E fez uma careta.

– Que coisa horrível! Nunca pensei que você pusesse açúcar, porque sabia que sua mãe nunca o coloca. Aconteceu que me lembrei disso, por um milagre... sempre esqueço... então coloquei uma colher cheia.

– É o caso de cozinheiras demais, eu acho – disse Marilla, que escutou esse diálogo com uma expressão um tanto culpada. – Achei que você não se lembraria do açúcar, Anne, pois tenho certeza absoluta de que nunca se lembrava antes... então *eu* pus uma colherada bem cheia.

Os convidados na sala ouviram seguidas gargalhadas na cozinha, mas nunca souberam qual tinha sido a causa. Naquele dia, contudo, não houve ervilha posta na mesa.

– Bem – disse Anne, ficando séria novamente, com um suspiro –, vamos servir a salada de qualquer maneira e não creio que algo tenha acontecido com o feijão. Vamos levar os pratos e esquecer isso.

Não se pode dizer que aquele almoço foi um notável sucesso social. Os Allan e a senhorita Stacy se esforçaram para salvar a situação e a costumeira placidez de Marilla não foi visivelmente afetada. Mas Anne e Diana, entre o desapontamento e a reação de sua empolgação da manhã, não conseguiram falar nem comer. Anne tentou heroicamente tomar parte na conversa, em consideração aos convidados; mas todo o brilho tinha se apagado por enquanto e, apesar de seu carinho pelos Allan e pela senhorita Stacy, não conseguia deixar de pensar em como seria bom quando todos tivessem ido para casa e ela pudesse enterrar seu cansaço e sua decepção nos travesseiros do quartinho do lado leste.

Há um antigo provérbio que às vezes parece realmente ser inspirador... "Uma desgraça chama outra." A medida das tribulações daquele dia ainda não estava completa. Assim que o senhor Allan terminou de agradecer, ouviu-se um som estranho e sinistro nas escadas, como de um duro e pesado objeto caindo de degrau em degrau e acabando por se estatelar ao pé da escada. Todos saíram às pressas para o corredor. Anne deu um grito de consternação.

No pé da escada, estava uma grande concha rosada no meio dos fragmentos daquilo que tinha sido a bandeja da senhorita Barry; e no topo da escada, um aterrorizado Davy estava de joelhos, olhando para baixo, com olhos arregalados, em direção dos cacos.

– Davy – disse Marilla, ameaçadora –, você atirou essa concha *de propósito?*

– Não, não atirei nada – choramingou Davy. – Eu estava ajoelhado aqui, bem quieto, olhando vocês através da balaustrada e meu pé bateu naquela coisa velha e a empurrou para baixo... e eu estou com muita fome... e eu gostaria que você me desse uma surra e acabasse com isso, em vez de me mandar sempre para cima para perder toda a diversão.

– Não culpe Davy – disse Anne, juntando os cacos com os dedos trêmulos. – Foi culpa minha. Coloquei a bandeja ali e a esqueci totalmente. Sou devidamente punida por meu descuido; mas oh, o que a senhorita Barry vai dizer?

– Bem, você sabe que ela só comprou a bandeja; então não é a mesma coisa como se fosse uma relíquia de família – disse Diana, tentando consolá-la.

Os convidados foram embora logo em seguida, compreendendo que era a coisa mais sensata a fazer; Anne e Diana lavaram a louça, falando menos do que se falavam antes. Então Diana foi para casa com dor de cabeça e Anne foi com outra para o quarto do lado leste, onde ficou até que Marilla retornou do correio ao pôr do sol, com uma carta de Priscilla, escrita na véspera. A senhora Morgan tinha torcido o tornozelo tão gravemente, que não conseguia sair do quarto.

"E, oh, Anne, querida", escreveu Priscilla, "sinto muito, mas temo que não vamos mais a Green Gables por ora, pois quando o tornozelo da tia estiver bom, ela terá de voltar a Toronto. Ela tem de estar lá numa data já fixada."

– Bem – suspirou Anne, colocando a carta no degrau de arenito vermelho da varanda dos fundos, onde estava sentada, enquanto o crepúsculo descia num céu salpicado de cores –, sempre achei que a vinda da senhora Morgan era algo bom demais para ser verdade. Mas... esse discurso soa tão pessimista quanto o da senhorita Eliza Andrews e tenho vergonha de fazê-lo. Afinal, *não* era bom demais para ser verdade... coisas tão boas e muito melhores estão acontecendo para mim o tempo todo. E suponho que os acontecimentos de hoje tenham um lado engraçado também. Talvez, quando Diana e eu estivermos velhas e grisalhas, possamos rir deles. Mas sinto que não posso fazê-lo por ora, pois foi verdadeiramente um amargo desapontamento.

– Provavelmente, você vai ter muitos mais e piores desapontamentos que esse antes de chegar à velhice – disse Marilla, que pensou honestamente estar fazendo um discurso reconfortante. – Parece-me, Anne, que você nunca vai superar a mania de colocar seu coração em demasia nas coisas e depois cair em desespero, porque não as consegue.

– Sei que sou muito inclinada a isso – concordou Anne, com tristeza. – Quando penso que algo de bom vai acontecer, parece que vou voar nas asas da expectativa; e então, no primeiro contratempo que ocorre, caio no chão com um baque. Mas, na realidade, Marilla, a parte do voo *é* gloriosa enquanto dura... é como voar alto ao pôr do sol. Acho que isso quase compensa o baque.

– Bem, talvez seja – admitiu Marilla. – Eu prefiro caminhar calmamente e ficar sem voar e cair. Mas todo mundo tem sua própria maneira de viver... eu costumava pensar que só havia um caminho certo... mas desde que tive você e os gêmeos para criar, não tenho tanta certeza disso. O que você vai fazer agora com relação à bandeja da senhorita Barry?

– Devolver os 20 dólares que ela pagou por ela, suponho. Sinto-me grata por não ser uma relíquia de família muito estimada, porque, em tal caso, nenhum dinheiro poderia pagá-la.

– Talvez você possa encontrar uma igual em algum lugar e comprá-la para ela.

– Receio que não. Bandejas tão antigas como essa são muito raras. A senhora Lynde não conseguiu encontrar uma para a ceia em lugar algum. Oxalá eu consiga, pois é claro que para a senhorita Barry tanto faz uma bandeja ou outra, desde que ambas fossem igualmente antigas e genuínas. Marilla, olhe para aquela grande estrela acima do bosque de bordos do senhor Harrison, com todo aquele silêncio sagrado do céu prateado em torno dela. Isso me dá uma sensação de que é como uma oração. Afinal, quando se pode ver estrelas e céus assim, pequenas decepções e acidentes não têm tanta importância, não é?

– Onde está Davy? – perguntou Marilla, com um olhar indiferente para a estrela.

– Na cama. Eu prometi levá-lo, junto com Dora, para um piquenique na praia, amanhã. Claro, o acordo original era que ele devia ser bonzinho. Mas ele *tentou* ser bonzinho... e eu não tive coragem de desapontá-lo.

– Você vai se afogar, ou aos gêmeos, remando na lagoa naquele barco – resmungou Marilla. – Moro aqui há 60 anos e nunca estive na lagoa.

– Bem, nunca é tarde demais para consertar – disse Anne, maliciosamente. – Suponha você indo conosco amanhã. Vamos fechar Green Gables e passar o dia inteiro na praia, deixando o mundo de lado.

– Não, obrigada – disse Marilla, com indignada ênfase. – Eu seria um belo espetáculo remando pela lagoa num barco, não seria? Acho que já me parece ouvir Rachel tecendo seus mexericos a respeito. Ali vai o senhor Harrison para algum lugar com sua charrete. Você acha que há alguma verdade no rumor de que o senhor Harrison está frequentando a casa de Isabella Andrews?

– Não, tenho certeza que não. Ele foi para lá uma noite a negócios com o senhor Harmon Andrews e a senhora Lynde o viu e disse que sabia que ele estava namorando, porque usava uma camisa de colarinho branco. Não acredito que o senhor Harrison venha a se casar um dia. Parece que ele tem preconceito contra o casamento.

– Bem, você nunca pode dizer isso sobre esses velhos solteiros. E se ele usava colarinho branco, eu concordaria com Rachel que isso parece suspeito, pois tenho certeza de que ele nunca foi visto assim antes.

– Acho que ele só o usou porque queria fechar um negócio com Harmon Andrews – disse Anne. – Já o ouvi dizer que essa é a única vez que um homem precisa se preocupar com sua aparência, porque se aparenta ser próspero, é pouco provável que a outra parte interessada tente enganá-lo. Eu realmente sinto pena do senhor Harrison; não acredito que ele se sinta satisfeito com sua vida. Deve se sentir muito solitário por não ter ninguém com quem se preocupar, a não ser um papagaio, não acha? Mas percebo que o senhor Harrison não gosta de que sintam pena dele. Ninguém gosta, imagino.

– Aí vem Gilbert, subindo pela vereda – disse Marilla. – Se ele quiser que você o acompanhe para uma volta de barco na lagoa, lembre-se de colocar o casaco e as botas de borracha. Vai haver um orvalho pesado esta noite.

capítulo 18

Uma aventura na estrada Tory

—Anne – disse Davy, sentando-se na cama e apoiando o queixo nas mãos –, Anne, onde fica o sono? As pessoas vão dormir todas as noites e, claro, sei que é o lugar onde faço as coisas que sonho, mas quero saber *onde* fica e como chego lá e volto sem saber... e com minhas roupas de dormir também. Onde fica?

Anne estava ajoelhada diante da janela do lado oeste, observando o céu anoitecer, que era como uma grande flor com pétalas cor de açafrão e o miolo de um amarelo vivo. Com a pergunta de Davy, ela virou a cabeça e respondeu, com ar sonhador:

"*Sobre as montanhas da lua,*

No fundo do vale das sombras."[15]

Paul Irving teria compreendido o significado disso, ou ele mesmo teria inventado um sentido, se não soubesse; mas o prático Davy, que, como Anne frequentemente observava com desespero, não tinha uma partícula sequer de imaginação, só ficou perplexo e desgostoso.

– Anne, acho que você só está falando bobagem.

– Claro que estou, querido. Você não sabe que só pessoas muito tolas falam sério o tempo todo?

– Bem, eu acho que você pode dar uma resposta séria quando eu fizer uma pergunta séria – disse Davy, num tom ofendido.

---
15 Citação dos últimos versos do poema *Eldorado*, de Edgar Allan Poe (1809-1849), romancista e poeta norte-americano.

– Oh, você é muito pequeno para entender – disse Anne. Mas ela se sentiu um tanto envergonhada por dizer isso; pois não tinha ela, diante da viva lembrança de muitas respostas semelhantes recebidas em sua própria infância, jurado solenemente que nunca diria a criança alguma que era muito pequena para entender? Ainda assim, ali estava ela fazendo isso... tão grande é, às vezes, o abismo entre a teoria e a prática.

– Bem, estou fazendo meu melhor para crescer – disse Davy. – Mas é uma coisa que não posso apressar. Se Marilla não fosse tão mesquinha com sua geleia, acredito que cresceria muito mais rápido.

– Marilla não é mesquinha, Davy – disse Anne, severamente. – É muita ingratidão de sua parte dizer uma coisa dessas.

– Há outra palavra que significa a mesma coisa e soa muito melhor, mas não me lembro dela – disse Davy, franzindo a testa intensamente. – Eu ouvi Marilla dizer que ela mesma o era, outro dia.

– Se você quer dizer *econômica*, é uma coisa *muito* diferente de ser mesquinha. Ser econômico é uma excelente qualidade numa pessoa. Se Marilla fosse mesquinha, não teria ficado com você e Dora quando a mãe de vocês dois morreu. Você teria gostado de ir morar com a senhora Wiggins?

– Pode apostar que não! – Davy foi enfático nesse ponto. – Nem quero ir morar com o tio Richard. Prefiro morar aqui, mesmo que Marilla seja essa palavra comprida quando se trata de geleia, porque *você* está aqui, Anne. Diga, Anne, não vai me contar uma história antes de dormir? Não quero um conto de fadas. Eles são bons para meninas, eu acho, mas quero uma coisa emocionante... muitas mortes e tiros e uma casa pegando fogo, coisas desse tipo.

Felizmente para Anne, Marilla a chamou, nesse momento, de seu quarto.

– Anne, Diana está sinalizando freneticamente. É melhor ver o que ela quer.

Anne correu até a janela do quarto do lado leste e viu lampejos de luz no crepúsculo, vindos da janela de Diana em cinco piscadas seguidas, o que significava, de acordo com seu antigo código infantil, "Venha imediatamente, pois tenho algo importante a revelar". Anne jogou seu xale branco na cabeça e embrenhou-se depressa pela Floresta Assombrada, passou pelo canto das pastagens do senhor Bell em direção a Orchard Slope.

– Tenho boas notícias para você, Anne – disse Diana. – Mamãe e eu acabamos de chegar de Carmody e encontrei Mary Sentner, de Spencervale, na loja do senhor Blair. Ela diz que as velhas senhoras Copp, na estrada Tory, têm uma bandeja de porcelana e acha que é exatamente igual à que tínhamos naquele almoço. Diz que é bem provável que a vendam, pois Martha Copp nunca foi de guardar nada que *possa* vender; mas se elas não quiserem, há outra bandeja na loja de Wesley Keyson, em Spencervale, e essa será certamente vendida, mas ela não pode afirmar com segurança que seja da mesma qualidade daquela da tia Josephine.

– Amanhã, irei diretamente a Spencervale para ver essas bandejas – disse Anne, resoluta – e você tem de ir comigo. Vou tirar um peso enorme de minha consciência, pois tenho de ir à cidade depois de amanhã e como poderia encarar sua tia Josephine sem a bandeja de porcelana? Seria ainda pior do que aquela vez que tive de confessar de ter ficado pulando sobre a cama no quarto reservado aos hóspedes.

As duas meninas riram da velha lembrança... a respeito da qual, se algum de meus leitores a ignora e estiver curioso, devo remetê-lo à história anterior de Anne.

Na tarde seguinte, as meninas partiram em sua expedição de caça à bandeja. Eram dez milhas a percorrer até Spencervale e o dia não era especialmente agradável para viajar. Estava muito quente e sem vento, e a poeira na estrada era toda a que se poderia esperar após seis semanas de tempo seco.

– Oh, gostaria que chovesse logo – suspirou Anne. – Tudo está tão seco. Os pobres campos me dão pena e as árvores parecem estar estendendo as mãos implorando por chuva. Quanto a meu jardim, fico triste cada vez que entro nele. Acho que não devo ficar reclamando de meu jardim, quando os fazendeiros estão sofrendo muito mais com suas plantações. O senhor Harrison diz que suas pastagens estão tão ressequidas que as pobres vacas mal conseguem comer e ele se sente culpado de crueldade com os animais sempre que os fita nos olhos.

Depois de uma viagem cansativa, as meninas chegaram a Spencervale e viraram na estrada Tory... uma estrada verde e solitária, onde as faixas de grama entre os sulcos das rodas davam sinais de falta de movimento. Ao longo da maior parte de sua extensão, era margeada de bosques espessos de abetos novos, com clareiras aqui e acolá, onde o campo dos fundos de uma fazenda de Spencervale chegava até a cerca ou uma extensão de tocos estava em chamas junto com ervas e plantinhas de flores amarelas.

– Por que é chamada de Estrada Tory? – perguntou Anne.

– O senhor Allan diz que é pela mesma razão de chamar um lugar de bosque, embora não haja árvore alguma na área – disse Diana –, pois ninguém mora ao longo da estrada, exceto as senhoras Copp e o velho Martin Bovyer, que é Liberal, na outra extremidade. O governo Tory abriu essa estrada quando estava no poder, só para mostrar que estava fazendo alguma coisa.

O pai de Diana era Liberal, razão pela qual ela e Anne nunca discutiam política. O povo de Green Gables sempre foi Conservador. Finalmente, as meninas chegaram à velha propriedade das Copp... um lugar de tão excessiva limpeza externa que até Green Gables teria parecido malcuidada. A casa era de estilo muito antigo, situada numa encosta, fato que exigiu a construção de um porão de pedra numa das extremidades. A casa e as edificações externas eram todas caiadas, resultando num branco ofuscante, e sem qualquer erva daninha visível no caprichado jardim na frente da cozinha, cercado por uma paliçada branca.

– As cortinas estão todas fechadas – disse Diana, com tristeza. – Creio que não há ninguém em casa.

E esse era realmente o caso. As meninas se entreolharam, perplexas.

– Não sei o que fazer – disse Anne. – Se eu tivesse certeza de que a bandeja era do tipo certo, não me importaria de esperar até que elas voltassem para casa. Mas se não for, pode ser tarde demais para ir até a loja de Wesley Keyson depois.

Diana olhou para uma janelinha quadrada no porão.

– Essa é a janela da despensa, tenho certeza – disse ela –, porque essa casa é igual à do tio Charles em Newbridge, e essa é a janela da despensa. A cortina não está baixada, então se subirmos no telhado daquela casinha poderíamos olhar para dentro da despensa e poderíamos ver a bandeja. Acha que fazer isso está errado?

– Não, acho que não – decidiu Anne, após a devida reflexão –, visto que nosso motivo não é mera curiosidade.

Resolvida essa importante questão ética, Anne se preparou para subir na citada "casinha", uma construção de sarrafos com telhado pontiagudo, que no passado tinha servido de habitação para os patos. As senhoras Copp tinham desistido de criar patos... "porque eram aves muito desordeiras"... e a construção não estava em uso há alguns anos, exceto para manter fechadas as galinhas poedeiras. Embora escrupulosamente caiada de branco, tinha-se tornado um tanto instável e Anne se sentiu insegura ao subir na tampa de um barril posto em cima de uma caixa.

– Receio que não vai aguentar meu peso – disse ela, ao pisar cautelosamente no telhado.

– Apoie-se no peitoril da janela – aconselhou Diana, e Anne fez exatamente isso. Para sua alegria, viu, ao espiar pela vidraça, uma bandeja de porcelana, precisamente idêntica à que estava procurando, na prateleira diante da janela. Foi só o que ela viu antes da catástrofe acontecer. Em sua alegria, Anne se esqueceu da natureza precária da base em que pisava, descuidadamente deixou de se apoiar no peitoril da janela, deu um impulsivo e leve salto de contentamento... e, no momento seguinte, o telhado cedeu e ela afundou até as axilas; e lá estava ela dependurada, totalmente incapaz de se desvencilhar. Diana invadiu a casa dos patos e, agarrando sua infeliz amiga pela cintura, tentou puxá-la para baixo.

– Ai... não – gritou a pobre Anne. – Há algumas lascas compridas cravando em mim. Veja se consegue colocar algo sob meus pés... então talvez eu possa me soerguer.

Diana arrastou rapidamente o barril mencionado anteriormente e Anne percebeu que era bastante alto para fornecer um local seguro de apoio a seus pés. Mas ela não conseguia se soltar.

– Será que conseguiria puxá-la para fora, se eu subisse? – sugeriu Diana.

Anne sacudiu a cabeça, desesperada.

– Não... as lascas me machucam demais. Mas se conseguir encontrar um machado, poderia me soltar. Meu Deus, estou começando realmente a acreditar que nasci sob uma estrela de mau agouro.

Diana procurou por todos os lados, mas não encontrou nenhum machado.

– Terei de buscar ajuda – disse ela, voltando para a prisioneira.

– Não, nem pense nisso, não deve ir – disse Anne, com veemência. – Se você for, a história vai se espalhar por toda parte e eu vou morrer de vergonha. Não, temos apenas de esperar até que as senhoras Copp voltem para casa e pedir que guardem segredo. Elas sabem onde está o machado e vão me tirar daqui. Não estou desconfortável, desde que fique perfeitamente imóvel... não desconfortável no *corpo*, quero dizer. Gostaria de saber em quanto as Copp avaliam esta casa. Vou ter de pagar pelo dano que causei, mas não me importaria se tivesse certeza de que elas entendessem o motivo que me levou a espiar pela janela da despensa. Meu único conforto é que a bandeja é exatamente do tipo que eu quero e se a senhorita Copp concordar em vendê-la para mim, vou me conformar com o que aconteceu.

– E se as Copp não voltarem para casa até tarde da noite... ou até amanhã? – perguntou Diana.

– Se elas não retornarem até o pôr do sol, acho que você terá de buscar outro tipo de ajuda – disse Anne, relutantemente. – Mas não deve ir até que seja realmente necessário. Oh, querida, essa é uma situação terrível. Eu não me importaria tanto se meus infortúnios fossem românticos, como sempre são os das heroínas da senhora Morgan, mas as peripécias em que me envolvo são sempre simplesmente ridículas. Imagine o que as Copp vão pensar quando entrarem no quintal e virem a cabeça e os ombros de uma moça saindo do telhado de uma de suas casas. Ouça... é uma carroça? Não, Diana, acho que é um trovão.

Sem dúvida, era um trovão, e Diana, depois de ter feito um rápido giro em torno da casa, voltou para anunciar que uma nuvem muito negra estava subindo rapidamente a Noroeste.

– Acredito que vai cair uma tempestade das pesadas – exclamou ela, consternada. – Oh, Anne, o que vamos fazer?

– Devemos nos preparar para isso – respondeu Anne, tranquilamente. Uma tempestade parecia insignificante em comparação com o que já havia acontecido. – É melhor você levar o cavalo e a charrete para aquele galpão aberto. Felizmente, minha sombrinha está na charrete. Aqui... leve meu chapéu com você. Marilla me disse que eu era uma tola por usar meu melhor chapéu para vir à Estrada Tory; e ela estava certa, como sempre está.

Diana desamarrou o cavalo e o conduziu para dentro do galpão, assim que as primeiras pesadas gotas de chuva começaram a cair. Abrigada no galpão, se sentou e ficou contemplando o aguaceiro que desabava e que era tão forte e denso, que ela mal conseguia enxergar Anne, segurando a sombrinha bravamente sobre a cabeça nua. Não houve muitos trovões, mas durante quase uma hora a chuva caiu torrencialmente. Vez por outra, Anne inclinava a sombrinha para trás e acenava com a mão para a amiga; mas conversar a distância estava totalmente fora de questão. Finalmente a chuva parou, o sol apareceu e Diana se aventurou pelas poças d'água do quintal.

– Você se molhou muito? – perguntou ela, ansiosa.

– Oh, não – respondeu Anne, bem animada. – Minha cabeça e meus ombros estão bastante secos e minha saia só está um pouco úmida, onde a chuva caiu entre os sarrafos. Não tenha pena de mim, Diana, pois não me importei nem um pouco. Fiquei pensando no bem que a chuva vai fazer e como meu jardim deve ficar contente, e imaginando o que as flores e os botões pensaram quando as gotas começaram a cair. Imaginei um diálogo realmente interessante entre os ásteres e as ervilhas-de-cheiro e os canários silvestres no arbusto de lilás e o espírito guardião do jardim. Quando eu for para casa, pretendo lançar isso no papel. Gostaria de ter um lápis e papel para fazer isso agora, porque acho que vou esquecer as melhores partes antes de chegar em casa.

A fiel Diana tinha um lápis e descobriu uma folha de papel de embrulho na caixa da charrete. Anne dobrou a sombrinha que ainda pingava, pôs o chapéu, estendeu o papel de embrulho numa telha de madeira que Diana lhe alcançou e escreveu seu idílio de jardim em condições que dificilmente poderiam ser consideradas favoráveis à literatura. O resultado, contudo, foi bastante bom e Diana ficou "extasiada" quando Anne o leu em voz alta.

– Oh, Anne, é delicioso... delicioso. Envie-o para a revista "Mulher Canadense".

Anne sacudiu a cabeça.

– Oh, não, não seria adequado de forma alguma. Não há *enredo* nele, como pode ver. É apenas uma sucessão de fantasias. Gosto de escrever essas coisas, mas é claro que nada desse tipo serviria para ser publicado, pois os editores insistem em enredos, diz Priscilla. Oh, lá está a senhorita Sarah Copp. *Por favor*, Diana, vá e explique.

A senhorita Sarah Copp era uma mulher baixa, usando nesse momento um vestido preto surrado e um chapéu escolhido menos como adorno para a vaidade do que por um senso prático de utilidade. Ela parecia tão surpresa quanto seria de se esperar, ao ver o curioso quadro em seu quintal, mas quando ouviu a explicação de Diana, sentiu-se movida de compaixão. Rapidamente destrancou a porta dos fundos, apanhou o machado e, com poucos golpes habilidosos, libertou Anne. Esta última, um tanto cansada e rígida, deslizou para o interior de sua prisão e, agradecida, emergiu uma vez mais para a liberdade.

– Senhorita Copp – disse ela, muito séria. – Eu lhe asseguro que olhei pela janela da despensa apenas para ver se a senhorita tinha uma bandeja de porcelana. Não vi mais nada... *não procurei* por mais nada.

– Fique tranquila, está tudo bem – disse a senhorita Sarah, amavelmente. – Não precisa se preocupar, não causou dano algum. Graças a Deus, nós as Copp mantemos nossas despensas apresentáveis o tempo todo e não nos importamos com quem olha para dentro delas. Quanto à velha casa dos patos, estou contente por estar meio destruída, pois talvez Martha concorde agora em demoli-la. Ela nunca haveria de concordar antes, por medo de que pudesse ser útil em algum momento e eu tinha que mandar caiá-la a cada primavera. Mas se tentasse discutir com Martha seria como discutir com poste. Ela foi para a cidade hoje... levei-a para a estação. E a senhorita quer comprar minha bandeja. Bem, o que vai dar por ela?

– Vinte dólares – respondeu Anne, que não se achava à altura de negociar de igual para igual com uma Copp ou não teria oferecido seu preço desde o início.

– Bem, verei – disse a senhorita Sarah, com cautela. – Por sorte, essa bandeja é minha ou nunca ousaria vendê-la, se Martha não estivesse aqui. Ainda assim, acredito que ela vai fazer estardalhaço. Devo lhe dizer que Martha é a chefe desse estabelecimento. Estou ficando terrivelmente cansada de viver sob o domínio de outra mulher. Mas entrem, entrem. Devem estar muito cansadas e com fome. Farei o melhor que puder, oferecendo-lhes chá, mas aviso que não esperem mais que pão com manteiga e alguns pepinos. Martha trancou todo o bolo, queijo e conservas antes de partir. Ela sempre faz isso, porque diz que sou muito extravagante quando chegam visitas.

As meninas estavam bem famintas para fazer justiça a qualquer comida, e apreciaram o excelente pão com manteiga e os "pepinos" da senhorita Sarah, Terminada a refeição, a senhorita Sarah disse:

– Não sei se realmente me importo em vender a bandeja. Mas vale 25 dólares. É uma bandeja muito antiga.

Diana cutucou de leve o pé de Anne por baixo da mesa, querendo dizer: "Não concorde, ela vai deixá-la por 20, se você resistir". Mas Anne não estava disposta a perder a oportunidade de levar aquela preciosa bandeja. Prontamente concordou em dar 25 dólares e a senhorita Sarah parecia como se lamentasse por não ter pedido 30.

– Bem, acho que pode levá-la. Quero todo o dinheiro que possa dar agora. O fato é que... – a senhorita Sarah ergueu a cabeça com ar presunçoso, com um rubor orgulhoso em suas bochechas magras – eu vou me casar... com Luther Wallace. Ele me queria vinte anos atrás. Eu gostava muito dele, mas ele era pobre na época e meu pai o despachou. Creio que não deveria tê-lo deixado ir tão submissamente, mas eu era tímida e tinha medo do meu pai. Além disso, eu não sabia que os homens eram tão escassos.

Quando as meninas já estavam longe e em segurança, com Diana conduzindo a charrete e Anne segurando cuidadosamente a cobiçada bandeja no colo, a solidão verde e refrescada pela chuva da Estrada Tory foi reavivada por ondas de risadas juvenis.

– Quando for à cidade amanhã, vou divertir sua tia Josephine com a "estranha e impagável história" dessa tarde. Tivemos momentos realmente difíceis, mas agora tudo terminou. Comprei a bandeja e aquela chuva sentou a poeira admiravelmente. Então, "tudo está bem quando termina bem".

– Ainda não chegamos em casa – disse Diana, de forma bastante pessimista – e não há como dizer o que pode acontecer antes de chegarmos. Você é uma moça que nasceu para ter aventuras, Anne.

– Ter aventuras é natural para algumas pessoas – disse Anne, serenamente. – Ou você tem o dom para vivê-las ou não.

capítulo 19

Apenas um dia feliz

A final – disse Anne a Marilla, certa vez –, acredito que os dias mais bonitos e mais doces não são aqueles em que acontece algo muito esplêndido ou maravilhoso ou emocionante, mas aqueles que trazem pequenos e simples prazeres, que se sucedem suavemente, como pérolas soltando-se de um colar.

A vida em Green Gables era repleta de dias assim, pois as aventuras e desventuras de Anne, como as de outras pessoas, não aconteciam todas de uma vez, mas se espalhavam ao longo do ano, com longos períodos de dias felizes e inofensivos, cheios de trabalho, de sonhos, de risos e de lições. Um desses dias ocorreu no final de agosto. Pela manhã, Anne e Diana remaram com os encantados gêmeos descendo a lagoa até a praia para colher ervas frescas e brincar na arrebentação, sobre a qual o vento harpejava uma antiga canção lírica, aprendida quando o mundo era jovem.

À tarde, Anne foi até a antiga casa dos Irving para visitar Paul. Ela o encontrou estendido na margem gramada ao lado do espesso bosque de abetos, que protegia a casa pelo lado norte, absorto num livro de contos de fadas. Ao vê-la, saltou radiante.

– Oh, estou tão feliz que tenha vindo, professora – disse ele, entusiasmado –, porque a vovó está viajando. Você vai ficar e tomar chá comigo, não é? É tão solitário tomar chá sozinho. *Bem sabe* como é, professora. Tenho pensado seriamente em pedir à jovem Mary Joe para que se sentasse e tomasse o chá comigo, mas acho que a vovó não aprovaria. Ela diz que os franceses precisam ser mantidos em seu lugar. E, de qualquer maneira, é difícil conversar com a jovem Mary Joe. Ela só ri e diz: "Bem, você ganha de todas as crianças que já conheci". Essa não é minha ideia de conversa.

– Claro que vou ficar para o chá – disse Anne, alegremente. – Eu estava morrendo de vontade de ser convidada. Sinto água na boca só de pensar que vou provar novamente os deliciosos biscoitos de sua avó, biscoitos que adorei na última vez que tomei chá aqui.

Paul parecia muito recatado.

– Se dependesse de mim, professora – disse ele, em pé diante de Anne, com as mãos nos bolsos e seu lindo rostinho sombreado com súbita preocupação –, esses biscoitos lhe seriam servidos com toda a boa vontade. Mas depende de Mary Joe. Ouvi a vovó dizer a ela, antes de sair, que não deveria me dar nenhum biscoito, porque são muito fortes para o estômago de meninos. Mas talvez Mary Joe lhe ofereça alguns, se eu prometer que não vou comer nenhum. Vamos esperar pelo melhor.

– Sim, vamos – concordou Anne, a quem essa boa filosofia se adequava à perfeição. – E se Mary Joe se mostrar insensível e não me der nenhum biscoito, não tem a menor importância; então você não deve se preocupar com isso.

– Tem certeza de que não vai se importar, se ela não lhe oferecer nenhum? – perguntou Paul, ansioso.

– Perfeitamente certa, meu querido.

– Então não vou me preocupar – disse Paul, com um longo suspiro de alívio –, especialmente porque acho que Mary vai realmente dar ouvidos à razão. Ela não é uma pessoa naturalmente irracional, mas aprendeu por experiência que não convém desobedecer às ordens da vovó. E a vovó é uma excelente mulher, mas as pessoas devem fazer o que ela manda. E ficou muito satisfeita comigo esta manhã, porque finalmente consegui comer todo o meu prato de mingau. Foi um grande esforço, mas consegui. Vovó diz que acha que ainda vai fazer de mim um homem. Mas, professora, quero lhe fazer uma pergunta muito importante. Vai me responder com sinceridade, não é?

– Vou tentar – prometeu Anne.

– Você acha que ando mal da cabeça? – perguntou Paul, como se a própria existência dependesse da resposta dela.

– Meu Deus, não, Paul! – exclamou Anne, espantada. – Certamente que não. Quem pôs essa ideia em sua cabeça?

– Mary Joe... mas ela não sabia que eu estava ouvindo. Verônica, ajudante da senhora Peter Sloane, veio visitar Mary Joe na noite passada e eu as ouvi conversando na cozinha enquanto eu estava passando pelo corredor. Ouvi Mary Joe dizer: "Esse Paul é um menino esquisito. Fala coisas sem sentido. Acho que não bate bem da cabeça". Passei longo tempo ontem à noite sem conseguir dormir, pensando nisso e me perguntando se Mary Joe tinha razão. Não suportaria, de forma alguma, perguntar à vovó a respeito disso, mas decidi que iria perguntar a você. Fico mais que contente ao saber que você pensa que eu estou bem da cabeça.

— Claro que está. Mary Joe é uma menina tola e ignorante, e você nunca deve se preocupar com nada do que ela diz — disse Anne, indignada, secretamente resolvida a fazer uma discreta insinuação à senhora Irving sobre a conveniência de refrear a língua de Mary Joe.

— Bem, isso tira um peso de minha consciência — disse Paul. — Estou perfeitamente feliz agora, professora, graças a você. Não seria nada bom ter algo errado com a cabeça, não é, professora? Suponho que a razão pela qual Mary Joe imagina que eu não ando bem da cabeça é porque, às vezes, conto a ela o que penso sobre as coisas.

— É uma prática bastante perigosa — admitiu Anne, das profundezas de sua própria experiência.

— Bem, mais tarde vou lhe contar os pensamentos que revelei a Mary Joe e poderá ver por si mesma se há algo esquisito neles — disse Paul —, mas vou esperar até que comece a escurecer. Essa é a hora em que anseio contar coisas às pessoas e, se não houver ninguém mais por perto, simplesmente *me dá vontade* de contá-las a Mary Joe. Mas doravante não vou mais contar, se isso a faz imaginar que não bato bem da cabeça. Vou sofrer e aguentar.

— E se o sofrimento for muito grande, pode ir até Green Gables e me contar seus pensamentos — sugeriu Anne, com toda a gravidade que a tornava querida a seus alunos, que tanto apreciam ser levados a sério.

— Sim, vou. Mas espero que Davy não esteja lá quando eu for, porque ele fica fazendo caretas para mim. Não me importo *muito*, porque ele é só um garotinho e eu já sou bem grande, mas ainda assim não é agradável ter alguém que lhe faça caretas. E Davy faz algumas terríveis. Às vezes tenho medo de que ele nunca mais endireite o rosto. Ele as faz para mim na igreja quando eu deveria estar pensando em coisas sagradas. Mas Dora gosta de mim e eu gosto dela, mas não tanto quanto antes, pois ela disse a Minnie May Barry que pretende se casar comigo quando eu crescer. Posso me casar com alguém quando crescer, mas ainda sou muito jovem para pensar nisso agora, não acha, professora?

– Bem jovem – concordou a professora.

– Falando em casamento, isso me lembra outra coisa que tem me incomodado ultimamente – continuou Paul. – A senhora Lynde esteve aqui um dia da semana passada, para tomar chá com a vovó, e a vovó me fez mostrar a ela a fotografia de minha mãezinha... aquela que meu pai me enviou como presente de aniversário. Eu não queria exatamente mostrá-la para a senhora Lynde. A senhora Lynde é uma mulher boa e gentil, mas não é o tipo de pessoa a quem você quer mostrar a fotografia da própria mãe. Bem sabe disso, professora. Mas é claro que obedeci à vovó. A senhora Lynde disse que mamãe era muito bonita, mas que parecia uma atriz e devia ser muito mais jovem que meu pai. Então ela disse: "Um dia desses, é provável que seu pai vá se casar de novo. Que acha de ter uma nova mãe, senhor Paul?" Bem, a ideia quase me tirou o fôlego, professora, mas eu não ia deixar a senhora Lynde perceber *isso*. Eu apenas olhei diretamente no rosto dela... assim... e disse: "Senhora Lynde, meu pai fez uma ótima escolha ao se casar com minha primeira mãe e eu poderia confiar nele, sabendo que escolheria uma tão boa pela segunda vez". E *posso* confiar nele, professora. Mas, ainda assim, espero, se um dia ele me der uma nova mãe, que ele peça minha opinião sobre ela, antes que seja tarde demais. Aí vem Mary Joe para nos chamar para o chá. Vou consultá-la sobre os biscoitos.

Como resultado da "consulta", Mary Joe serviu os biscoitos e acrescentou um prato de compota ao cardápio. Anne serviu o chá e ela e Paul tiveram uma refeição muito agradável na escura e velha sala de estar, cujas janelas estavam abertas para a brisa vinda do golfo; e os dois falaram tanta "bobagem" que Mary Joe ficou totalmente escandalizada e disse a Verônica, na noite seguinte, que a "professorinha" era tão esquisita quanto Paul. Depois do chá, Paul levou Anne até seu quarto para lhe mostrar o retrato da mãe, que tinha sido o misterioso presente de aniversário que a senhora Irving guardava na estante. O pequeno quarto de teto baixo de Paul era um suave redemoinho de luz avermelhada do sol, que estava se pondo sobre o mar, e de sombras oscilantes dos abetos que cresciam perto da janela quadrada e funda. Surgindo do meio desse suave brilho e encanto, se destacava um rosto doce e juvenil, com ternos olhos maternais, que pendia da parede aos pés da cama.

– Essa é minha mãezinha – disse Paul, com amoroso orgulho. – Pedi à vovó para dependurar o retrato onde eu pudesse vê-lo assim que abrisse os olhos pela manhã. Não me importo de não ter luz quando vou para a cama agora, porque parece que minha mãezinha está bem aqui comigo. O papai sabia exatamente o que eu gostaria de receber como presente de aniversário, embora nunca tenha me perguntado. Não é maravilhoso ver como os pais *adivinham*?

– Sua mãe era realmente adorável, Paul, e você se parece um pouco com ela. Mas os olhos e os cabelos dela são mais escuros que os seus.

– Meus olhos são da mesma cor que os do papai – disse Paul, correndo pela sala para amontoar todas as almofadas disponíveis no assento ao lado da janela –, mas o cabelo do papai é grisalho. Ele tem muito cabelo, mas é todo cinza. Sabe, meu pai está perto dos 50 anos. É uma idade bem avançada, não é? Mas é só *por fora* que está velho. *Por dentro*, é tão jovem quanto qualquer outro. Agora, professora, por favor, sente-se aqui; e eu vou sentar a seus pés. Posso encostar minha cabeça em seu joelho? É assim que minha mãezinha e eu costumávamos sentar. Oh, isso é realmente esplêndido, acho.

– Agora, quero ouvir aqueles pensamentos que Mary Joe afirma que são tão esquisitos – disse Anne, acariciando a mecha de cachos do menino. Paul nunca precisou de qualquer incentivo para contar seus pensamentos... pelo menos, para almas gêmeas.

– Eu os tive no bosque de abetos, certa noite – disse ele, com ar sonhador. – É claro que não *acreditei* neles, mas eu os *tive*. Sabe como é, professora. E então eu queria contá-los a alguém e não havia ninguém além de Mary Joe. Mary Joe estava na despensa sovando massa de pão e eu me sentei no banco ao lado dela e disse: "Mary Joe, sabe o que eu penso? Acho que a estrela da tarde é um farol na terra onde as fadas moram". E Mary Joe replicou: "Bem, você é bem esquisito. Não existem essas coisas de fadas". Fiquei muito contrariado. Claro, eu sabia que não existem fadas; mas nada me impede de pensar que existem. Sabe como é, professora. Mas tentei de novo, com bastante paciência. Eu disse: "Bem, então, Mary Joe, você sabe o que eu penso? Acho que um anjo anda pelo mundo depois que o sol se põe... um grande anjo alto e branco, com prateadas asas dobradas... e canta para as flores e para os pássaros dormirem. As crianças conseguem ouvi-lo, se souberem como escutar". Então Mary Joe ergueu as mãos cheias de farinha e disse: "Bem, você é um menino mais que esquisito. Você me dá medo". E ela realmente parecia assustada. Então eu saí e sussurrei o resto de meus pensamentos para o jardim. Havia uma pequena bétula no jardim e ela morreu. Vovó diz que o ar salgado do mar a matou; mas acho que a dríade que vivia ao lado dela no jardim era uma dríade tola que saiu vagando para ver o mundo e se perdeu. E a arvorezinha ficou tão sozinha que morreu de coração partido.

– E quando a pobre e tola dríade se cansar do mundo e voltar para sua árvore, o coração *dela* é que vai ficar partido – disse Anne.

– Sim; mas se as dríades são tolas, devem sofrer as consequências, como se fossem pessoas reais – disse Paul, muito sério. – Sabe o que penso sobre a lua nova, professora? Eu acho que é um barquinho dourado cheio de sonhos.

– E quando toca numa nuvem, alguns dos sonhos se desprendem e caem dentro de seu sono.

– Exatamente, professora. Oh, realmente sabe como é. E eu acho que as violetas são pequenos recortes do céu que caíram quando os anjos abriram buracos para que as estrelas brilhassem através deles. E os botões-de-ouro são feitos de velhos raios de sol; e acho que as ervilhas-de-cheiro serão borboletas quando forem para o céu. Agora, professora, percebe algo de tão esquisito assim nesses pensamentos?

– Não, meu caro menino, não são nada esquisitos; são pensamentos estranhos e lindos para um garotinho pensar; e então, as pessoas que não conseguem pensar nada parecido, mesmo se tentassem por cem anos, pensam que são esquisitos. Mas continue cultivando esses pensamentos, Paul... creio que algum dia você vai ser poeta.

Quando Anne chegou em casa, encontrou um tipo muito diferente de menino, esperando para ser colocado na cama. Davy estava mal-humorado; e quando Anne o despiu, pulou na cama e enterrou o rosto no travesseiro.

– Davy, você se esqueceu de fazer suas orações – disse Anne, em tom de repreensão.

– Não, não esqueci – disse Davy, desafiadoramente –, mas não vou mais fazer minhas orações. Vou desistir de tentar ser bom, porque não importa quão bom eu seja, você vai gostar mais de Paul Irving. Assim, posso muito bem ser mau e me divertir com isso.

– Eu não gosto de Paul Irving *mais* do que de você – replicou Anne, séria. – Gosto de você tanto quanto dele, só que de uma maneira diferente.

– Mas eu quero que você goste de mim da mesma maneira – retrucou Davy, amuado.

– Você não pode gostar de pessoas diferentes da mesma maneira. Você não gosta de Dora e de mim da mesma maneira, não é?

Davy se sentou e refletiu.

– Não... não... – admitiu, por fim. – Gosto de Dora porque ela é minha irmã, mas gosto de você porque você é *você*.

– E eu gosto de Paul porque ele é Paul e de Davy porque ele é Davy – disse Anne, sorridente.

– Bem, eu meio que gostaria de ter dito minhas orações, então – disse Davy, convencido por essa lógica. – Mas é muita incomodação levantar agora para dizê-las. Vou fazer as orações duas vezes amanhã de manhã, Anne. Não vai ser a mesma coisa?

Não, Anne tinha certeza de que não seria a mesma coisa. Então Davy levantou e se ajoelhou aos pés dela. Quando terminou suas devoções, ele se apoiou em seus pequenos calcanhares, descalços e escuros, e olhou para ela.

– Anne, estou "mais bom" do que era antes.

– Sim, certamente você está, Davy – disse Anne, que nunca hesitava em dar crédito a quem era devido.

– Eu *sei* que sou melhor – disse Davy, com confiança – e vou dizer como sei disso. Hoje, Marilla me deu duas fatias de pão com geleia, uma para mim e outra para Dora. Uma era bem maior do que a outra e Marilla não disse qual era a minha. Mas eu dei a fatia maior para Dora. Isso foi bom de minha parte, não foi?

– Muito bom e bem típico de cavalheiro, Davy.

– É claro – admitiu Davy –, Dora não estava com muita fome e só comeu metade da fatia e então me deu o resto. Mas eu não sabia que ela ia fazer isso quando a dei a ela; assim, eu *fui* bom, Anne.

Na hora do crepúsculo, Anne foi passear até a Bolha da Dríade e viu Gilbert Blythe descendo através da escura Floresta Assombrada. Ela percebeu de repente que Gilbert não era mais um colegial. E como parecia homem feito... moço alto, de rosto franco, de olhos claros e sinceros e ombros largos. Anne achou que Gilbert era um rapaz muito bonito, embora não se parecesse em nada com seu homem ideal. Ela e Diana, há muito tempo, tinham decidido que tipo de homem admiravam e seus gostos pareciam exatamente iguais. Devia ser muito alto e de aparência distinta, com olhos melancólicos e inescrutáveis e uma voz enternecedora e simpática. Não havia nada de melancólico ou de inescrutável na fisionomia de Gilbert, mas é claro que isso não importava na amizade!

Gilbert surgiu por entre as samambaias ao lado da Bolha e olhou para Anne com aprovação. Se tivessem pedido a Gilbert para descrever sua mulher ideal, a descrição teria correspondido ponto por ponto com Anne, mesmo com relação àquelas sete minúsculas sardas, cuja presença insolente ainda continuava a atormentar a alma dela. Gilbert ainda era pouco mais que um menino; mas um menino tem seus sonhos como os outros, e no futuro de Gilbert sempre havia uma menina com grandes e límpidos olhos cinzentos e um rosto tão fino e delicado como uma flor. Ele havia decidido também que seu futuro deveria ser digno de sua deusa. Mesmo na tranquila Avonlea, havia tentações a enfrentar. A juventude de White Sands era um grupo bastante "apressado" e Gilbert era popular onde quer que fosse. Mas ele pretendia se manter digno da amizade de Anne e talvez, em algum dia distante, do amor dela; e ele vigiava palavras, pensamentos e ações tão zelosamente como se os olhos claros dela fossem julgá-los. Ela exercia sobre ele a influência inconsciente que toda garota, cujos ideais são elevados e puros, exerce sobre seus amigos; uma influência que duraria enquanto ela fosse fiel a esses ideais e que certamente perderia, se algum dia se desviasse deles. Aos olhos de Gilbert, o maior encanto de Anne era o fato de que ela nunca se rebaixava às práticas mesquinhas de tantas garotas de Avonlea... os pequenos ciúmes, os pequenos enganos e rivalidades, a palpável concorrência para ser a preferida. Anne se mantinha afastada de tudo isso, não consciente ou intencionalmente, mas simplesmente porque qualquer coisa desse tipo era totalmente estranha à sua natureza transparente e impulsiva, clara como um cristal, em seus motivos e aspirações.

Mas Gilbert não tentava expressar seus pensamentos em palavras, pois já tivera mais que boas razões para saber que Anne cortaria impiedosa e friamente, pela raiz, todas as tentativas de sentimento... ou riria dele, o que era dez vezes pior.

– Você parece uma verdadeira dríade debaixo dessa bétula – disse ele, em tom provocador.

– Eu adoro bétulas – disse Anne, encostando o rosto no cetim macio do tronco esguio, com um dos gestos bonitos e carinhosos, que eram tão naturais para ela.

– Então você ficará contente em saber que o senhor Major Spencer decidiu plantar uma fileira de bétulas brancas ao longo da estrada em frente à fazenda dele, como forma de encorajar a Sociedade de Melhorias de Avonlea – disse Gilbert. – Ele estava falando comigo sobre isso, hoje. Major Spencer é o homem mais progressista e de espírito público de Avonlea. E o senhor William Bell vai plantar uma cerca viva de abetos ao longo da estrada em frente da fazenda dele e ao longo da vereda que sobe até a casa. Nossa Sociedade está indo esplendidamente bem, Anne. Já passou da fase experimental e é um fato aceito. Os mais velhos estão começando a se interessar por ela, e o pessoal da White Sands está falando em começar uma também. Até Elisha Wright mudou desde aquele dia em que os americanos do hotel fizeram um piquenique na praia. Elogiaram com entusiasmo as margens de nossas estradas e disseram que eram muito mais bonitas do que em qualquer outra parte da Ilha. E quando, no devido tempo, os outros fazendeiros seguirem o bom exemplo do senhor Spencer e plantarem árvores ornamentais e sebes ao longo de suas estradas, Avonlea será o povoado mais bonito da província.

– Os membros da Sociedade Assistencial estão falando em arrumar o cemitério – disse Anne – e espero que o façam, porque terão de fazer uma coleta para isso, e não adianta a Sociedade dos Melhoradores de Avonlea tentar recolher alguma coisa depois do caso do salão. Mas a Sociedade Assistencial nunca teria levantado a questão, se a Sociedade dos Melhoradores não tivesse dado a ideia extraoficialmente. Aquelas árvores que plantamos no terreno da igreja estão florescendo e os administradores prometeram que vão cercar o terreno da escola no ano que vem. Se o fizerem, vou organizar um Dia da Árvore e cada aluno vai plantar uma árvore; e teremos um jardim no espaço ao lado da estrada.

— Tivemos sucesso em quase todos os nossos planos até agora, exceto na remoção da velha casa dos Boulter — disse Gilbert. — E desisti *disso*, no desespero. Levi não vai demoli-la, só para nos irritar. Há uma tendência contrária em todos os Boulter e é fortemente desenvolvida nele.

— Julia Bell quer enviar outra comissão para tratar com ele, mas acho que o melhor seria deixá-lo rigorosamente sozinho — disse Anne, sabiamente.

— E confiar na Providência, como diz a senhora Lynde — sorriu Gilbert. — Certamente, chega de comissões! Elas só o irritam. Julia Bell acha que você pode fazer alguma coisa, desde que tenha uma comissão para tentar. Na próxima primavera, Anne, devemos dar início a um movimento por melhoria dos relvados e dos terrenos. Vamos lançar a boa semente logo nesse inverno. Tenho aqui um tratado sobre gramados e implantação de relvados e vou preparar um informe sobre o assunto muito em breve. Bem, suponho que nossas férias estão quase acabando. A escola abre na segunda-feira. Ruby Gillis conseguiu a escola de Carmody?

— Sim; Priscilla me escreveu dizendo que ela havia montado a própria escola particular e então os administradores de Carmody a deram a Ruby. Lamento que Priscilla não volte, mas como ela não pode, fico contente que Ruby assuma a escola. Ela voltará para casa aos sábados e vai parecer como nos velhos tempos: ela, Jane, Diana e eu, todas juntas novamente.

Marilla, que acabava de chegar da casa da senhora Lynde, estava sentada no degrau da varanda dos fundos quando Anne voltou para casa.

— Rachel e eu decidimos fazer nossa viagem até a cidade amanhã — disse ela. — O senhor Lynde está se sentindo melhor esta semana e Rachel quer ir antes que ele tenha outra recaída.

— Pretendo acordar bem cedo amanhã de manhã, pois tenho muito o que fazer — disse Anne, com convicção. — Antes de mais nada, vou transferir as penas do envoltório velho de meu colchão para um novo. Eu deveria ter feito isso há muito tempo, mas fui adiando... é um trabalho tão detestável! É um péssimo hábito adiar coisas desagradáveis, e eu não tenho a intenção de fazer isso de novo, caso contrário, não poderei dizer com serenidade a meus alunos que não façam isso. Seria incoerente. Depois quero fazer um bolo para o senhor Harrison e terminar meu trabalho sobre jardins para a Sociedade de Avonlea, escrever para Stella, lavar e engomar meu vestido de musselina e fazer um avental novo para Dora.

– Não vai conseguir fazer nem a metade de tudo isso – disse Marilla, pessimista. – Eu nunca consegui planejar fazer muitas coisas, sem que algo acontecesse para me impedir.

capítulo 20

O modo como as coisas frequentemente acontecem

A nne se levantou cedo na manhã seguinte e saudou alegremente o novo dia quando as bandeiras do sol nascente tremulavam triunfantes pelos céus perolados. Green Gables estava inundada de sol e bafejada de eventuais sombras dançantes de álamos e salgueiros. Do outro lado do campo estava o trigal do senhor Harrison, uma grande extensão de ouro claro ondulada pelo vento. O mundo era tão lindo que Anne passou dez abençoados minutos apoiada preguiçosamente no portão do jardim, absorvendo aquela beleza.

Depois do café da manhã, Marilla se preparou para a viagem. Dora deveria ir com ela, pois há muito havia recebido essa promessa.

– Agora, Davy, trate de ser um bom menino e não incomode Anne – ordenou ela, sem rodeios. – Se for bom, vou lhe trazer uma bengala listrada doce da cidade.

Parece incrível, mas Marilla havia caído no mau hábito de subornar as pessoas para que se comportassem bem!

– Não vou ser mau de propósito, mas se for por acidente? – Davy quis saber.

– Deve se prevenir contra acidentes – advertiu Marilla. – Anne, se o senhor Shearer vier hoje, compre um bom assado e alguns bifes. Se ele não vier, você terá de matar uma ave para o jantar de amanhã.

Anne acenou com a cabeça.

– Não vou me incomodar em cozinhar apenas para Davy e eu, hoje – disse ela. – Esse presunto frio vai bastar para o almoço e vou deixar alguns bifes prontos para a hora em que você voltar à noite.

– Vou ajudar o senhor Harrison a transportar algas hoje de manhã – anunciou Davy. – Ele me pediu e acho que vai me convidar para almoçar também. O senhor

Harrison é um homem muito gentil. Ele é realmente um homem muito sociável. Espero ser como ele quando crescer. Quero dizer, *comportar-me* como ele... eu não quero me *parecer* com ele. Mas acho que não há perigo, pois a senhora Lynde diz que sou uma criança muito bonita. Você acha que isso vai durar, Anne? Quero saber.

– Ouso dizer que sim – replicou Anne, séria. – Você *é* um menino bonito, Davy... – Marilla mostrou toda a sua desaprovação... – Mas você deve fazer justiça à sua boa aparência e ser tão bom e cavalheiresco quanto parece ser.

– E no outro dia, você disse a Minnie May Barry, quando a encontrou chorando, porque alguém disse que ela era feia, que se ela fosse boa, gentil e amorosa, as pessoas não se importariam com a aparência dela – disse Davy, descontente. – Parece que nesse mundo não se pode deixar de ser bom por qualquer motivo que seja. Você *tem* apenas que se comportar bem.

– Você não quer ser bom? – perguntou Marilla, que tinha aprendido muita coisa, mas ainda não havia aprendido a futilidade de fazer semelhantes perguntas.

– Sim, quero ser bom, mas não bom *demais* – respondeu Davy, cautelosamente. – Você não precisa ser muito bom para ser um superintendente da Escola Dominical. O senhor Bell é o superintendente e é um homem muito mau.

– Na verdade, ele não é – retrucou Marilla, indignada.

– Ele é... ele mesmo diz que é – afirmou Davy. – Ele disse isso quando orou na Escola Dominical, no domingo passado. Disse que era um verme vil e um miserável pecador e culpado da mais terrível iniquidade. O que é que ele fez de tão mau assim, Marilla? Matou alguém? Ou roubou os centavos da coleta? Quero saber.

Felizmente, nesse momento a senhora Lynde vinha subindo pela alameda em sua charrete e Marilla saiu com a sensação de ter escapado da armadilha do caçador e desejando devotamente que o senhor Bell não fosse tão altamente figurativo em suas petições públicas, especialmente quando tinha como ouvintes meninos que estavam sempre "querendo saber".

Anne, deixada sozinha em sua glória, trabalhou com vontade. Varreu o chão, arrumou as camas, alimentou as galinhas, lavou o vestido de musselina e o estendeu no varal. Então Anne se preparou para a transferência das penas. Subiu ao sótão e colocou o primeiro vestido velho que caiu em suas mãos... um vestido azul-marinho de casimira que tinha usado aos 14 anos. Estava decididamente curto e tão "apertado" quanto o notável vestidinho que tinha usado por ocasião de sua chegada a Green Gables; mas pelo menos não ficaria estragado por penugens e penas. Anne terminou de se vestir, amarrando na cabeça um grande lenço salpicado de vermelho e branco que havia pertencido a Matthew e, vestida desse jeito, dirigiu-se ao quarto ao lado da cozinha, para onde Marilla, antes de partir, a ajudara a carregar o colchão de penas.

Um espelho rachado pendia na parede do quarto, ao lado da janela, e num momento de azar, Anne olhou para seu reflexo. Ali estavam aquelas sete sardas em seu nariz, mais evidentes que nunca, ou assim pareciam na claridade da janela aberta.

"Oh, esqueci de passar aquela loção ontem à noite", pensou ela. "É melhor eu correr para a despensa e fazer isso agora."

Anne já havia sofrido bastante, tentando remover aquelas sardas. Numa ocasião, a pele inteira do nariz havia descascado, mas as sardas permaneceram. Poucos dias antes, havia encontrado uma receita de uma loção para sardas numa revista e, como os ingredientes estavam a seu alcance, preparou-a imediatamente, para desgosto de Marilla, que pensava que, se a Providência tinha posto sardas no nariz, era dever sagrado deixá-las lá.

Anne desceu correndo até a despensa, que, sempre escura por causa do grande salgueiro que crescia perto da janela, estava agora quase sem luz por causa da cortina fechada para não deixar entrar as moscas. Anne apanhou da prateleira o frasco com a loção e untou copiosamente o nariz com uma pequena esponja para esse propósito. Terminada essa importante tarefa, voltou a seu trabalho. Qualquer pessoa que já tenha trocado penas de um colchão para outro poderá saber que, ao terminar, Anne era um espetáculo a ser contemplado. O vestido estava branco com penugem e lanugem, e os cabelos da frente, que despontavam sob o lenço, estavam adornados com uma verdadeira auréola de penas. Nesse auspicioso momento, uma batida soou na porta da cozinha.

"Deve ser o senhor Shearer", pensou Anne. "Devo estar com uma aparência terrível, mas vou descer correndo como estou, porque ele está sempre com pressa."

Anne voou para baixo até a porta da cozinha. Se alguma vez um chão caridoso se abriu para engolir uma donzela miserável e coberta de penas, o piso da varanda de Green Gables teria prontamente engolido Anne naquele momento. Na soleira da porta estavam Priscilla Grant, dourada e bela num vestido de seda, uma dama baixa e robusta de cabelos grisalhos aprumada num vestido de tecido de algodão, e outra dama, majestosamente alta, maravilhosamente vestida, com um belo rosto distinto e grandes olhos violeta de cílios negros, que Anne "instintivamente sentiu", como ela teria dito em sua infância, ser a senhora Charlotte E. Morgan.

No embaraço do momento, um pensamento se destacou no meio da confusão mental de Anne e a ele se agarrou como se fosse a proverbial tábua de salvação. Todas as heroínas da senhora Morgan eram conhecidas por "se mostrar à altura da situação". Não importa quais fossem seus problemas, elas invariavelmente se adaptavam à ocasião e mostravam sua superioridade sobre todos os males de tempo, espaço e quantidade. Anne, portanto, sentiu que era *seu* dever estar à altura da ocasião e o fez tão perfeitamente que Priscilla declarou, mais tarde, que nunca admirou Anne Shirley mais do que naquele momento. Não importa quais fossem seus sentimentos feridos, ela não os demonstrou. Cumprimentou Priscila e foi apresentada às companheiras dela com tanta calma e compostura como se ela estivesse vestida de púrpura e linho fino. Certamente, foi um tanto chocante descobrir que a senhora que instintivamente havia pensado que fosse a senhora Morgan não era ela, mas uma desconhecida senhora Pendexter, em contrapartida a robusta e pequena mulher de cabelos grisalhos era a senhora Morgan. Anne conduziu as visitas para o quarto de hóspedes e dali para a sala de estar, onde as deixou enquanto se apressava para ajudar Priscilla a desatrelar o cavalo.

– É sumamente desagradável chegar aqui de forma tão inesperada – desculpou--se Priscilla –, mas eu não sabia até a noite passada que viríamos. Tia Charlotte vai embora na segunda-feira e ela havia prometido passar o dia com uma amiga na cidade. Mas ontem à noite, essa amiga telefonou para não ir vê-la, porque eles estavam em quarentena por causa da escarlatina. Então sugeri que viéssemos para cá, pois sabia que você estava com muita vontade de conhecê-la. Passamos no hotel de White Sands e trouxemos a senhora Pendexter conosco. Ela é amiga da tia, mora em Nova Iorque e o marido dela é um milionário. Não podemos ficar muito tempo, pois a senhora Pendexter tem de estar de volta ao hotel às 5 horas.

Enquanto elas estavam guardando o cavalo, Anne percebeu, por várias vezes, que Priscilla a fitava de forma furtiva e perplexa.

"Ela não precisava ficar me olhando desse jeito," pensou Anne, um pouco ressentida. "Se *não sabe* o que é trocar um colchão de penas, pode *imaginar* como é."

Quando Priscilla foi para a sala e antes que Anne pudesse escapar escada acima, Diana ia entrando pela porta da cozinha. Anne agarrou a amiga atônita pelo braço.

– Diana Barry, quem você acha que está naquela sala neste exato momento? A senhora Charlotte E. Morgan... e a esposa de um milionário de Nova Iorque... e aqui estou eu, *desse jeito*.... e não há coisa alguma na casa para servir, a não ser presunto frio, Diana!

A essa altura, Anne já se havia dado conta de que Diana a encarava precisamente da mesma maneira perplexa que Priscilla. Isso já era realmente demais.

– Oh, Diana, não me olhe assim – implorou ela. – *Você*, pelo menos, deve saber que nem a pessoa mais asseada do mundo poderia transferir as penas de um colchão para outro e permanecer limpa nesse processo.

– Não... não... não são as penas – hesitou Diana. – É... é... seu nariz, Anne.

– Meu nariz? Oh, Diana, certamente não há nada de errado com ele!

Anne correu até o pequeno espelho acima da pia. Um olhar revelou a verdade fatal. Seu nariz era de um vermelho brilhante!

Anne se sentou no sofá, com seu espírito destemido finalmente subjugado.

– O que aconteceu com ele? – perguntou Diana, com a curiosidade superando a delicadeza.

– Achei que estava passando minha loção para sardas, mas devo ter usado aquela tinta vermelha que Marilla usa para marcar os moldes de seus tapetes – foi a resposta desesperada. – O que é que vou fazer?

– Vá se lavar! – disse Diana, de forma prática.

– Talvez não saia, lavando. Primeiro, tingi meu cabelo; e agora pinto meu nariz. Marilla cortou meu cabelo quando o tingi, mas essa solução dificilmente seria praticável nesse caso. Bem, esse é outro castigo por causa da vaidade e acho que o mereço... embora *isso* não me sirva de consolo. Na realidade, é quase suficiente para fazer alguém acreditar na má sorte, embora a senhora Lynde diga que tal coisa não existe, porque tudo está predestinado.

Felizmente, a tinta saiu com facilidade e Anne, um pouco mais consolada, dirigiu-se para o quarto do lado leste, enquanto Diana corria para casa. Pouco depois, Anne desceu novamente, bem vestida e com a mente em perfeito sossego. O vestido de musselina, que ela esperava tanto usar, estava balançando alegremente no varal do lado de fora; então viu-se obrigada a se contentar com seu vestido preto de algodão. O fogo estava aceso e o chá quase pronto quando Diana voltou; ela, pelo menos, usava seu vestido de musselina e trazia uma bandeja coberta nas mãos.

— Mamãe mandou isso para você — disse ela, soerguendo o pano e mostrando aos olhos agradecidos de Anne um frango assado e bem partido.

O frango foi complementado com pão recém-feito, manteiga e queijo de excelente qualidade, bolo de frutas de Marilla e um prato de compota de ameixas, flutuando em calda dourada. Havia também um grande vaso de ásteres rosa e brancos, decorando a mesa; ainda assim, a comida parecia muito escassa em comparação com as elaboradas iguarias preparadas anteriormente para a senhora Morgan.

As famintas convidadas de Anne, no entanto, não pareciam achar que estava faltando alguma coisa e degustaram os alimentos simples com aparente prazer. Mas depois dos primeiros momentos, Anne não pensou mais no que havia ou não em seu cardápio. A aparência da senhora Morgan podia ser um tanto decepcionante, como suas leais admiradoras se viram forçados a admitir, mas ela provou ter uma conversa deliciosa. Tinha viajado muito e era uma excelente contadora de histórias. Tinha entrado em contato com muitos homens e mulheres e havia cristalizado suas experiências em pequenas frases espirituosas e epigramas que faziam seus ouvintes se sentirem como se estivessem ouvindo uma das personagens de um ótimo livro. Mas sob todo o seu brilho, emanava uma forte corrente de verdadeira simpatia feminina e gentileza, que conquistava afeição com a mesma facilidade com que seu brilhantismo conquistava admiração. Ela tampouco monopolizou a conversa. Conseguia atrair os outros ao diálogo com tanta habilidade e propriedade quanto ela mesma conseguia falar; e Anne e Diana se viram conversando livremente com ela. A senhora Pendexter pouco disse; ela apenas sorria com seus adoráveis olhos e lábios, e comeu frango, bolo de frutas e compota com graça tão requintada que deu a impressão de estar comendo ambrosia e doces refinados. Mas então, como Anne disse a Diana mais tarde, qualquer pessoa tão divinamente bela como a senhora Pendexter não precisava falar; para ela, era suficiente apenas *olhar*.

Depois do almoço, fizeram uma caminhada pela Alameda dos Amantes, pelo Vale das Violetas e pela Vereda das Bétulas; depois voltaram pela Floresta Assombrada até a Bolha da Dríade, onde se sentaram e ficaram conversando por uma deliciosa meia hora. A senhora Morgan quis saber por que a Floresta Assombrada foi assim denominada e riu até chorar ao ouvir a história e o relato dramático de Anne de certa caminhada memorável por aquele lugar, na hora enfeitiçada do crepúsculo.

– Foi realmente uma festa da razão e um delírio da alma, não é? – disse Anne, quando as visitas tinham partido e ela e Diana ficaram sozinhas novamente. – Não sei do que gostei mais... ouvir a senhora Morgan ou olhar para a senhora Pendexter. Acredito que tivemos uma tarde melhor do que se soubéssemos que viriam e estivéssemos sobrecarregadas em servir. Você deve ficar para o chá comigo, Diana, para falarmos sobre tudo isso.

– Priscilla diz que a irmã do marido da senhora Pendexter é casada com um conde inglês; e ainda assim ela se serviu de compota de ameixas duas vezes – disse Diana, como se os dois fatos fossem de alguma forma incompatíveis.

– Ouso dizer que nem o próprio conde inglês teria torcido o nariz aristocrático para as compotas de ameixa de Marilla – disse Anne, orgulhosa.

Anne não mencionou o infortúnio que havia acontecido a *seu* nariz quando contou os acontecimentos do dia a Marilla, naquela noite. Mas apanhou o frasco de loção para sardas e o esvaziou pela janela.

– Nunca mais vou experimentar essas drogas de produtos de beleza – exclamou ela, resoluta. – Podem servir para pessoas cuidadosas e moderadas; mas para alguém tão desesperadamente dada a cometer erros como eu pareço ser, mexer com elas é como desafiar o destino.

capítulo 21

A meiga senhorita Lavendar

As aulas recomeçaram e Anne voltou ao trabalho, com menos teorias, mas consideravelmente com mais experiência. Tinha vários alunos novos de 6 e 7 anos, aventurando-se, de olhos arregalados, num mundo de maravilhas. Entre eles estavam Davy e Dora. Davy sentou-se com Milty Boulter, que frequentava a escola havia um ano e, portanto, já era um verdadeiro homem do mundo. Dora havia combinado, na Escola Dominical do domingo anterior, sentar-se com Lily Sloane; mas Lily Sloane não foi à escola no primeiro dia e Dora se sentou temporariamente ao lado de Mirabel Cotton, que tinha 10 anos e, portanto, aos olhos de Dora, era uma das "garotas grandes".

– Acho que a escola é muito divertida – disse Davy a Marilla, ao chegar em casa naquela noite. – Você disse que eu ia achar difícil ficar quieto e achei mesmo... e a maior parte do que você disse é verdade, eu percebi... mas a gente pode mexer as pernas embaixo da carteira e isso ajuda muito. É esplêndido ter tantos meninos com quem brincar. Eu me sento com Milty Boulter e ele é muito bom. É mais alto do que eu, mas eu sou mais largo. É melhor sentar nos bancos do fundo, mas não se pode sentar lá até que suas pernas cresçam o suficiente para tocar o chão. Milty desenhou o rosto de Anne em sua lousa e era horrível; eu lhe disse que se fizesse mais desenhos de Anne como aquele, eu bateria nele no recreio. Pensei primeiro em desenhar o corpo dele e colocar chifres e um rabo, mas fiquei com medo de ferir os sentimentos dele, e Anne diz que nunca se deve ferir os sentimentos de ninguém. Parece terrível ter os próprios sentimentos feridos. É melhor dar um soco num menino do que ferir seus sentimentos, se *tiver* de fazer alguma coisa. Milty disse que não tinha medo de mim, mas ele logo mudou o nome do desenho para me agradar; então apagou o nome de Anne e escreveu o nome de Barbara Shaw embaixo do desenho. Milty não gosta de Barbara, porque ela o chama de doce menininho e uma vez ela passou a mão na cabeça dele.

Dora disse afetadamente que gostava da escola; mas ela andava muito calada, mais que de costume; e quando, ao anoitecer, Marilla a mandou subir as escadas e ir para a cama, ela hesitou e começou a chorar.

– Eu... estou com medo – soluçou ela. – Eu... eu não quero subir sozinha no escuro.

– O que é que você tem na cabeça agora? – perguntou Marilla. – Tenho certeza de que você foi para a cama sozinha durante todo o verão e nunca teve medo.

Dora continuou chorando. Então Anne a tomou nos braços, apertou-a carinhosamente e sussurrou:

– Conte tudo a Anne, querida. Do que você tem medo?

– De... do tio de Mirabel Cotton – soluçou Dora. – Mirabel Cotton me contou tudo sobre a família dela hoje, na escola. Quase todos da família dela morreram... todos os seus avôs e avós e muitos tios e tias. Mirabel diz que eles têm o hábito de morrer. Mirabel se sente toda orgulhosa por ter tantos parentes mortos, e me contou de que todos morreram, do que disseram e como estavam em seus caixões. E Mirabel diz que um de seus tios foi visto andando em torno da casa depois de ser enterrado. A mãe dela o viu. Eu não me importo muito com o resto, mas não consigo deixar de pensar naquele tio.

Anne subiu com Dora e sentou-se ao lado dela até que adormecesse. No dia seguinte, Mirabel Cotton foi mantida na sala durante o recreio e "afavelmente, mas com firmeza" foi lhe dado a entender que, quando se tem a infelicidade de ter um tio que persistia em andar pela casa depois de ter sido decentemente enterrado, não era de bom gosto falar sobre esse excêntrico cavalheiro para sua colega de aula, de tenra idade. Mirabel achou a repreensão muito dura. Os Cotton não tinham muito do que se gabar. Como ela iria manter seu prestígio entre os colegas de escola, se fosse proibida de tirar proveito do fantasma da família?

Setembro deslizou para a graciosidade dourada e carmesim do mês de outubro. Numa sexta-feira, ao anoitecer, Diana apareceu.

– Recebi uma carta de Ella Kimball hoje, Anne, e ela quer que a gente vá para o chá amanhã à tarde para conhecer a prima dela da cidade, Irene Trent. Mas não podemos tomar um de nossos cavalos para ir, pois todos vão ser utilizados amanhã e seu pônei anda mancando... então, creio que não podemos ir.

– Por que não vamos a pé? – sugeriu Anne. – Se seguirmos as trilhas através dos bosques, chegaremos à estrada de West Grafton, que não fica muito longe da casa dos Kimball. Passei por ali no inverno passado e conheço o caminho. Não são mais do que quatro milhas e não teremos de voltar a pé para casa, pois Oliver Kimball certamente nos trará de charrete. Vai ficar até contente com a desculpa, pois assim poderá visitar Carrie Sloane e dizem que o pai dificilmente o deixa usar os cavalos.

Consequentemente, ficou combinado que iriam a pé e, na tarde seguinte, partiram, passando pela Alameda dos Amantes até os fundos da fazenda dos Cuthbert, onde tomaram uma trilha que levava até o coração de hectares de faias reluzentes e bosques de bordo, todas as árvores num brilho estonteante de reflexos dourados no meio de uma grande quietude e paz.

– É como se o ano estivesse se ajoelhado para orar numa vasta catedral cheia de luzes suaves e intermitentes, não é? – disse Anne, com ar sonhador. – Não parece certo se apressar, não acha? Parece algo irreverente, como correr numa igreja.

– Mas *devemos* nos apressar – retrucou Diana, olhando para o relógio. – Temos pouco tempo disponível.

– Bem, vou andar rápido, mas não me peça para falar – replicou Anne, acelerando o passo. – Eu só quero beber a beleza do dia em... sinto como se estivesse quase tocando meus lábios, como uma taça de vinho novo e vou tomar um gole a cada passo.

Talvez fosse porque ela estava tão absorta, "bebendo a beleza do dia", que Anne virou à esquerda quando chegaram a uma bifurcação na estrada. Deveria ter tomado a direita, mas, bem mais tarde, considerou esse erro como o mais afortunado de sua vida. Finalmente, chegaram a uma solitária estrada coberta de grama, sem nada à vista ao longo dela além de fileiras de abetos novos.

– Ora, onde estamos? – exclamou Diana, perplexa. – Essa não é a estrada de West Grafton.

– Não, é o ponto inicial da estrada em Middle Grafton – disse Anne, um tanto envergonhada. – Devo ter tomado a direção errada na bifurcação. Não sei onde estamos exatamente, mas devemos estar a cerca de 3 milhas de distância da casa dos Kimball.

– Então não vamos chegar lá às cinco, pois já são quatro e meia – disse Diana, com um olhar desesperado para o relógio. – Vamos chegar depois que eles tiverem tomado o chá, e depois vão ter todo o incômodo de servir o nosso.

– É melhor voltarmos para casa – sugeriu Anne, humildemente. Mas Diana, depois de considerar um pouco, se opôs a isso.

– Não, podemos muito bem ir e passar o final da tarde, uma vez que viemos até aqui.

Alguns passos adiante, as meninas chegaram a um lugar onde a estrada se bifurcava novamente.

– Qual dessas vamos tomar? – perguntou Diana, em dúvida.

Anne sacudiu a cabeça.

– Não sei e não podemos nos permitir cometer mais erros. Aqui está um portão e uma estradinha que leva diretamente para o bosque. Deve haver uma casa do outro lado. Vamos até lá e perguntar.

– Que trilha antiga e romântica é esta? – disse Diana, enquanto caminhavam por suas curvas e voltas. Corria sob velhos abetos patriarcais, cujos galhos se encontravam no alto, criando uma obscuridade perene, em que nada podia crescer, exceto musgo. Em cada um dos lados, o solo do bosque era marrom, tocado aqui e acolá por feixes de luz do sol. Tudo era muito quieto e remoto, como se o mundo e as preocupações do mundo estivessem muito distantes dali.

– Eu me sinto como se estivéssemos caminhando por uma floresta encantada – disse Anne, aos sussurros. – Você acha que algum dia vamos encontrar o caminho de volta ao mundo real, Diana? Acho que logo mais vamos chegar a um palácio, onde deve morar uma princesa enfeitiçada.

Na curva seguinte avistaram, não um palácio de verdade, mas uma casinha quase tão surpreendente quanto um palácio teria sido nessa província de convencionais casas de fazenda de madeira, todas tão semelhantes em suas características gerais como se tivessem brotado da mesma semente. Anne parou em êxtase e Diana exclamou:

– Oh, agora sei onde estamos! Essa é a casinha de pedra onde mora a senhorita Lavendar Lewis... Echo Lodge, acho que é assim que ela a chama. Já ouvi falar muitas vezes dessa casa, mas nunca a tinha visto antes. Não é um local romântico?

– É o lugar mais doce e lindo que já vi ou imaginei – disse Anne, encantada. – Parece algo extraído das páginas de um livro de contos ou de um sonho.

A casa era uma estrutura de beiral baixo construída com blocos sem reboco de arenito vermelho da Ilha, com um pequeno telhado pontiagudo, onde se sobressaíam duas janelas em forma de águas-furtadas, com pitorescas coberturas de madeira, e duas grandes chaminés. Toda a casa estava revestida por luxuriante hera, que encontrava apoio fácil na rude construção de pedra e que as geadas do outono haviam transformado nos mais belos tons de bronze e vermelho-vinho.

Na frente da casa, havia um jardim retangular, para o qual se abria o portão da alameda onde as meninas estavam. A casa delimitava o jardim de um lado; nos outros três, era cercado por um velho muro de pedra, tão coberto de musgo, grama e samambaias que parecia um alto banco verde. À direita e à esquerda, os grandes e escuros abetos estendiam sobre ele seus ramos semelhantes a palmeiras; mais para baixo havia um pequeno prado verde repleto de trevos, descendo até a curva azulada do rio Grafton. Nenhuma outra casa ou clareira havia por perto... nada além de colinas e vales cobertos com jovens abetos frondosos.

– Eu me pergunto que tipo de pessoa é a senhorita Lewis – especulou Diana quando abriram o portão do jardim. – Dizem que ela é muito peculiar.

– Deve ser interessante então – disse Anne, decididamente. – Pessoas peculiares são sempre interessantes, pelo menos, não importando o que mais possam ser ou deixem de ser. Não lhe disse que iríamos chegar a um palácio encantado? Eu sabia que os elfos não tinham feito suas magias naquela estrada à toa.

– Mas dificilmente a senhorita Lavendar Lewis é uma princesa enfeitiçada – riu Diana. – É uma solteirona... tem 45 anos e fiquei sabendo que é bastante grisalha.

– Oh, isso é apenas parte do feitiço – afirmou Anne, confidencialmente. – No fundo, ela é jovem e bonita ainda... e se ao menos soubéssemos como desfazer o feitiço, ela voltaria a ser radiante e bela. Mas não sabemos como... é sempre e apenas o príncipe que sabe disso... e o príncipe da senhorita Lavendar ainda não chegou. Talvez algum infortúnio fatal se abateu sobre ele... embora *isso* seja contra a lei de todos os contos de fadas.

– Receio que ele tenha vindo há muito tempo e foi embora de novo – disse Diana. – Dizem que ela era noiva de Stephen Irving... pai de Paul... quando eles eram jovens. Mas brigaram e se separaram.

– Silêncio! – pediu Anne. – A porta está aberta.

As meninas pararam na varanda sob as gavinhas de hera e bateram na porta aberta. Houve um ruído de passos dentro da casa e uma pequena personagem bastante estranha se apresentou... uma garota de cerca de 14 anos, de rosto sardento, nariz arrebitado, boca tão larga que realmente parecia se estender "de orelha a orelha" e duas longas tranças de cabelo louro atadas com dois enormes laços de fita azul.

– A senhorita Lewis está em casa? – perguntou Diana.

– Sim, madame. Entre, madame. Vou dizer à senhorita Lavendar que está aqui, madame. Ela está lá em cima, madame.

Com isso, a pequena criada desapareceu de vista e as meninas, deixadas sozinhas, olharam em derredor com olhos maravilhados. O interior daquela encantadora casinha era tão interessante quanto o exterior.

A sala tinha um teto baixo e duas janelas quadradas de vidraças pequenas, cortinas de musselina frisada. Todos os móveis eram bem antigos, mas tão limpos e delicadamente conservados que o efeito era delicioso. Mas deve-se admitir francamente que a característica mais atraente, para duas saudáveis meninas que tinham acabado de vagar 4 milhas no ar de outono, era uma mesa posta com porcelana azul-clara e repleta de iguarias, enquanto pequenas samambaias de matizes dourados, espalhadas por sobre a toalha, davam o que Anne teria chamado de "um ar festivo".

– A senhorita Lavendar deve estar esperando companhia para o chá – sussurrou ela. – Há seis lugares à mesa. Mas que menina engraçada ela tem. Parece uma mensageira da terra dos elfos. Suponho que ela poderia ter nos indicado a estrada, mas eu estou curiosa para ver a senhorita Lavendar. Psiu... ela está chegando.

E logo, a senhorita Lavendar Lewis estava parada na porta. As meninas ficaram tão surpresas que esqueceram as boas maneiras e simplesmente ficaram olhando. Estavam inconscientemente esperando ver o tipo usual de solteirona idosa, como já sabiam por ter visto outras... uma personagem bastante angulosa, com cabelos grisalhos impecáveis e óculos. Nada mais diverso poderiam possivelmente ter imaginado da senhorita Lavendar.

Ela era uma dama baixinha com cabelos brancos como a neve, lindamente ondulados e espessos e cuidadosamente arrumados em cachos e espirais. Por entre eles, havia um rosto quase juvenil, bochechas rosadas e lábios doces, com grandes e meigos olhos castanhos e covinhas... covinhas de verdade. Usava um vestido muito elegante de musselina creme com rosas em tons claros... um vestido que teria parecido ridiculamente juvenil para a maioria das mulheres de sua idade, mas que caía tão perfeitamente na senhorita Lavendar que nem se poderia pensar nisso.

– Charlotta IV diz que as senhoritas queriam me ver – disse ela, com uma voz que combinava com sua aparência.

– Queríamos perguntar o caminho certo para West Grafton – replicou Diana. – Somos convidadas para um chá na casa do senhor Kimball, mas tomamos o caminho errado ao atravessar o bosque e chegamos a um ponto desconhecido, em vez de sair na estrada de West Grafton. Devemos dobrar à direita ou à esquerda depois de seu portão?

– À esquerda – disse a senhorita Lavendar, com um olhar hesitante para sua mesa de chá. Então ela exclamou, como se tivesse um súbito lampejo de resolução:

– Mas, oh, por que não ficam para tomar chá comigo? Por favor, fiquem. O senhor Kimball já deverá ter terminado de tomar o chá antes que as senhoritas cheguem lá. E Charlotta IV e eu ficaremos muito felizes com sua companhia.

Diana olhou, muda e interrogativa para Anne.

– Gostaríamos de ficar – disse Anne, prontamente, pois ela havia decidido que queria saber mais sobre essa surpreendente senhorita Lavendar –, se não for inconveniente. Mas a senhorita está esperando outros convidados, não é?

A senhorita Lavendar olhou para sua mesa de chá novamente e corou.

– Eu sei que vão me achar terrivelmente tola – disse ela. – *Eu sou* tola... e fico envergonhada quando descobrem, mas nunca, a menos que *seja* descoberta. Não estou esperando ninguém... só estava fingindo que esperava. Sabem, eu estava tão sozinha. Adoro companhia... isto é, o tipo certo de companhia... mas tão poucas pessoas vêm aqui, porque é muito longe da estrada. Charlotta IV também se sentia solitária. Então, eu simplesmente simulei que ia ter um chá festivo. Cozinhei para isso... e decorei a mesa para isso... e a dispus com a porcelana do casamento de minha mãe... e eu me vesti para a ocasião.

Secretamente, Diana pensou que a senhorita Lavendar era tão peculiar quanto os relatos a descreviam. A ideia de uma mulher de 45 anos brincando de dar um chá festivo, como se fosse uma menininha! Mas Anne, com os olhos brilhando, exclamou alegremente:

– Oh, *a senhorita* também imagina coisas?

Esse "também" revelou à senhorita Lavendar que, diante de si, tinha uma alma gêmea.

– Sim, imagino – confessou ela, corajosamente. – Claro que é uma bobagem em qualquer pessoa de minha idade. Mas de que adianta ser uma solteirona independente, se você não pode ser boba quando quer e quando não faz mal a ninguém? Uma pessoa deve ter algumas compensações. Não acredito que poderia viver, às vezes, se não imaginasse coisas. Não sou surpreendida assim com frequência e Charlotta IV nunca conta nada. Mas estou contente por ter sido surpreendida hoje, pois as senhoritas realmente vieram e eu tenho o chá pronto. Querem subir para o quarto de hóspedes e tirar os chapéus? É a porta branca no alto da escada. Devo correr para a cozinha e cuidar para que Charlotta IV não deixe o chá ferver. Charlotta IV é uma garota muito boa, mas *deixa* o chá ferver.

A senhorita Lavendar foi rapidamente até a cozinha com pensamentos de hospitalidade e as meninas encontraram o caminho até o quarto de hóspedes, um aposento tão branco como sua porta, iluminado pela janela coberta de hera dependurada e parecendo, como Anne disse, o lugar onde brotavam sonhos felizes.

– Essa é uma aventura e tanto, não é? – disse Diana. – E a senhorita Lavendar não é doce, mesmo *sendo* um pouco estranha? Ela não se parece nem um pouco com uma solteirona.

– Eu acho que ela se parece exatamente com sons de música – respondeu Anne.

Quando desceram, a senhorita Lavendar estava carregando o bule e, atrás dela, parecendo muito satisfeita, estava Charlotta IV, com um prato de biscoitos quentes.

— Agora, as senhoritas devem me dizer seus nomes — falou a senhorita Lavendar. — Estou tão contente que sejam jovens. Adoro moças jovens. É tão fácil fingir que eu mesma sou uma moça quando estou com elas! *Odeio...* — e fez uma pequena careta... — pensar que sou velha. Agora, quem são as senhoritas.... apenas por conveniência? Diana Barry? E Anne Shirley? Posso fingir que as conheço há cem anos e chamá-las de Anne e Diana diretamente?

— Pode — disseram as duas meninas, ao mesmo tempo.

— Então vamos sentar confortavelmente e comer tudo — disse a senhorita Lavendar, faceira. — Charlotta, sente-se na ponta e ajude com o frango. É uma sorte ter feito o pão de ló e as rosquinhas. Claro, é uma tolice fazer isso para convidados imaginários... Sei que Charlotta IV pensou isso, não é, Charlotta? Mas você vê como tudo saiu bem. Claro que não teriam sido desperdiçados, pois Charlotta IV e eu poderíamos tê-los comido com o tempo. Mas o pão de ló não é uma coisa que fica mais saborosa com o passar do tempo.

Foi uma refeição alegre e memorável; e quando terminou, todas foram ao jardim para contemplar a beleza do pôr do sol.

— Acho que a senhorita mora no lugar mais adorável que possa haver — disse Diana, olhando em volta com admiração.

— Por que o chama de Echo Lodge? — perguntou Anne.

— Charlotta — disse a senhorita Lavendar —, vá para casa e traga a trombeta de latão, que está dependurada acima da prateleira do relógio.

Charlotta IV foi correndo e voltou com a trombeta.

— Sopre, Charlotta — ordenou a senhorita Lavendar.

Charlotta soprou, e um som rouco e estridente se fez ouvir. Houve um momento de silêncio... e então, dos bosques acima do rio, ressoou uma multidão de ecos mágicos, doces, indescritíveis, argênteos, como se todas as "trombetas da terra dos elfos" estivessem soprando ao entardecer. Anne e Diana irromperam em exclamações de alegria.

— Agora ria, Charlotta... ria alto.

Charlotta, que provavelmente teria obedecido se a senhorita Lavendar tivesse lhe dito para ficar de cabeça para baixo, subiu no banco de pedra e riu alto e com vontade. Os ecos voltaram, como se uma multidão de elfos estivesse imitando sua risada nos bosques cor de púrpura e ao longo dos pontos orlados de abetos.

– As pessoas sempre admiram muito meus ecos – disse a senhorita Lavendar, como se os ecos fossem propriedade pessoal dela. – Eu mesma os amo. Eles são uma companhia muito boa... com um pouco de imaginação. Nas noites calmas, Charlotta IV e eu frequentemente nos sentamos aqui e nos divertimos com eles. Charlotta, leve a trombeta de volta e dependure-a cuidadosamente no lugar.

– Por que a chama de Charlotta IV? – perguntou Diana, que estava explodindo de curiosidade por causa desse nome.

– Só para evitar confundi-la com outras Charlotta em meu pensamento – respondeu a senhorita Lavendar, seriamente. – Elas são todas tão parecidas que não há como diferenciá-las. O nome dela não é realmente Charlotta. É... deixe-me ver... como é mesmo? *Acho* que é Leonora... sim, Leonora. Vejam, foi desse jeito que começou. Quando minha mãe morreu, há dez anos, eu não podia ficar aqui sozinha... e não podia pagar o salário de uma criada adulta. Então consegui que a pequena Charlotta Bowman viesse morar comigo em troca de comida e roupas. O nome dela realmente era Charlotta... ela foi a Charlotta I. Tinha apenas 13 anos. Ficou comigo até os 16 anos e depois foi para Boston, porque poderia ter vida melhor por lá. Então a irmã dela veio para ficar comigo. Seu nome era Julietta... A senhora Bowman tinha um fraco por nomes chiques, eu acho... mas ela se parecia tanto com Charlotta, que eu continuei a chamá-la assim o tempo todo... e ela não se importava. Então desisti de tentar lembrar o nome correto dela. Ela foi a Charlotta II; e quando foi embora, veio Evelina, que foi a Charlotta III. Agora tenho a Charlotta IV; mas quando tiver 16 anos... ela tem 14, agora... vai querer ir para Boston também, e então não sei realmente o que vou fazer. Charlotta IV é a última das meninas Bowman, e a melhor de todas. As outras Charlotta sempre me deixavam perceber que achavam tolice de minha parte fingir as coisas, mas Charlotta IV nunca o faz, não importa o que ela possa realmente pensar a respeito. E eu não me importo com o que as pessoas pensam de mim, uma vez que não me deixem perceber.

– Bem – disse Diana, olhando com pesar para o sol se pondo. – Suponho que devemos ir, se quisermos chegar à casa do senhor Kimball antes de escurecer. Tivemos uma tarde adorável, senhorita Lewis.

– Será que virão me visitar de novo? – implorou a senhorita Lavendar.

A alta Anne pôs o braço sobre os ombros da pequena dama.

– Com toda a certeza – prometeu ela. – Agora que a descobrimos, vamos abusar de sua hospitalidade para voltar a vê-la. Sim, devemos ir... "devemos nos afastar daqui", como diz Paul Irving toda vez que vai a Green Gables.

– Paul Irving? – Houve uma mudança sutil na voz da senhorita Lavendar. – Quem é ele? Não achava que houvesse alguém com esse nome em Avonlea.

Anne se sentiu irritada com seu descuido. Ela havia se esquecido do antigo romance da senhorita Lavendar quando o nome de Paul lhe escapou da boca.

– É um de meus alunos pequenos – explicou ela, lentamente. – Ele veio de Boston no ano passado para morar com a avó, a senhora Irving, na estrada à beira do mar.

– É filho de Stephen Irving? – perguntou a senhorita Lavendar, curvando-se sobre a borda do canteiro de lavandas, de modo que seu rosto ficasse escondido.

– Sim.

– Vou dar, meninas, um ramalhete de lavandas para cada uma – disse a senhorita Lavendar, com voz firme, como se não tivesse ouvido a resposta à sua pergunta. – São muito delicadas, não acham? Mamãe sempre as amou. Ela plantou esses canteiros há muito tempo. Meu pai me deu o nome de Lavendar, porque era apaixonado por lavandas. A primeira vez que ele viu minha mãe foi quando visitou sua casa em East Grafton, junto com o irmão dela. Ele se apaixonou por ela à primeira vista; eles lhe deram o quarto de hóspedes para dormir e os lençóis estavam perfumados com lavanda; ele ficou acordado a noite toda pensando nela. Depois disso, sempre adorou o aroma de lavanda... e foi por isso que me deu esse nome. Não se esqueçam de voltar logo, queridas meninas. Charlotta IV e eu estaremos esperando pelas duas!

Ela abriu o portão sob os abetos para que elas passassem. Repentinamente, parecia velha e cansada; o brilho e o esplendor haviam desaparecido de seu rosto; seu sorriso de despedida foi doce como sempre, com a juventude que não podia ser erradicada; mas quando as meninas olharam para trás na primeira curva da estrada, a viram sentada no velho banco de pedra sob o álamo prateado, no meio do jardim, com a cabeça cansada, apoiada na mão.

– Ela parece realmente muito sozinha – disse Diana, suavemente. – Devemos vir vê-la com frequência.

– Acho que os pais dela lhe deram o único nome certo e adequado que poderia ser dado a ela – disse Anne. – Se tivessem sido tão cegos a ponto de chamá-la de Elizabeth ou Nellie ou Muriel, ainda assim deveria se chamar Lavendar, eu acho. Sugere tanta doçura, tantas graciosidades à moda antiga e "trajes de seda". Agora, meu nome cheira apenas a pão com manteiga, remendos e tarefas domésticas.

– Oh, acho que não – replicou Diana. – Anne me parece realmente imponente e cabe bem a uma rainha. Mas eu gostaria até de Kerrenhappuch, se fosse esse seu nome. Acho que as pessoas tornam seus nomes bonitos ou feios apenas pelo que elas mesmas são. Não consigo suportar nomes como Josie ou Gertie agora, mas antes de conhecer as meninas Pye, eu os achava muito bonitos.

– É uma adorável ideia, Diana – disse Anne, com entusiasmo. – Viver para embelezar seu nome, mesmo que não fosse bonito a princípio... fazendo com que isso represente na mente das pessoas algo tão adorável e tão agradável, no qual nunca pensariam, se fosse só pelo nome em si. Obrigada, Diana.

capítulo 22

Miudezas

Então você tomou o chá na casa de pedra com Lavendar Lewis? – perguntou Marilla, na mesa do café da manhã seguinte. – Como ela está agora? Faz mais de 15 anos que não a vejo... a última vez foi um domingo, na igreja de Grafton. Suponho que tenha mudado muito. Davy Keith, quando você quer alguma coisa que não consegue alcançar, peça para alguém lhe passar o prato e não se estire sobre a mesa dessa forma. Já viu Paul Irving fazendo isso quando vem para cá para uma refeição?

– Mas os braços de Paul são mais compridos que os meus – resmungou Davy. – Eles tiveram onze anos para crescer e os meus só tiveram sete. Além disso, eu pedi, mas você e Anne estavam tão ocupadas conversando que não me deram qualquer atenção. E mais, Paul nunca esteve aqui para qualquer refeição, exceto para o chá, e é mais fácil ser polido no chá do que no café da manhã. Na hora do chá, não se tem nem a metade da fome. Mas é um intervalo terrível entre o jantar e o café da manhã. Anne, essa colherada não é maior do que era no ano passado e eu *já estou* muito maior.

– Claro, eu não sei como a senhorita Lavendar costumava ser, mas não imagino que ela tenha mudado muito – disse Anne, depois de ter servido a Davy o xarope de bordo, dando-lhe duas colheradas cheias para acalmá-lo. – O cabelo dela é branco como a neve, mas o rosto é fresco e quase juvenil, e ela tem os mais doces olhos castanhos... um tom tão bonito de marrom-madeira com pequenos reflexos dourados neles... e a voz dela me faz pensar em cetim branco, água tilintando e sinos de fada, tudo misturado.

– Ela era conhecida por sua grande beleza quando era moça – disse Marilla. – Nunca a conheci muito bem, mas gostava dela pelo pouco que a vi. Mesmo naqueles tempos, algumas pessoas a achavam peculiar. *Davy*, se eu o apanhar fazendo travessuras de novo, vai ter de esperar até que todos tenham terminado a refeição, antes de fazer a sua, como os franceses.

A maioria das conversas entre Anne e Marilla na presença dos gêmeos era marcada por essas repreensões ao menino Davy. É triste relatar que Davy, nesse caso, não sendo capaz de recolher as últimas gotas do xarope com a colher, resolveu a dificuldade levantando o prato com ambas as mãos e passando sua pequena língua rosa nele. Anne olhou para ele com olhos tão horrorizados que o pequeno pecador ficou vermelho e disse, meio envergonhado, meio desafiador:

– Desse jeito, não se desperdiça nada.

– As pessoas que são diferentes das outras sempre são chamadas de peculiares – disse Anne. – E a senhorita Lavendar é, com certeza, diferente, embora seja difícil dizer exatamente onde está a diferença. Talvez seja porque é uma daquelas pessoas que nunca envelhecem.

– Pode-se envelhecer quando toda a geração da gente envelhece – disse Marilla, um tanto descuidada. – Se você não envelhecer, não se encaixa em lugar algum. Até onde sei, Lavendar Lewis afastou-se de tudo. Viveu naquele lugar longe da estrada, até que todos a esqueceram. Essa casa de pedra é uma das mais antigas da Ilha. O velho senhor Lewis a construiu há 80 anos, quando veio da Inglaterra. Davy, pare de mexer no cotovelo de Dora. Oh, eu vi! Não tente se fazer de inocente. O que é que o leva a se comportar assim essa manhã?

– Talvez eu tenha levantado do lado errado da cama – sugeriu Davy. – Milty Boulter diz que, se fizer isso, as coisas podem dar errado com você o dia todo. Foi a avó dele que falou isso. Mas qual é o lado certo? E o que fazer quando a cama está contra a parede? Quero saber.

– Sempre me perguntei o que deu errado entre Stephen Irving e Lavendar Lewis – continuou Marilla, ignorando Davy. – Eles certamente estavam noivos 25 anos atrás e então, de repente, tudo acabou. Não sei qual foi o problema, mas deve ter sido algo terrível, pois ele foi para os Estados Unidos e nunca mais voltou para casa.

– Talvez não tenha sido nada terrível, afinal. Acho que, na vida, as pequenas coisas costumam causar mais problemas que as grandes – disse Anne, com um daqueles lampejos de percepção que a experiência não pode melhorar. – Marilla, por favor, não conte nada à senhora Lynde sobre minha visita à senhorita Lavendar. Ela certamente faria uma centena de perguntas e, de alguma forma, eu não gostaria... nem a senhorita Lavendar, se viesse a saber, com toda a certeza.

– Ouso dizer que Rachel ficaria curiosa – admitiu Marilla –, embora não tenha mais tanto tempo como costumava ter para cuidar da vida das outras pessoas. Ela está presa em casa agora por causa de Thomas; e está se sentindo muito desanimada, pois acho que está começando a perder as esperanças de que ele melhore. Rachel vai ficar muito sozinha se alguma coisa acontecer com ele, com todos os seus filhos morando no Oeste, exceto Eliza, que está na cidade; e ela não gosta do marido.

As palavras mal colocadas de Marilla caluniaram Eliza, que era apaixonada pelo marido.

– Rachel disse que, se ele apenas se animasse e exercesse sua força de vontade, ficaria melhor. Mas de que adianta pedir a uma água-viva que fique ereta? – continuou Marilla. – Thomas Lynde nunca teve força de vontade. A mãe o dominou até ele se casar e então Rachel continuou a dominá-lo. É estranho que ele se atrevesse a ficar doente sem pedir permissão a ela. Mas não convém falar assim. Rachel tem sido uma boa esposa. Ele nunca teria conseguido nada sem ela, isso é certo. Ele nasceu para ser governado; e é bom que tenha caído nas mãos de uma gestora inteligente e capaz como Rachel. Ele nunca se importou com o jeito dela. Isso lhe poupava até mesmo o incômodo de decidir sobre o que quer que fosse. Davy, pare de se contorcer como uma enguia.

– Não tenho mais nada para fazer – protestou Davy. – Não posso mais comer e não é nada divertido ver você e Anne comendo.

– Bem, você e Dora podem sair e dar de comer às galinhas – disse Marilla. – E não tente arrancar mais penas da cauda do galo branco.

– Queria algumas penas para meu cocar de índio – disse Davy, mal-humorado. – Milty Boulter tem um muito bonito, feito com as penas que a mãe lhe deu quando matou o velho peru branco. Você podia me deixar arrancar algumas. Esse galo tem muito mais penas do que precisa.

– Você pode ficar com o velho espanador que está no sótão – disse Anne – e eu vou tingir essas penas de verde, vermelho e amarelo para você.

– Você está realmente mimando demais esse menino – disse Marilla, quando Davy, com um rosto radiante, seguiu a delicada Dora para fora. A forma de educar de Marilla havia feito grandes progressos nos últimos seis anos; mas ela ainda não conseguia se livrar da ideia de que era muito ruim para uma criança ter muitos de seus desejos satisfeitos.

– Todos os meninos de sua classe têm cocares de índio e Davy quer um também – disse Anne. – Sei como ele se sente... nunca vou esquecer como eu costumava desejar mangas bufantes quando todas as outras meninas as tinham. E Davy não está sendo mimado. Ele está melhorando a cada dia. Veja só a diferença que se percebe nele hoje, em comparação com a época em que chegou aqui, há um ano.

– Ele certamente não se envolve em tantas confusões desde que começou a ir para a escola – reconheceu Marilla. – Espero que essa tendência desapareça, na convivência com outros meninos. Mas é estranho que não tenhamos mais notícias de Richard Keith. Nenhuma palavra desde maio último.

– Tenho medo de receber notícias dele – suspirou Anne, começando a lavar a louça. – Se chegar uma carta, ficaria com receio de abri-la, de medo que trouxesse a ordem de lhe mandar os gêmeos.

Um mês depois, chegou realmente uma carta. Mas não era de Richard Keith. Um amigo dele escreveu para dizer que Richard Keith havia morrido de tuberculose duas semanas antes. O autor da carta era o executor de seu testamento e por esse testamento a quantia de dois mil dólares foi deixada para a senhorita Marilla Cuthbert, na qualidade de tutora de David e Dora Keith até que eles atingissem a maioridade ou se casassem. Nesse meio-tempo, os juros deveriam ser usados para suprir as necessidades dos gêmeos.

– Parece horrível ficar contente com qualquer coisa relacionada à morte – disse Anne, sobriamente. – Sinto muito pelo pobre senhor Keith; mas estou contente porque podemos ficar com os gêmeos.

– O dinheiro chega num momento mais que oportuno – disse Marilla, de maneira prática. – Eu queria ficar com eles, mas realmente não via como poderia me permitir mantê-los, especialmente quando eles crescessem. O aluguel da fazenda mal dá para a manutenção da casa e eu estava decidida a não gastar com eles nenhum centavo mais de seu dinheiro, Anne. Você já faz muito por eles. Dora não precisava daquele chapéu novo que você comprou para ela, mais do que um gato precisa de duas caudas. Mas agora o caminho clareou e eles terão a vida garantida, nesse aspecto.

Davy e Dora ficaram muito felizes quando souberam que iriam morar em Green Gables "para sempre". A morte de um tio, que eles nunca tinham visto, não poderia pesar nem por um momento na balança contra esse fato. Mas Dora tinha um temor.

– O tio Richard foi enterrado? – sussurrou ela para Anne.

– Sim, querida, claro.

– Ele... ele... não é como o tio de Mirabel Cotton, é? – perguntou ela, num sussurro ainda mais agitado. – Ele não vai andar pelas casas depois de ser enterrado, não é, Anne?

capítulo 23

O romance da senhorita Lavendar

— Acho que vou fazer uma caminhada até Echo Lodge, antes do anoitecer – disse Anne, numa tarde de sexta-feira, em dezembro.

— Parece que vai nevar – disse Marilla, em dúvida.

— Estarei lá antes que comece a nevar e pretendo ficar a noite toda. Diana não pode ir, porque tem visitas, e tenho certeza de que a senhorita Lavendar estará esperando por mim esta noite. Já faz quinze dias que não vou até lá.

Anne tinha feito muitas visitas a Echo Lodge desde aquele dia de outubro. Às vezes, ela e Diana iam de charrete pela estrada; outras vezes, caminhavam pelos bosques. Quando Diana não podia ir, Anne ia sozinha. Entre ela e a senhorita Lavendar havia surgido uma daquelas amizades profundas e prestativas, possíveis apenas entre uma mulher que manteve o frescor da juventude no coração e na alma e uma moça cuja imaginação e intuição supriam a falta de experiência. Anne tinha enfim descoberto uma verdadeira "alma gêmea", enquanto para a solitária e isolada vida de sonhos da pequena dama, Anne e Diana traziam a salutar alegria e o regozijo do mundo exterior, de que a senhorita Lavendar, "esquecida do mundo e pelo mundo esquecida", há muito tinha deixado de compartilhar; elas traziam uma atmosfera de juventude e de realidade para a pequena casa de pedra. Charlotta IV sempre as cumprimentava com seu mais largo sorriso... e os sorrisos de Charlotta *eram* espantosamente largos... amando-as por causa de sua adorada patroa quanto por elas próprias. Nunca houve tantas "brincadeiras" na pequena casa de pedra como as que ocorriam naquele lindo outono prolongado, quando novembro parecia outubro de novo, e mesmo dezembro imitava os dias de sol e as brumas do verão.

Mas nesse dia em particular, parecia que dezembro havia se lembrado de que era a vez do inverno e subitamente se tornou sombrio e taciturno, com uma calmaria sem vento que previa a chegada de neve. Apesar disso, Anne desfrutava de sua caminhada através do grande labirinto acinzentado dos bosques de faias; embora sozinha, nunca se sentiu solitária; sua imaginação povoava seu caminho com alegres companheiros e com eles mantinha uma animada conversa imaginária, que era mais espirituosa e mais fascinante do que as conversas costumam ser na vida real, onde as pessoas às vezes falham lamentavelmente em preencher os requisitos. Numa assembleia de "faz de conta" de espíritos escolhidos, todos dizem precisamente o que você quer que seja dito e, assim, você tem a chance de dizer exatamente o que *você* quer dizer. Assistida por essa companhia invisível, Anne atravessou os bosques e chegou à alameda dos abetos, justamente quando começaram a cair suavemente grossos e leves flocos de neve.

Na primeira curva, ela se deparou com a senhorita Lavendar, parada sob um grande abeto de amplos ramos. Usava um vestido de vermelho vivo e sua cabeça e ombros estavam envoltos num xale de seda cinza prateado.

– A senhorita parece a rainha das fadas do bosque de abetos – disse Anne, alegremente.

– Pensei que você viria esta noite, Anne – disse a senhorita Lavendar, correndo até ela. – E estou duplamente contente, porque Charlotta IV está fora. A mãe dela está doente e ela teve de ir passar a noite em casa. Eu teria ficado muito sozinha, se você não tivesse vindo... nem mesmo os sonhos e os ecos teriam sido companhia suficiente. Oh, Anne, como você é bonita – acrescentou ela, de repente, olhando para a moça alta e magra com o leve rubor no rosto, resultante da caminhada. – Como é bonita e jovem! É tão maravilhoso ter 17 anos, não é? Eu invejo você – concluiu a senhorita Lavendar, candidamente.

– Mas você tem apenas 17 no coração – sorriu Anne.

– Não, estou velha... ou melhor, de meia-idade, o que é muito pior – suspirou a senhorita Lavendar. – Às vezes consigo fingir que não sou velha, mas outras vezes eu percebo. E eu não consigo me conformar com essa ideia, como a maioria das mulheres. Sou tão rebelde quanto no dia em que descobri meu primeiro cabelo grisalho. Ora, Anne, não olhe como se você estivesse tentando entender. Quem tem 17 anos *não consegue* entender. Vou fingir imediatamente que também tenho 17 anos, e posso fazer isso, agora que você está aqui. Você sempre traz a juventude em suas mãos como um presente. Vamos ter uma noite alegre. Primeiro, o chá... o que quer para o chá? Vamos comer o que você quiser. Pense em algo delicioso e indigesto.

Nessa noite, houve sons de tumulto e de alegria na pequena casa de pedra. Além de cozinhar, festejar, fazer doces, rir e "fingir", é bem verdade que a senhorita Lavendar e Anne se comportaram de uma forma totalmente inadequada à dignidade de uma solteirona de 45 anos e de uma tranquila professora. Então, quando se cansaram, se sentaram no tapete diante da lareira da sala, iluminada apenas pelas suaves chamas do fogo e perfumada deliciosamente pelas rosas abertas de um vaso da senhorita Lavendar, vaso posto sobre a cornija da lareira. O vento tinha aumentado e assobiava e gemia em torno dos beirais do telhado e a neve batia suavemente contra as janelas, como se centenas de duendes da tempestade estivessem batendo para entrar.

— Estou tão contente que esteja aqui, Anne — disse a senhorita Lavendar, mordiscando seu doce. — Se você não tivesse vindo, eu estaria triste... muito triste... profundamente triste. Sonhos e faz-de-conta caem muito bem durante o dia e à luz do sol, mas quando a escuridão e a tempestade vêm, não conseguem satisfazer. Então queremos coisas reais. Mas você não entende... jovens de 17 anos nunca podem entender isso. Aos 17 anos, sonhos satisfazem realmente, porque você acha que as realidades estão esperando por você mais adiante. Quando eu tinha 17 anos, Anne, não pensei que os 45 me encontrariam uma solteirona de cabelos brancos com nada além de sonhos para preencher minha vida.

— Mas a senhorita não é uma solteirona — disse Anne, sorrindo para os tristonhos olhos castanhos da senhorita Lavendar. — Solteironas *nascem... não se tornam*.

— Algumas nascem solteironas, algumas conquistam a condição de solteironas e outras ainda têm essa condição imposta à força — parodiou a senhorita Lavendar, caprichosamente.

— Então a senhorita é uma daquelas que a conquistaram — riu Anne — e o fez tão bem que, se todas as solteironas fossem como a senhorita, essa condição viraria moda, eu acho.

— Eu sempre gosto de fazer as coisas da melhor maneira possível — disse a senhorita Lavendar, pensativa – e desde que eu tinha de ser uma solteirona, estava determinada a ser uma bem simpática. As pessoas dizem que sou estranha; mas é só porque sigo minha própria maneira de ser solteirona e me recuso a copiar o padrão tradicional. Anne, alguém já lhe contou algo sobre Stephen Irving e eu?

– Sim – respondeu Anne, com franqueza –, ouvi dizer que você e ele já eram noivos.

– Sim, éramos... 25 anos atrás... uma vida. E deveríamos nos casar na primavera seguinte. Mandei fazer meu vestido de noiva, embora ninguém, exceto minha mãe e Stephen, soubessem *disso*. Estivemos comprometidos quase a vida toda, pode-se dizer. Quando Stephen era pequeno, a mãe dele o trouxe aqui, ao vir visitar minha mãe; e a segunda vez que veio... ele tinha 9 anos e eu 6... ele me disse, no jardim, que já tinha decidido que iria se casar comigo quando fosse homem feito. Lembro-me de ter dito "obrigada"; e quando ele se foi, eu disse à minha mãe, bem séria, que havia tirado um grande peso de minha consciência, porque eu não estava mais com medo de ficar solteirona. Como minha pobre mãe riu!

– E o que deu errado? – perguntou Anne, sem fôlego.

– Tivemos apenas uma briga estúpida, boba e comum. Tão comum que, se acreditar em mim, nem me lembro como tudo começou. Mal sei quem foi o mais culpado. Stephen realmente começou, mas suponho que o provoquei por alguma de minhas tolices. Ele tinha um ou dois rivais, entende? Eu era vaidosa e desenvolta e gostava de provocá-lo um pouco. Ele era um sujeito muito irritadiço e sensível. Bem, nós nos separamos aborrecidos. Mas pensei que tudo voltaria ao normal; e teria voltado se Stephen não tivesse vindo me procurar tão cedo. Anne, minha querida, sinto dizer... – a senhorita Lavendar baixou a voz como se fosse confessar uma predileção por assassinar pessoas – que sou uma pessoa terrivelmente mal-humorada. Oh, não precisa sorrir... é a pura verdade. *Eu sou* mal-humorada; e Stephen voltou antes que meu mau humor tivesse passado. Eu não quis ouvi-lo nem perdoá-lo; e então ele foi embora para sempre. Era orgulhoso demais para voltar. E então fiquei de mau humor porque ele não voltava. Eu deveria ter mandado chamá-lo, mas não conseguia me humilhar para fazê-lo. Eu era exatamente tão orgulhosa quanto ele... orgulho e mau humor é uma péssima combinação, Anne. Mas nunca mais me interessei por ninguém e mesmo não queria. Sabia que preferia ser uma solteirona por mil anos a me casar com alguém que não fosse Stephen Irving. Bem, agora tudo parece um sonho, é claro. Como me olha com simpatia, Anne... com tanta simpatia como só os 17 anos podem demonstrar. Mas não exagere. Sou realmente uma pessoa muito feliz, contente, apesar de meu coração partido. Meu coração se partiu, se é que algum dia um coração pode se partir, quando percebi que Stephen Irving não voltaria. Mas, Anne, um coração partido na vida real não é tão terrível quanto nos livros. Parece muito com um dente cariado... embora não ache *essa* uma comparação muito romântica. Há momentos de dor que a deixam sem dormir, vez por outra, mas nos intervalos permite que aproveite a vida, os sonhos, os ecos e um doce de amendoim, como se não houvesse nada de errado. E agora você parece desapontada. Não acha que sou uma pessoa tão interessante quanto achava cinco minutos atrás, quando acreditava que eu sempre estive presa a uma lembrança trágica corajosamente escondida sob sorrisos distribuídos a todos. Isso é o pior... ou o melhor... da vida real, Anne. Ela não vai deixar que você se sinta infeliz. Ela continua tentando levá-la a se conformar... e com sucesso... mesmo quando você está determinada a ser infeliz e romântica. Esse doce não está uma delícia? Eu já comi muito mais do que é conveniente para mim, mas vou continuar, imprudentemente, comendo.

Depois de breve silêncio, a senhorita Lavendar disse abruptamente:

– Fiquei chocada ao saber do filho de Stephen naquele primeiro dia em que você esteve aqui, Anne. Desde então, não ousei mais mencioná-lo, mas queria saber tudo sobre ele. Que tipo de menino é?

– É o garoto mais querido e doce que já conheci, senhorita Lavendar... e ele também imagina coisas, como a senhorita e eu fazemos.

– Gostaria de vê-lo – disse a senhorita Lavendar, suavemente, como se estivesse falando sozinha. – Fico me perguntando se ele se parece um pouco com o garotinho dos sonhos que mora aqui comigo... *meu* garotinho dos sonhos.

– Se a senhorita quiser ver Paul, posso trazê-lo comigo um dia – disse Anne.

– Eu gostaria... mas não tão cedo. Quero me acostumar com a ideia. Pode haver mais dor do que prazer... se ele for parecido demais com Stephen... ou se não se parecer muito com ele. Dentro de um mês, poderá trazê-lo.

Assim, um mês depois, Anne e Paul caminharam pelos bosques até a casa de pedra e encontraram a senhorita Lavendar na alameda. Ela não os esperava naquele momento e ficou muito pálida.

– Então, este é o filho de Stephen – disse ela, em voz baixa, tomando a mão de Paul e observando-o enquanto ele estava parado, belo e infantil, em seu elegante casaco de pele e boné. – Ele... ele é muito parecido com o pai.

– Todo mundo diz que sou um pedaço do velho bloco – observou Paul, bastante à vontade.

Anne, que estivera observando a breve cena, suspirou aliviada. Viu que a senhorita Lavendar e Paul haviam se "aceitado" mutuamente e que não haveria constrangimento ou rigidez. A senhorita Lavendar era uma pessoa muito sensata, apesar de seus sonhos e fantasias, e depois dessa primeira pequena traição, soube esconder seus sentimentos e entreteve Paul de maneira brilhante e natural como se fosse o filho de alguém que tivesse vindo visitá-la. Tiveram uma divertida tarde juntos e saborearam um banquete de coisas gordurosas no jantar, que teriam feito a velha senhora Irving levantar as mãos horrorizada, acreditando que a digestão de Paul estaria arruinada para sempre.

– Venha de novo, rapaz – disse a senhorita Lavendar, apertando a mão dele na despedida.

– A senhorita pode me dar um beijo, se quiser – disse Paul, sério.

A senhorita Lavendar se abaixou e o beijou.

– Como você sabia que eu queria? – sussurrou ela.

– Porque olhou para mim exatamente como minha mãe costumava fazer quando queria me beijar. Via de regra, não gosto de ser beijado. Meninos não gostam. Deve entender, senhorita Lewis. Mas acho que gostaria que a senhorita me beijasse. E, com toda a certeza, virei vê-la novamente. Creio que gostaria de tê-la como minha amiga particular, se não se opuser.

– Eu... eu não acho que deva me opor – disse a senhorita Lavendar. Ela se virou e entrou muito rapidamente; mas um momento depois, estava acenando com um alegre e sorridente adeus desde a janela.

– Gosto da senhorita Lavendar – anunciou Paul, enquanto caminhavam pelo bosque de faias. – Gosto do jeito com que me olhou, gosto de sua casa de pedra e gosto de Charlotta IV. Queria que a vovó Irving tivesse uma Charlotta IV, em vez de uma Mary Joe. Tenho certeza de que Charlotta IV não pensaria que eu não regulava bem da cabeça quando contasse a ela o que penso sobre coisas. Não foi um chá esplêndido que tomamos, professora? A vovó diz que um menino não deveria estar pensando no que vai comer, mas não consigo evitar às vezes, quando estou com muita fome. Deve entender, professora. Eu não acho que a senhorita Lavendar obrigaria um garoto a comer mingau no café da manhã, se ele não gostasse. Ela lhe daria coisas de que ele realmente gosta. Mas é claro... – Paul não era nada além de justo... – que isso poderia não ser muito bom para ele. É muito bom para mudar um pouco, professora. Há de entender.

capítulo 24

Um profeta em sua própria terra

Num dia de maio, os habitantes de Avonlea ficaram um pouco alvoroçados por causa de algumas "Notas sobre Avonlea", assinadas por um "Observador" e publicadas no jornal *Daily Enterprise* de Charlottetown. Os comentários atribuíam a autoria dessas notas a Charlie Sloane, em parte porque esse Charlie havia se entregado a semelhantes voos literários no passado, e em parte porque uma das notas parecia ironizar Gilbert Blythe. A juventude de Avonlea persistia em considerar Gilbert Blythe e Charlie Sloane como rivais nas boas graças de certa donzela de olhos cinzentos e de singular imaginação.

Os mexericos, como de costume, estavam errados. Gilbert Blythe, auxiliado e estimulado por Anne, havia escrito as notas, colocando uma sobre si mesmo como para despistar. Apenas duas das notas tinham certo sentido nessa história:

"Há rumores de que haverá um casamento em nossa aldeia, antes que as margaridas floresçam. Um novo e altamente respeitado cidadão conduzirá ao altar nupcial uma de nossas damas mais populares. Tio Abe, nosso bem conhecido profeta do tempo, prevê uma violenta tempestade com raios e trovões para a noite do dia 23 de maio, começando às 7 horas em ponto. A área da tempestade se estenderá pela maior parte da província. As pessoas que pretendem viajar nessa noite fariam bem em levar guarda-chuvas e capas de chuva."

– Tio Abe previu, sem dúvida, uma tempestade para algum momento nessa primavera – disse Gilbert –, mas acha que o senhor Harrison vai realmente visitar Isabella Andrews?

– Não – respondeu Anne, rindo –, tenho certeza de que ele só vai jogar damas com o senhor Harrison Andrews, mas a senhora Lynde diz que sabe que Isabella Andrews vai se casar, pois está muito faceira nessa primavera.

O pobre e velho tio Abe ficou bastante indignado com as notas. Suspeitava que o "Observador" estivesse zombando dele. Negou raivosamente ter determinado uma data específica para sua tempestade, mas ninguém acreditou nele.

A vida em Avonlea continuou tranquila e uniforme em seu curso. O "plantio" foi realizado e os Melhoradores comemoraram o Dia da Árvore. Cada Melhorador plantou, ou fez com que fossem plantadas, cinco árvores ornamentais. Como a Sociedade contava agora com 40 membros, isso significava um total de 200 novas árvores. A aveia precoce enverdecia nos campos vermelhos; pomares de macieiras lançavam grandes ramos floridos em torno das casas da fazenda e a Rainha da Neve se adornou como uma noiva esperando pelo noivo. Anne gostava de dormir com a janela aberta e deixar a fragrância das cerejas bafejando seu rosto durante a noite. Achava isso muito poético. Marilla pensava que ela estava arriscando a vida.

– O Dia de Ação de Graças deveria ser celebrado na primavera – disse Anne a Marilla, certa tarde, enquanto estavam sentadas nos degraus da porta da frente, ouvindo o doce coral das rãs. – Acho que seria muito melhor do que celebrá-lo em novembro, quando tudo está morto ou adormecido. Então você tem de se lembrar de ser grato; mas em maio simplesmente não se pode deixar de ser grato... ainda que seja só por estar vivo, e nada mais. Sinto-me exatamente como Eva deve ter se sentido no jardim do Éden, antes do início dos problemas. Aquele gramado na baixada é verde ou dourado? Parece-me, Marilla, que uma pérola de um dia como este, quando as flores desabrocham e os ventos não sabem para onde soprar a seguir por puro prazer tresloucado, deve ser quase tão bom quanto o paraíso.

Marilla parecia escandalizada e olhou apreensivamente em volta para se certificar de que os gêmeos não estavam ao alcance da voz. Naquele momento, eles apareceram num dos cantos da casa.

– Não é uma bela noite extremamente cheirosa? – perguntou Davy, inspirando deliciado o ar, enquanto balançava uma enxada nas mãos sujas. Ele estivera trabalhando em seu jardim. Naquela primavera, Marilla, como forma de transformar a paixão de Davy em se divertir na lama e no barro em ocupação útil, deu a ele e a Dora uma pequena porção de terreno para um jardim. Os dois tinham começado a trabalhar avidamente, cada um de uma maneira específica. Dora capinou, plantou e regou com cuidado, sistemática e desapaixonadamente. Como resultado, seu canteiro já estava verde com pequenas fileiras ordenadas de vegetais e de plantas anuais. Davy, no entanto, trabalhou com mais zelo do que discrição; cavou, capinou, rastelou, regou e transplantou com tanta energia que suas mudinhas não tinham chance de sobreviver.

– Como está indo seu jardim, Davy? – perguntou Anne.

– Bastante devagar – disse Davy, com um suspiro. – Não sei por que as coisas não crescem melhor. Milty Boulter diz que devo tê-las plantado na lua nova e aí está todo o problema. Ele me falou que nunca se deve semear ou matar um porco ou cortar o cabelo ou fazer qualquer coisa importante na fase errada da lua. Isso é verdade, Anne? Quero saber.

– Talvez, se você não arrancasse suas plantas pela raiz dia sim, dia não, para ver como estão indo "na outra ponta", talvez estivessem melhor – disse Marilla, sarcasticamente.

– Eu só puxei seis delas – protestou Davy. – Queria ver se havia larvas nas raízes. Milty Boulter disse que, se não foi culpa da lua, devem ser larvas. Mas eu só encontrei uma larva. Era uma larva grande, gorda e enrolada. Eu a coloquei numa pedra e apanhei outra pedra e a esmaguei. Deu um esguicho engraçado. Pena que não tinha mais. O jardim de Dora foi plantado no mesmo tempo que o meu e as coisas dela estão crescendo muito bem. *Não pode* ser a lua – concluiu Davy, num tom reflexivo.

– Marilla, olhe para aquela macieira – disse Anne. – Ora, a planta é quase humana. Está estendendo longos braços para levantar delicadamente as próprias saias rosadas e provocar nossa admiração.

– Aquelas macieiras Duquesa Amarela sempre se desenvolvem bem – disse Marilla, complacentemente. – Aquela árvore vai estar carregada este ano. Fico realmente contente... essas maçãs são ótimas para fazer tortas.

Mas nem Marilla, nem Anne, nem ninguém mais estava fadado a fazer tortas de maçã da Duquesa Amarela naquele ano.

O dia 23 de maio chegou... um dia excepcionalmente quente, como ninguém percebeu mais intensamente do que Anne e seu pequeno enxame de alunos, sufocando de calor ao estudar frações e sintaxe na sala de aula de Avonlea. Uma brisa quente soprou durante toda a manhã; mas, depois do meio-dia, mudou-se para uma pesada quietude. Às 3h30, Anne ouviu o baixo estrondo de um trovão. Dispensou prontamente os alunos, para que pudessem chegar em casa antes que a tempestade desabasse.

Quando saíram para o pátio, Anne percebeu certa sombra e escuridão nas cercanias, apesar de o sol ainda estar brilhando intensamente. Annetta Bell tomou a mão dela nervosamente.

– Oh, professora, olhe para aquela nuvem horrível!

Anne olhou e soltou uma exclamação de pavor. A Noroeste, uma massa de nuvens, como nunca tinha visto em toda a sua vida, estava se aproximando rapidamente. Era carregadamente negra, exceto onde suas bordas curvas e franjadas mostravam um branco lívido e assombroso. Havia algo de indescritivelmente ameaçador, uma vez que, no céu azul-claro, tudo escureceu; de vez em quando um raio a cruzava, seguido por um rugido selvagem. Estava tão baixa que quase parecia tocar o alto das colinas arborizadas.

O senhor Harmon Andrews apareceu subindo a colina ruidosamente em sua carroça, instigando sua parelha de cavalos à maior velocidade possível. Parou na frente da escola.

– Acho que o tio Abe acertou pela primeira vez na vida, Anne – gritou ele. – A tempestade dele está chegando um pouco antes do tempo. Já viu algo semelhante a essa nuvem? Aqui, todos vocês, jovens, que estão indo na direção de minha casa, subam; e aqueles que vão para outros lados, corram até o posto dos correios, se tiverem de caminhar mais de um quarto de milha, e fiquem lá até o aguaceiro passar.

Anne tomou Davy e Dora pelas mãos e voou colina abaixo, ao longo da Vereda das Bétulas, e passando pelo Vale das Violetas e pelo Pântano do Salgueiro, tão rápido quanto as pernas roliças dos gêmeos conseguiam correr. Chegaram a Green Gables justo a tempo e se reuniram na porta com Marilla, que estivera pondo ao abrigo os patos e as galinhas. Quando entraram na cozinha, a luz pareceu desaparecer, como se apagada por um sopro poderoso; a terrível nuvem cobriu o sol e uma escuridão como a do fim do crepúsculo caiu sobre o mundo. No mesmo momento, com o estrondo de um trovão e um ofuscante clarão de relâmpago, o granizo começou a cair e a cobrir a paisagem numa fúria branca.

No meio de todo o clamor da tempestade, ouviu-se o baque de galhos partidos atingindo a casa e o estalo agudo de vidro estilhaçado. Em três minutos, todas as vidraças das janelas oeste e norte estavam quebradas e o granizo entrava pelas aberturas, cobrindo o piso com pedras, sendo que a menor delas era do tamanho de um ovo de galinha. Por três quartos de hora, a tempestade rugiu sem parar e ninguém que tenha passado por ela conseguiu esquecê-la. Marilla, abalada por absoluto terror, pela primeira vez na vida perdeu a compostura; ajoelhou-se ao lado da cadeira de balanço, num canto da cozinha, arfando e soluçando entre os estrondos ensurdecedores dos trovões. Anne, branca como papel, arrastou o sofá para longe da janela e sentou-se nele com um gêmeo em cada lado. Davy, no primeiro estrondo, gritou: "Anne, Anne, é o dia do Juízo Final? Anne, Anne, eu jamais quis ser travesso" e então enterrou o rosto no colo de Anne e o manteve lá, com seu pequeno corpo tremendo. Dora, um tanto pálida, mas bastante composta, ficou sentada, quieta e imóvel, com a mão agarrada na de Anne. É de duvidar que um terremoto pudesse perturbar Dora.

Então, quase tão repentinamente quanto começou, a tempestade cessou. O granizo parou, os trovões se distanciaram e ressoavam a Leste, e o sol voltou a brilhar, alegre e radiante, sobre um mundo tão mudado que parecia absurdo pensar que escassos três quartos de hora pudessem efetuar semelhante transformação.

Marilla levantou-se, fraca e trêmula, e deixou-se cair na cadeira de balanço. Seu rosto estava abatido e parecia ter envelhecido dez anos.

– Todos nós conseguimos escapar com vida? – perguntou ela, solenemente.

– Pode apostar que sim – respondeu Davy, alegre, totalmente refeito e dono de si novamente. – Não fiquei nem um pouco com medo... só no início. Chegou tão de repente. Decidi rapidamente que não iria brigar com Teddy Sloane na segunda-feira, como tinha prometido; mas agora talvez eu vá. Dora, me diga, você estava com medo?

– Sim, eu estava com um pouco de medo – disse Dora, tranquila –, mas segurei firme a mão de Anne e fiz minhas orações várias vezes.

– Bem, eu também teria feito minhas orações, se tivesse pensado nisso – disse

Davy. – Mas – acrescentou ele, triunfante – pode ver que saí são e salvo como você, mesmo sem ter feito as orações.

Anne serviu a Marilla uma taça de seu potente vinho de groselha... *como* era potente esse vinho, Anne, em seus dias de infância, tivera boas razões para saber... e então todos foram até a porta para ver o estranho cenário.

Ao longe e por toda parte, se estendia um tapete branco de pedras de granizo, que chegava até a altura dos joelhos; montes delas se acumulavam sob os beirais do telhado e nos degraus da escada. Quando, três ou quatro dias depois, as pedras de granizo se derreteram, o estrago que haviam causado foi visto claramente, pois cada broto verde, que crescia nos campos ou no jardim, foi destruído. Não só todas as flores foram arrancadas das macieiras, mas grandes ramos e galhos foram quebrados. E das duzentas árvores plantadas pelos Melhoradores, a maioria delas foi arrancada ou feita em pedaços.

– Será possível que seja o mesmo mundo de uma hora atrás? – perguntou Anne, atordoada. – *Deve* ter demorado mais do que isso para causar tamanha destruição.

– Nunca se soube de coisa igual na Ilha do Príncipe Eduardo – disse Marilla –, nunca. Lembro-me de que houve uma forte tempestade quando eu era menina, mas não foi nada se comparada a essa. Vamos ouvir falar de destruições terríveis, podem ter certeza.

– Espero que nenhuma das crianças da escola tenha ficado exposta – murmurou Anne, ansiosa. Como se soube mais tarde, nenhuma das crianças foi afetada, uma vez que todas aquelas que tinham grande distância a percorrer seguiram o excelente conselho do senhor Andrews e buscaram refúgio no posto dos correios.

– Aí vem John Henry Carter – disse Marilla.

John Henry vinha caminhando no meio das pedras de granizo com um sorriso bastante assustado.

– Oh, isso não é terrível, senhorita Cuthbert? O senhor Harrison me mandou vir até aqui para ver se todos estão bem.

– Nenhum de nós morreu – replicou Marilla, séria – e nenhuma das construções foi atingida. Espero que todos vocês tenham ficado igualmente bem.

— Sim, senhora. Não tão bem, senhora. Nós fomos atingidos. Um raio caiu na chaminé da cozinha, desceu pela chaminé, atingiu a gaiola de Ginger, abriu um buraco no chão e foi parar no porão. Sim, senhora.

— Ginger ficou ferido? — perguntou Anne.

— Sim, senhora. Ficou muito ferido. Ele morreu. — Mais tarde, Anne foi confortar o senhor Harrison. Ela o encontrou sentado à mesa, acariciando o corpo inerme de Ginger com a mão trêmula.

— Pobre Ginger, não vai mais lhe dirigir palavras inconvenientes, Anne — disse ele, tristemente.

Anne nunca poderia se imaginar chorando por causa de Ginger, mas as lágrimas escorreram de seus olhos.

— Ele era toda a companhia que eu tinha, Anne... e agora está morto. Bem, bem, sou um velho tolo por me importar tanto. Vou deixar transparecer que não me importo. Eu sei que você vai dizer algo simpático tão logo eu pare de falar... mas não. Se você o fizer, vou chorar como um bebê. Não foi uma tempestade terrível? Acho que as pessoas não vão rir das previsões do tio Abe novamente. Parece que todas as tempestades que ele profetizou durante toda a sua vida, que nunca aconteceram, vieram todas de uma vez. Além de tudo, acertou em cheio o próprio dia, não é? Olhe a bagunça que temos aqui. Tenho de sair por aí e recolher algumas tábuas para tapar aquele buraco no assoalho.

Os habitantes de Avonlea não fizeram nada no dia seguinte, a não ser visitar uns aos outros e comparar os danos. As estradas eram intransitáveis para carroças, por causa das pedras de granizo; então eles caminhavam ou andavam a cavalo. O correio chegou atrasado e com más notícias de toda a província. Casas tinham sido atingidas, pessoas mortas e feridas; todo o sistema telefônico e telegráfico tinha sido desorganizado e todo o gado que se encontrava exposto nos campos tinha morrido.

Tio Abe foi até a forja do ferreiro de manhã cedo e passou o dia todo lá. Era a hora de triunfo do tio Abe e ele a desfrutou ao máximo. Seria uma injustiça para com tio Abe afirmar que estava feliz pela tempestade ter acontecido; mas como havia ocorrido, estava muito contente por tê-la previsto... inclusive, o dia exato. Tio Abe até esqueceu que havia negado ter fixado uma data certa. Quanto à pequena discrepância na hora, isso não era nada.

Gilbert chegou a Green Gables à noite e encontrou Marilla e Anne ocupadas em pregar tiras de oleado sobre as janelas quebradas.

— Só Deus sabe quando vamos conseguir vidros — disse Marilla. — O senhor Barry foi até Carmody esta tarde, mas não conseguiu nenhuma vidraça, por favor ou por dinheiro. Os habitantes de Carmody já tinham limpado tudo nas lojas de Lawson e Blair às 10 horas da manhã. A tempestade foi forte também em White Sands, Gilbert?

— Diria que sim. Fiquei preso na escola com todas as crianças e pensei que algumas delas haveriam de enlouquecer de medo. Três delas desmaiaram e duas meninas ficaram histéricas; e Tommy Blewett não fez nada além de gritar com toda a força o tempo todo.

— Eu só gritei uma vez — disse Davy, orgulhoso. — Meu jardim ficou todo esmagado — continuou ele, triste —, mas o de Dora também — acrescentou num tom que indicava que ainda havia bálsamo em Gileade.

Anne desceu correndo do quarto.

— Oh, Gilbert, já soube da novidade? A velha casa do senhor Levi Boulter foi atingida por um raio e queimou por inteiro. Parece-me que sou terrivelmente perversa em me sentir feliz com *isso*, quando tantos estragos ocorreram. O senhor Boulter diz que acredita que a Sociedade de Melhorias de Avonlea criou a tempestade por meio de artes mágicas com esse propósito.

— Bem, uma coisa é certa — disse Gilbert, rindo. — O "Observador" fez a reputação de tio Abe como profeta do tempo. A "tempestade do tio Abe" entrará para a história local. É uma coincidência extraordinária que tenha ocorrido exatamente no dia que escolhemos. Na verdade, tenho certo sentimento de culpa, como se eu realmente tivesse criado a tempestade "por meio de artes mágicas". Podemos muito bem nos alegrar pela remoção da velha casa, pois não há muito do que nos alegrar com relação às nossas mudas de árvores. Nem dez delas escaparam.

– Ah, bem, só vamos ter de plantá-las novamente na próxima primavera – replicou Anne, filosoficamente. – Essa é uma das coisas boas deste mundo... podemos ter certeza de que sempre haverá mais primaveras.

capítulo 25

Um escândalo em Avonlea

Numa alegre manhã de junho, quinze dias depois da tempestade do tio Abe, Anne vinha andando lentamente do jardim para o pátio de Green Gables, trazendo nas mãos dois caules murchos de narciso branco.

– Olhe, Marilla – disse ela, com tristeza, segurando as flores diante dos olhos da dama austera, de cabelo preso com um lenço de algodão verde e que estava entrando em casa com uma galinha depenada –, esses são os únicos botões que a tempestade poupou... e mesmo esses são imperfeitos. Sinto muito... queria levar alguns ao túmulo de Matthew. Ele sempre gostou tanto dos lírios juninos.

– Eu mesmo sinto um pouco a falta deles – admitiu Marilla –, embora não pareça certo ficar lamentando pelas flores quando tantas coisas piores aconteceram... todas as colheitas estão destruídas, assim como as frutas.

– Mas as pessoas andaram semeando a aveia de novo – disse Anne, com alento – e o senhor Harrison diz que acha que, se tivermos um bom verão, ela vai crescer bem, embora tardiamente. E minhas plantas anuais estão brotando de novo... mas, oh, nada pode substituir os lírios juninos. A pobre Hester Gray não vai receber nenhum. Voltei ao jardim dela ontem à noite, mas não havia nenhum. Tenho certeza de que ela vai sentir falta deles.

– Não acho certo você ficar dizendo essas coisas, Anne, realmente não acho – disse Marilla, severamente. – Hester Gray está morta há trinta anos e seu espírito está no céu... assim espero.

– Sim, mas eu acredito que ela ama e se lembra ainda de seu jardim daqui – disse Anne. – Tenho certeza de que, não me importando quanto tempo eu já estivesse no céu, gostaria assim mesmo de olhar para baixo e ver alguém depositando flores sobre meu túmulo. Se eu tivesse um jardim aqui como o de Hester Gray, levaria mais de trinta anos, mesmo no céu, para que eu o esquecesse e sentiria saudades ao recordá-lo.

– Bem, não deixe que os gêmeos ouçam você falar dessa forma – foi o fraco protesto de Marilla, enquanto levava seu frango para dentro de casa.

Anne prendeu o narciso no cabelo e foi até o portão da alameda, onde ficou por um tempo, desfrutando do sol de junho antes de entrar para realizar suas tarefas de sábado de manhã. O mundo estava se tornando adorável de novo; a velha Mãe Natureza estava fazendo o possível para remover os vestígios da tempestade e, embora não tivesse êxito total por muitas luas, estava realmente realizando maravilhas.

– Gostaria de poder ficar ociosa o dia todo, hoje – disse Anne a um pássaro azul, que estava cantando, pousado num ramo de salgueiro –, mas uma professora, que também está ajudando a educar gêmeos, não pode se entregar à preguiça, passarinho. Como é doce seu canto, passarinho. Você está precisamente colocando os sentimentos de meu coração numa canção muito mais bela do que seria, se eu mesma pudesse cantar. Ora, quem está chegando?

Uma charrete vinha sacolejando pela alameda, com duas pessoas no banco da frente e um grande baú atrás. Quando a charrete chegou mais perto, Anne reconheceu o condutor como o filho do agente da estação de Bright River; mas sua companheira era uma estranha... um tanto de mulher que saltou agilmente diante do portão, praticamente antes que o cavalo parasse. Era uma pessoa baixa e muito bonita, evidentemente mais perto dos 50 do que dos 40 anos, mas com bochechas rosadas, reluzentes olhos negros e cabelo preto brilhante, encimado por um maravilhoso chapéu de flores e de plumas. Apesar de ter viajado oito milhas numa estrada poeirenta, ela estava tão bem arrumada como se tivesse acabado de sair da proverbial embalagem de chapelaria.

– É aqui que o senhor James A. Harrison mora? – perguntou ela, rapidamente.

– Não, o senhor Harrison mora lá adiante – respondeu Anne, bastante surpresa.

– Bem, eu *realmente achei* que este lugar parecia muito asseado... *asseado* demais para James A. estar morando aqui, a menos que tenha mudado radicalmente desde que o conheci – disse a pequena dama. – É verdade que James A. vai se casar com uma mulher que mora neste povoado?

– Não, oh não – exclamou Anne, corando e sentindo-se tão culpada que a estranha olhou para ela com curiosidade, como se suspeitasse dela com relação aos desígnios matrimoniais do senhor Harrison.

– Mas eu vi num jornal da Ilha – persistiu a bela desconhecida. – Uma amiga me enviou uma cópia sublinhada... amigas são sempre tão prestativas para fazer essas coisas. O nome de James A. estava escrito em cima de "novo cidadão".

– Oh, aquela nota era apenas uma piada – disse Anne, ofegante. – O senhor Harrison não tem intenção de se casar com *ninguém*. Garanto-lhe que não.

– Fico muito contente em ouvir isso – disse a dama rosada, subindo agilmente para tomar seu assento na charrete –, porque ele já é casado. *Eu* sou a esposa dele. Oh, você pode muito bem ficar surpresa. Suponho que ele se tenha feito passar por solteiro e partido corações a torto e a direito. Bem, bem, James A. – acenando vigorosamente com a cabeça para os campos na direção da grande casa branca –, sua diversão acabou. Eu estou aqui... embora não tivesse me incomodado em vir, se não tivesse pensado que você estava tramando alguma travessura. Suponho – virando-se para Anne – que aquele papagaio dele está tão profano como sempre.

– O papagaio dele... está morto... eu acho – disse a pobre Anne, que, naquele preciso momento, não conseguiria ter certeza de seu próprio nome.

– Morto! Tudo vai ficar bem então – exclamou a dama rosada, com júbilo. – Posso controlar James A., se aquele pássaro estiver fora do caminho.

Com essa afirmação enigmática, ela saiu alegremente e Anne voou até a porta da cozinha para encontrar Marilla.

– Anne, quem era aquela mulher?

– Marilla – disse Anne, solenemente, mas com olhos inquietos –, eu pareço como se estivesse louca?

– Não mais do que o normal – disse Marilla, sem pensar em ser sarcástica.

– Bem, então, acha que estou acordada?

– Anne, que bobagem é essa? Quem era aquela mulher, perguntei.

— Marilla, se não estou louca e se não estou dormindo, ela não pode ser semelhante à substância de que são feitos os sonhos... ela deve ser real. De qualquer forma, tenho certeza de que não poderia ter imaginado uma coisa dessas. Ela diz que é esposa do senhor Harrison, Marilla.

Marilla arregalou os olhos, por sua vez.

— Esposa dele! Anne Shirley! Então, por que ele está se passando por solteiro?

— Não acho que tenha feito isso, realmente – retorquiu Anne, tentando ser justa. – Ele nunca disse que não era casado. As pessoas simplesmente pensaram que ele não era. Oh, Marilla, o que a senhora Lynde vai dizer a respeito?

Elas descobriram o que a senhora Lynde tinha a dizer quando apareceu naquela noite. A senhora Lynde não ficou surpresa! A senhora Lynde sempre tinha esperado por algo desse tipo! A senhora Lynde sempre soube que havia *alguma coisa* com relação ao senhor Harrison!

— Pensar que ele abandonou a esposa! – disse ela, indignada. – É coisa que acontece nos Estados Unidos, como se pode ler nos jornais, mas quem haveria de esperar que algo desse tipo acontecesse bem aqui em Avonlea?

— Mas não sabemos se ele a abandonou – protestou Anne, determinada a acreditar que seu amigo era inocente, até que se provasse o contrário. – Não sabemos absolutamente nada a respeito de como as coisas aconteceram.

— Bem, em breve saberemos. Vou diretamente para lá – disse a senhora Lynde, que nunca havia aprendido que havia a palavra *delicadeza* no dicionário. – Convém que eu finja não saber nada sobre a chegada dela; mas o senhor Harrison deveria trazer hoje, de Carmody, um remédio para Thomas e essa será uma boa desculpa. Vou descobrir toda a história e retornarei para contar a vocês ao passar por aqui, no caminho de volta.

A senhora Lynde correu para onde Anne não teria tido coragem de pisar. Nada a teria induzido a ir à casa do senhor Harrison; mas ela tinha sua natural e própria porção de curiosidade e sentia-se secretamente feliz pelo fato de a senhora Lynde ter ido resolver o mistério. Ela e Marilla ficaram na expectativa pelo retorno daquela boa senhora, mas esperaram em vão. A senhora Lynde não retornou a Green Gables naquela noite. Davy, ao voltar às 9 horas da casa dos Boulter, explicou o porquê.

— Encontrei a senhora Lynde e uma mulher estranha no vale – disse ele – e, minha nossa, como as duas falavam ao mesmo tempo! A senhora Lynde me pediu para lhes dizer que lamentava muito, mas que era tarde demais para vir aqui esta noite. Anne, estou com muita fome. Tomamos chá na casa do Milty às 4h e acho que a senhora Boulter é realmente mesquinha. Ela não nos deu compota nem bolo... e até o pão era escasso.

— Davy, quando você vai visitar alguém, nunca deve criticar nada do que lhe for oferecido para comer – disse Anne, solenemente. – É muita falta de educação.

— Tudo bem... só vou pensar nisso – disse Davy, alegre. – Dê alguma coisa para comer a um pobre menino, Anne.

Anne olhou para Marilla, que a seguiu até a despensa e fechou a porta com cautela.

— Pode lhe dar um pouco de geleia no pão; eu sei como o chá deve ser na casa de Levi Boulter.

Davy recebeu a fatia de pão com geleia com um suspiro.

— É uma espécie de mundo decepcionante, afinal – observou ele. – Milty tem uma gata que sofre ataques... teve um ataque regularmente todos os dias, durante três semanas. Milty diz que é muito divertido observá-la. Eu desci hoje de propósito para vê-la ter um, mas a danada da coisinha não teve nenhum e só continuava cada vez mais saudável, apesar de Milty e eu ficarmos ali rondando a tarde toda, esperando. Mas não importa... – Davy animou-se com o insidioso conforto da geleia de ameixa que invadia sua alma... – Talvez eu a veja ainda qualquer dia desses. Não parece provável que ela pare de tê-los de uma vez, quando já estava habituada com os ataques, não é? Esta geleia é muito boa.

Davy não tinha tristezas que a geleia de ameixa não pudesse curar.

O domingo foi tão chuvoso que não houve agitação pelo povoado; mas na segunda-feira todos já tinham ouvido alguma versão da história de Harrison. A escola era um alvoroço só, e Davy voltou para casa cheio de informações.

— Marilla, o senhor Harrison tem uma nova esposa... bem, não exatamente nova, mas eles pararam de ser casados por um bom tempo, como me disse Milty. Sempre achei que as pessoas precisavam continuar casadas uma vez que tinham começado, mas Milty diz que não, que há maneiras de parar, se você não concorda. Milty diz que uma forma é simplesmente ir embora e deixar a esposa, e foi isso que o senhor Harrison fez. Milty diz que o senhor Harrison deixou a esposa porque ela jogou coisas nele... coisas *duras*... e Arty Sloane diz que era porque ela não o deixava fumar, e Ned Clay diz que era porque ela nunca parava de ralhar com ele. Eu não deixaria *minha* esposa por nada disso. Eu simplesmente bateria o pé no chão e diria: "Senhora Davy, você só tem de fazer o que me agrada porque eu sou um *homem*". *Isso* a acalmaria bem rápido, eu acho. Mas Annetta Clay diz que *ela o* deixou porque ele não limpava as botas na porta antes de entrar, e que ela não põe a culpa na esposa. Vou agora mesmo diretamente para a casa do senhor Harrison para ver como ela é.

Davy logo voltou, um tanto abatido.

– A senhora Harrison não estava... ela foi até Carmody com a senhora Rachel Lynde, para comprar um novo papel de parede para a sala de estar. E o senhor Harrison me pediu para dizer a Anne para ir vê-lo, porque ele quer conversar com ela. E digo que o chão está limpinho e que o senhor Harrison está de barba feita, embora não houvesse nenhuma pregação na igreja, ontem.

A cozinha de Harrison tinha uma aparência nada familiar para Anne. O chão estava realmente limpo até um maravilhoso grau de pureza e assim estavam todos os componentes da mobília nesse cômodo; o fogão tinha sido polido de tal forma que ela podia ver seu rosto refletido nele; as paredes tinham sido pintadas de branco e as vidraças das janelas brilhavam à luz do sol. Ao lado da mesa estava sentado o senhor Harrison em suas roupas de trabalho, que na sexta-feira apresentavam diversos rasgões e farrapos, mas que agora estavam cuidadosamente remendadas e escovadas. Ele estava bem barbeado e o pouco cabelo, que ainda tinha, estava cuidadosamente aparado.

– Sente-se, Anne, sente-se – disse o senhor Harrison, num tom de voz dois graus mais baixo daquele usado pelas pessoas de Avonlea nos funerais. – Emily foi até Carmody com Rachel Lynde... já firmou uma amizade por toda a vida com Rachel Lynde. Fico estupefato ao ver como são contraditórias as mulheres. Bem, senhorita Anne, meus belos tempos acabaram... acabaram por completo. Suponho que deverá ser, pelo resto de minha vida natural, limpeza e organização.

O senhor Harrison fez o possível para falar pesarosamente, mas um brilho irreprimível em seus olhos o traiu.

– Senhor Harrison, o senhor está mais que contente com o retorno de sua esposa – exclamou Anne, sacudindo o dedo para ele. – Não precisa fingir que não está, porque eu consigo ver isso claramente.

O senhor Harrison relaxou com um sorriso tímido.

– Bem... bem... estou me acostumando – admitiu ele. – Não posso dizer que lamento ver Emily. Um homem realmente precisa de alguma proteção numa comunidade como esta, onde não pode jogar uma partida de damas com um vizinho sem ser acusado de querer se casar com a irmã desse vizinho e sem que isso logo apareça como notícia no jornal.

– Ninguém poderia imaginar que o senhor estava cortejando Isabella Andrews, se não tivesse fingido ser solteiro – disse Anne, com severidade.

– Eu não fingi que era solteiro. Se alguém tivesse me perguntado se era casado, eu teria dito que era. Mas tomaram as coisas como descontadas. E eu não estava ansioso para falar sobre o assunto... era muito doloroso para mim tocar nisso. Teria sido um prato cheio para a senhora Rachel Lynde, se ela soubesse que minha esposa tinha me deixado, não seria?

– Mas algumas pessoas dizem que foi o senhor que a deixou.

– Foi ela que começou, Anne, ela começou. Vou lhe contar toda a história, pois não quero que pense pior de mim do que mereço... nem de Emily. Mas vamos para a varanda. Tudo é tão assustadoramente limpo aqui que me dá um pouco de saudade de como era antes. Acho que vou me acostumar com isso depois de um tempo, mas por enquanto me sinto melhor olhando para o quintal. Emily não teve tempo ainda de limpá-lo.

Assim que se sentaram confortavelmente na varanda, o senhor Harrison começou o relato de sua desdita.

– Eu morava em Scottsford, New Brunswick, antes de vir para cá, Anne. Minha irmã cuidava da casa para mim e eu me sentia muito bem; ela era bem asseada, me deixava em paz e me enchia de mimos... é o que Emily diz. Mas três anos atrás ela morreu. Antes de morrer, ela se preocupava muito com o que seria de mim depois e, finalmente, ela me fez prometer que me casaria. Ela me aconselhou a me casar com Emily Scott, porque Emily tinha dinheiro próprio e era uma dona de casa padrão. Eu disse a ela: "Emily Scott nunca olharia para mim". "Peça-a em casamento e veja", retrucou minha irmã; e apenas para acalmar sua mente, prometi que o faria... e o fiz. E Emily me respondeu que se casaria comigo. Nunca fiquei tão surpreso em minha vida, Anne... uma mulher baixinha como ela, bonita e inteligente, e um velho sujeito como eu. Vou lhe dizer que a princípio pensei que estava com sorte. Bem, nós nos casamos e fizemos uma pequena viagem de lua de mel, de quinze dias, a St. John e depois voltamos para casa. Chegamos em casa às 10 da noite e dou-lhe minha palavra, Anne, que em meia hora aquela mulher estava fazendo faxina na casa. Oh, eu sei que está pensando que minha casa precisava disso... você tem um rosto muito expressivo, Anne; seus pensamentos simplesmente parecem estar impressos nele... mas não precisava, não tanto assim. Admito que estava toda em desordem quando eu era solteiro, mas pedi a uma mulher para entrar e limpar tudo antes de me casar; além disso, me dispus a fazer alguns reparos e a pintá-la. Eu lhe garanto que, se Emily fosse levada para um palácio novo de mármore branco, ela começaria a esfregar assim que pudesse pôr um vestido velho. Bem, ela limpou a casa até 1 hora da madrugada naquela noite e, às 4, estava de pé, limpando novamente. E assim ela continuou... até onde pude perceber, nunca parou. Era um interminável varrer, esfregar e espanar, exceto aos domingos, e então ela ansiava pela segunda-feira para começar tudo de novo. Mas era sua maneira de se divertir e eu poderia ter me conformado com isso, se ela me tivesse deixado em paz. Mas isso ela não fez. Decidiu me transformar em outro homem, mas não me havia pescado suficientemente jovem. Não permitia que eu entrasse em casa, a menos que eu trocasse as botas por chinelos na porta. Não ousava fumar meu cachimbo de forma alguma, a não ser que fosse para o celeiro. E minha linguagem não era bastante correta. Emily tinha sido professora quando era bem jovem e nunca conseguiu aturar os erros de gramática. E mais, odiava me ver comendo com a faca. Bem, assim era, implicância e importunação sem fim. Mas suponho, Anne, para ser justo, *eu* era bem teimoso também. Não tentei melhorar como poderia ter feito... ficava irritado e desagradável quando ela apontava minhas falhas. Certa vez, eu lhe disse que não tinha reclamado de minha linguagem quando eu a pedi em casamento. Não foi uma coisa muito sensata de se dizer. Uma mulher perdoaria um homem por agredi-la mais facilmente do que por insinuar que estava muito ansiosa em conquistá-lo. Bem, seguimos brigando desse jeito e não era lá muito agradável, mas poderíamos ter nos acostumado um com o outro depois de um tempo, se não fosse por Ginger. Ginger foi a causa derradeira de nossa separação. Emily não gostava de papagaios e não suportava os profanos modos de falar de Ginger. Eu estava apegado ao pássaro por causa de meu irmão marinheiro. Eu e meu irmão marinheiro éramos extremamente ligados quando crianças, e ele me mandou Ginger quando estava para morrer. Eu não via nenhum sentido em ficar tão preocupado com os xingamentos que o pássaro proferia. Não há nada que eu odeie mais do que palavrões num ser humano, mas num papagaio, que só faz repetir o que ouve, sem entender mais do que eu entenderia o chinês, podem ser feitas concessões. Mas Emily não conseguia ver isso dessa forma. As mulheres não são lógicas. Ela tentou fazer com que Ginger parasse de xingar, mas não teve mais sucesso do que em tentar me fazer parar de dizer "eu vi" e "essas coisas". Parece que quanto mais ela tentava, pior Ginger ficava, assim como eu.

Bem, as coisas continuaram assim, os dois ficando cada vez mais ásperos, até que veio o *clímax*. Emily convidou nosso ministro e a esposa para o chá, e outro ministro e a esposa que os estava visitando. Tinha prometido colocar Ginger em algum lugar seguro, de onde ninguém poderia ouvi-lo... Emily não tocaria na gaiola dele nem com uma vara de mais de metro... e eu pretendia fazer isso, pois não queria que os ministros ouvissem nada desagradável em minha casa. Mas acabei esquecendo... Emily estava me incomodando tanto por causa dos colarinhos limpos e de minha linguagem, que não era nenhuma surpresa... nunca mais pensei naquele pobre papagaio até nos sentarmos para o chá. Exatamente no momento em que o ministro número um estava no meio de uma oração, Ginger, que estava na varanda, do lado de fora da janela da sala de jantar, ergueu sua voz. Ele tinha visto um peru no quintal e a visão de um peru sempre provocava um efeito danoso em Ginger. E dessa vez ele se superou. Pode sorrir, Anne, e não nego que eu mesmo ri por causa disso algumas vezes desde então, mas na época eu me senti quase tão mortificado quanto Emily. Saí e levei Ginger para o celeiro. Não posso dizer que desfrutei da refeição. Pela expressão de Emily, eu sabia que haveria problemas para Ginger e para James A. Quando as visitas foram embora, fui até o campo de pastagem das vacas e, pelo caminho, passei a pensar em algumas coisas. Sentia pena de Emily e imaginei não ter sido tão atencioso para com ela quanto poderia; além disso, me perguntava se os ministros pensaram que Ginger havia aprendido esse vocabulário comigo. Resumindo, decidi que Ginger teria de ser misericordiosamente eliminado e, quando levei as vacas para casa, fui contar isso a Emily. Mas não havia Emily alguma e havia uma carta sobre a mesa... bem de acordo com a regra dos livros de ficção. Emily escreveu que eu teria de escolher entre ela e Ginger; tinha voltado para sua casa anterior e lá ficaria até que eu a procurasse e lhe dissesse que tinha me livrado daquele papagaio.

– Eu estava muito irritado, Anne, e disse que ela poderia ficar lá até o dia do juízo final, se esperasse por esse dia; e eu persisti nisso. Empacotei todos os seus pertences e os enviei para a casa dela. Isso deu muito do que falar... Scottsford era quase tão malévola quanto Avonlea em mexericos... e todos simpatizaram com Emily. Isso me deixou completamente irritado e até furioso; vi que teria de me mudar de lá ou nunca teria paz. Concluí que tinha de vir para a Ilha. Estive aqui quando era menino e gostei do lugar; mas Emily sempre disse que não viveria num local onde as pessoas tivessem medo de sair depois de escurecer com medo de cair das bordas da ilha, diretamente no mar. Então, só para contrariá-la, me mudei para cá. E isso é tudo. Eu nunca mais tinha ouvido uma palavra de ou sobre Emily até eu voltar do campo para casa, no sábado, e encontrá-la esfregando o chão, mas com o primeiro jantar decente, que tive desde que ela me deixou, pronto na mesa. Disse-me que era para comer primeiro e depois haveríamos de conversar... com isso concluí que Emily tinha aprendido algumas lições sobre como lidar com um homem. Assim, ela está aqui e vai ficar... vendo que Ginger está morto e que a Ilha é um pouco maior do que ela pensava. Aí estão vindo a senhora Lynde e ela. Não, não vá, Anne. Fique e conheça Emily, que já a viu no sábado... ela queria saber quem era aquela linda moça ruiva da fazenda ao lado.

A senhora Harrison cumprimentou Anne de modo radiante e insistiu para que ficasse para o chá.

– James A. tem me contado tudo sobre você e como você tem sido gentil, fazendo bolos e coisas para ele – disse ela. – Quero conhecer todos os meus novos vizinhos o mais rápido possível. A senhora Lynde é uma mulher adorável, não é? Tão amigável!

Quando Anne voltou para casa no doce crepúsculo de junho, a senhora Harrison foi com ela pelos campos, onde os vaga-lumes acendiam suas lamparinas piscando como estrelas.

– Suponho – disse a senhora Harrison confidencialmente – que James A. lhe contou nossa história.

– Sim.

– Então não preciso contá-la, pois James A. é um homem justo e não deixaria de dizer a verdade. A culpa está longe de ser toda dele. Agora consigo ver. Não fazia sequer uma hora que eu tinha voltado para minha casa quando desejei não ter sido tão apressada, mas eu não queria ceder. Agora vejo que esperava demais de um homem. E fui realmente tola em me importar com o péssimo linguajar dele. Não importa se um homem não sabe falar com correção, desde que seja um bom provedor e não ande rondando a despensa para ver quanto açúcar você usou numa semana. Sinto que James A. e eu seremos muito felizes doravante. Gostaria de saber quem é o "Observador", para poder lhe agradecer. Tenho para com ele uma verdadeira dívida de gratidão.

Anne manteve seu segredo e a senhora Harrison nunca soube que sua gratidão havia chegado a seu alvo. Anne ficou bastante perplexa com as consequências de longo alcance daquelas "notas" tolas. Haviam reconciliado um homem com a esposa e criado a reputação de um profeta.

A senhora Lynde estava na cozinha de Green Gables. Estivera contando toda a história a Marilla.

– Bem, e o que você achou da senhora Harrison? – perguntou ela a Anne.

– Gostei muito dela. Acho que é uma mulher bem interessante.

– É exatamente o que ela é – replicou a senhora Rachel, com ênfase – e como acabei de dizer a Marilla, acho que todos devemos ignorar as peculiaridades do senhor Harrison para o bem dela e tentar fazê-la se sentir em casa por aqui, é isso. Bem, devo voltar. Thomas deve estar reclamando minha presença. Menos mal que posso sair um pouco desde que Eliza veio e ele parece muito melhor nos últimos dias, mas não gosto de ficar longe dele por muito tempo. Ouvi dizer que Gilbert Blythe pediu demissão de White Sands. Creio que deverá ir para a faculdade no outono.

A senhora Rachel fitou Anne com olhar penetrante, mas Anne estava inclinada sobre um Davy sonolento estirado no sofá e não havia nada de anormal transparecendo no rosto dela. Carregou Davy nos braços, com sua bochecha oval de garota encostada na loira cabeça de cabelos encaracolados do menino. Enquanto subiam a escada, Davy lançou um braço cansado em torno do pescoço de Anne e lhe deu um abraço caloroso e um beijo pegajoso.

– Você é muito boazinha, Anne. Milty Boulter escreveu em sua lousa hoje e mostrou a Jennie Sloane:

"Rosas são vermelhas e violetas são azuis,

Açúcar é doce e assim você também é."

E isso expressa exatamente meus sentimentos por você, Anne.

capítulo 26

Na curva do caminho

Thomas Lynde despediu-se da vida tão silenciosa e discretamente como a tinha vivido. Sua esposa era uma enfermeira terna, paciente e incansável. Às vezes Rachel tinha sido um pouco dura com seu Thomas nos tempos em que ele gozava de boa saúde, quando a lentidão ou mansidão dele a provocavam; mas quando adoeceu, nenhuma voz podia ser mais suave, nenhuma mão mais delicadamente habilidosa, nenhuma vigília que deixasse espaço para qualquer queixa.

– Você tem sido uma boa esposa para mim, Rachel – disse ele uma vez, com simplicidade, quando ela estava sentada ao lado dele ao cair da tarde, segurando-lhe a mão envelhecida e magra entre suas mãos calejadas pelo trabalho. – Uma boa esposa. Lamento não deixá-la em melhor situação, mas nossos filhos cuidarão de você. São todos inteligentes, capazes, como a mãe. Uma boa mãe... uma boa mulher...

Então ele adormeceu e, na manhã seguinte, no momento em que a branca alvorada despontava sobre os pontiagudos abetos do vale, Marilla foi caminhando suavemente até o quarto do lado leste do sótão e acordou Anne.

– Anne, Thomas Lynde se foi... o garoto recém-contratado acabou de me trazer a notícia. Estou indo diretamente para a casa de Rachel.

No dia seguinte ao funeral de Thomas Lynde, Marilla caminhava por Green Gables com um ar estranhamente preocupado. Olhava ocasionalmente para Anne, parecendo estar prestes a dizer algo; então balançava a cabeça e apertava os lábios. Depois do chá, ela foi ver a senhora Rachel e, ao voltar, foi para o quarto do lado leste, onde Anne corrigia os exercícios escolares.

– Como está a senhora Lynde esta noite? – perguntou Anne.

– Está se sentindo mais calma e mais tranquila – respondeu Marilla, sentando-se na cama de Anne... um procedimento que indicava alguma excitação mental incomum, pois, no código de ética doméstica de Marilla, sentar-se numa cama depois de arrumada era uma ofensa imperdoável. – Mas ela se sente muito sozinha. Eliza teve de ir para casa hoje... o filho dela não está bem e sentiu que não poderia ficar mais tempo.

– Quando eu terminar de corrigir esses exercícios, vou correndo para conversar um pouco com a senhora Lynde – disse Anne. – Eu pretendia estudar um pouco de composição latina esta noite, mas posso esperar.

– Suponho que Gilbert Blythe vai para a universidade no outono – disse Marilla, abruptamente. – Você gostaria de ir também, Anne?

Anne ergueu os olhos com espanto.

– Claro que gostaria, Marilla. Mas não é possível.

– Creio que pode ser possível. Sempre achei que você deveria ir. Nunca me senti confortável ao pensar que você estava desistindo de tudo por minha causa.

– Mas Marilla, nunca lamentei nem por um momento ter ficado em casa. Tenho sido tão feliz... Oh, esses últimos dois anos foram simplesmente maravilhosos.

– Oh, sim, eu sei que você está bem contente. Mas essa não é exatamente a questão. Você deve continuar com seus estudos. Você economizou o suficiente para mantê-la um ano em Redmond e o dinheiro da venda do gado vai garantir mais um ano... e há bolsas e coisas que você pode ganhar.

– Sim, mas não posso ir, Marilla. Seus olhos estão em melhores condições, é claro; mas não posso deixá-la sozinha com os gêmeos. Eles precisam de muito cuidado.

– Eu não vou estar sozinha com eles. Isso é o que eu pretendia discutir com você. Tive uma longa conversa com Rachel esta noite. Anne, ela está se sentindo terrivelmente mal por causa de muitas coisas. Ela não ficou muito bem, com relação à situação financeira. Parece que hipotecaram a fazenda oito anos atrás para ajudar o filho caçula a começar a vida quando foi para o Oeste; e eles nunca conseguiram pagar muito mais que os juros desde então. E é claro que a doença de Thomas custou uma considerável soma, de uma forma ou de outra. A fazenda terá de ser vendida e Rachel acha que não vai sobrar quase nada depois de pagar todas as contas. Diz que terá de ir morar com Eliza e que está de coração partido ao pensar em sair de Avonlea. Uma mulher da idade dela não faz novas amizades e não descobre novos interesses com facilidade. E, Anne, enquanto ela me falava sobre isso, tive a ideia de convidá-la para vir morar comigo, mas pensei que deveria conversar com você primeiro, antes de dizer qualquer coisa a ela. Se Rachel vier morar comigo, você poderia ir para a universidade. O que acha disso?

– Sinto... como se... alguém... me tivesse dado... a lua... e eu não soubesse... exatamente... o que fazer... com ela – disse Anne, atordoada. – Mas quanto a convidar a senhora Lynde para vir morar aqui, cabe a você decidir, Marilla. Você acha... tem certeza... você gostaria? A senhora Lynde é uma boa mulher e uma vizinha gentil, mas... mas...

– Mas ela tem seus defeitos, é isso que quer dizer? Bem, ela tem, é claro; mas acho que preferiria suportar defeitos muito piores do que ver Rachel indo embora de Avonlea. Sentiria enorme falta dela. É a única amiga íntima que tenho aqui e me sentiria perdida sem ela. Somos vizinhas há 45 anos e nunca tivemos uma briga... embora tenhamos chegado perto disso naquele dia em que você se zangou com a senhora Rachel por tê-la chamado de feia e ruiva. Você se lembra, Anne?

– Acho que sim – disse Anne, com tristeza. – As pessoas não esquecem coisas assim. Como odiei a pobre senhora Rachel naquele momento!

– E então aquele "pedido de desculpas" que você fez. Bem, você era uma pessoa difícil em todos os aspectos, Anne. Eu me sentia inteiramente confusa e desnorteada sobre como lidar com você. Matthew a entendeu melhor.

– Matthew entendia tudo – disse Anne, suavemente, como sempre fazia ao falar dele.

– Bem, acho que podemos nos acertar para que Rachel e eu não entremos em conflito. Sempre me pareceu que a razão pela qual duas mulheres não podem se dar bem na mesma casa é que tentam de compartilhar a mesma cozinha e atrapalhar uma à outra. Agora, se Rachel vier para cá, ela poderia ficar com o quarto do lado norte como dormitório e o quarto de hóspedes como cozinha, ou não, pois não precisamos de um quarto de hóspedes. Ela poderia colocar seu fogão ali e os móveis que quiser manter, e viver de modo verdadeiramente confortável e independente. Deverá ter o suficiente para viver, é claro... os filhos cuidarão disso... então, tudo o que eu estaria dando a ela seria um quarto como moradia. Sim, Anne, no que me diz respeito, eu iria gostar.

– Então pergunte a ela – disse Anne, prontamente. – Eu mesma ficaria muito triste em ver a senhora Rachel ir embora.

– E se ela vier – continuou Marilla –, você pode ir para a faculdade ou não. Ela será minha companhia e fará pelos gêmeos o que eu não posso fazer; então não há razão no mundo para que você não possa ir.

Anne meditou longamente junto da janela, naquela noite. Alegria e pesar lutavam em seu coração. Tinha chegado finalmente... repentina e inesperadamente... até a curva da estrada; e a faculdade estava ali, com uma centena de esperanças e de visões do arco-íris; mas Anne percebeu também que, ao contornar essa curva, deveria deixar para trás muitas coisas doces... todos os pequenos deveres e simples interesses que tinham se tornado tão caros para ela nos últimos dois anos, glorificados em beleza e deleite pelo entusiasmo que neles havia colocado. Deveria desistir de sua escola... e amava cada um de seus alunos, mesmo os tolos e travessos. O mero pensamento de Paul Irving a levava a se perguntar se Redmond era o caminho e se valia mesmo a pena, afinal de contas.

– Eu criei muitas pequenas raízes, nesses dois anos – disse Anne à lua – e quando eu for arrancada, elas vão doer muito. Mas é melhor ir, eu acho; e, como diz Marilla, não há um bom motivo para não ir. Devo expor todas as minhas ambições e tirar a poeira que as encobre.

Anne enviou seu pedido de demissão, no dia seguinte; e a senhora Rachel, depois de uma conversa franca com Marilla, aceitou com gratidão a oferta de morar em Green Gables. Decidiu, no entanto, permanecer em sua própria casa durante o verão, pois a fazenda não seria vendida até o outono e havia ainda muitos arranjos a fazer.

"Eu certamente nunca pensei em morar tão longe da estrada quanto Green Gables", suspirou a senhora Rachel, falando consigo mesma. "Mas, realmente, Green Gables não parece tão fora do mundo como costumava ser antes... Anne tem muitos amigos e os gêmeos tornam a casa muito animada. E, de qualquer forma, preferiria viver no fundo de um poço a deixar Avonlea."

Essas duas decisões, sendo rapidamente divulgadas pelas cercanias, superaram a chegada da senhora Harrison nos mexericos populares. Pessoas mais prudentes ficaram chocadas com o passo precipitado de Marilla Cuthbert ao convidar a senhora Rachel para morar com ela. Andaram opinando que as duas não se dariam bem. Ambas eram "apegadas demais à própria maneira de ser" e muitas previsões sombrias foram feitas, mas nenhuma delas perturbou as partes envolvidas. Elas haviam chegado a um entendimento claro e distinto dos respectivos deveres e direitos de seu novo acordo e pretendiam respeitá-los.

– Não vou me intrometer em sua vida nem você na minha – disse a senhora Rachel, decidida – e quanto aos gêmeos, ficarei contente em fazer tudo o que puder por eles; mas não vou me comprometer a responder às perguntas de Davy, é isso. Não sou uma enciclopédia, nem sou uma advogada da Filadélfia. Você vai sentir falta de Anne para isso.

– Às vezes, as respostas de Anne eram tão esquisitas quanto as perguntas de Davy – replicou Marilla, secamente. – Os gêmeos vão sentir falta dela, sem dúvida; mas o futuro dela não pode ser sacrificado pela sede de Davy por informações. Quando ele fizer perguntas que não posso responder, direi apenas que as crianças devem ser vistas e não ouvidas. Foi assim que fui criada e, não sei, mas é uma maneira tão boa quanto todas essas noções inovadoras de educar crianças.

– Bem, parece que os métodos de Anne funcionaram muito bem com Davy – disse a senhora Lynde, sorrindo. – Ele se mostra um menino reformado, é isso.

– Não é um mau menino – concedeu Marilla. – Eu nunca esperava gostar tanto assim dessas crianças. Davy tem uma forma toda própria de cativar... e Dora é uma criança adorável, embora seja... meio que... bem, meio que...

– Monótona? Exatamente – acrescentou a senhora Rachel. – Como um livro em que todas as páginas são iguais, é isso. Dora será uma mulher boa e confiável, mas nunca vai pôr a mão no fogo por ninguém. Bem, é confortável ter pessoas assim por perto, mesmo que não sejam tão interessantes quanto as de outro tipo.

Gilbert Blythe foi provavelmente a única pessoa a quem a notícia da renúncia de Anne como professora trouxe um prazer absoluto. Seus alunos consideraram essa notícia uma total catástrofe. Annetta Bell ficou histérica ao chegar em casa. Anthony Pye travou duas batalhas campais e não provocadas com outros meninos para dar vazão a seus sentimentos. Barbara Shaw chorou a noite toda. Paul Irving, em tom desafiador, disse à avó que não deveria esperar que ele haveria de se submeter a comer mingau por uma semana.

– Não consigo, vovó – disse ele. – Realmente não sei se vou conseguir comer *alguma coisa*. Sinto como se tivesse um terrível nó na garganta. Teria chorado ao voltar da escola, se Jake Donnell não estivesse me observando. Acho que vou chorar depois de ir para a cama. Não iria aparecer em meus olhos amanhã, não é? E seria um grande alívio. Mas de qualquer maneira, não consigo comer mingau. Vou precisar de toda a minha força de espírito para suportar isso, vovó, e não vai sobrar energia alguma para lutar com o mingau. Oh, vovó, não sei o que vou fazer quando minha linda professora for embora. Milty Boulter diz que aposta que Jane Andrews vai ficar com a escola. Suponho que a senhorita Andrews seja muito agradável. Mas eu sei que ela não vai entender as coisas como a senhorita Shirley.

Diana também tinha uma visão muito pessimista da situação.

– Vai ser terrivelmente solitário por aqui, no próximo inverno – lamentou ela, ao anoitecer, quando o luar estava derramando "prata rarefeita" através dos ramos da cerejeira e enchendo o quarto do lado leste com um resplendor suave, parecido com um sonho, em que as duas meninas estavam sentadas conversando, Anne em sua pequena cadeira de balanço, perto da janela, e Diana sentada à moda turca, na cama. – Você e Gilbert terão ido embora... e os Allan também. O senhor Allan foi chamado para Charlottetown e é claro que ele vai aceitar. É muito cruel. O cargo vai ficar vacante durante todo o inverno, suponho, e teremos diante de nós uma longa lista de candidatos... e metade deles não vai servir de modo algum.

– De qualquer forma, espero que não mandem o senhor Baxter de East Grafton para cá – disse Anne, resoluta. – Ele quer o cargo, mas ele prega sermões tão sombrios. O senhor Bell diz que é um ministro da velha escola, mas a senhora Lynde diz que não há nada de errado com ele, a não ser indigestão. A esposa dele não é boa cozinheira, ao que parece, e a senhora Lynde diz que, quando um homem tem de comer pão azedo duas semanas em cada três, sua teologia está fadada a se complicar em algum ponto. A senhora Allan se sente muito mal por ter de ir embora. Afirma que todos têm sido tão gentis para com ela, desde que chegou aqui como noiva, que se sente como se estivesse deixando amigos de toda a vida. E mais, há o túmulo do bebê, bem sabe. Ela diz que não vê como pode ir embora e deixar que... era tão pequenininho e só tinha 3 meses; e diz que tem medo de que ele sinta saudades da mãe, embora saiba que não é isso e que não o diria ao senhor Allan por nada desse mundo. Diz ainda que, quase todas as noites, ela atravessava despercebida o bosque de bétulas atrás da mansão até o cemitério e cantava uma pequena canção de ninar para ele. Contou-me tudo isso no final da tarde de ontem, quando eu estava colocando algumas daquelas rosas silvestres no túmulo de Matthew. Prometi a ela que, enquanto eu estiver em Avonlea, haveria de colocar flores no túmulo do bebê e quando eu estiver longe daqui, tinha certeza de que...

– De que eu faria isso – disse Diana, com entusiasmo. – Claro que vou. E vou colocar flores no túmulo de Matthew também, por sua causa, Anne.

– Oh, obrigada. Eu queria lhe pedir se poderia fazê-lo. E no túmulo da pequena Hester Gray também. Por favor, não se esqueça dela. Você sabe, tenho pensado e sonhado tanto com a pequena Hester Gray que ela se tornou estranhamente real para mim. Penso nela, em seu pequeno jardim naquele recanto fresco, tranquilo e verde; e imagino que, se pudesse voltar lá em alguma noite de primavera, exatamente na hora mágica entre o claro e o escuro, e subir tão suavemente pela colina de faias para que meus passos não a assustassem, haveria de encontrar o jardim exatamente como era, mais que sossegado com seus lírios juninos e suas rosas precoces, com a delicada casinha toda recoberta de vinhas; e a pequena Hester Grey estaria lá, com seus olhos suaves e o vento despenteando seus cabelos escuros, vagando, acariciando os lírios com a ponta dos dedos e sussurrando segredos para as rosas; e eu iria em frente, oh, tão suavemente, e estenderia minhas mãos e diria a ela: "Pequena Hester Gray, você não vai me deixar ser sua companheira de brincadeiras, uma vez que eu também amo as rosas?" E haveríamos de nos sentar no velho banco e conversar um pouco e sonhar um pouco, ou apenas ficar juntas, lindamente caladas. E então a lua haveria de surgir e eu olharia a meu redor... e não haveria nenhuma Hester Gray, nem casinha recoberta de vinhas nem rosas... apenas um velho jardim deserto, coberto de lírios juninos por entre a grama e o vento sussurrando, oh, tão tristemente nas cerejeiras. E eu não saberia se tinha sido real ou se eu tinha apenas imaginado tudo.

Diana mudou de posição e apoiou as costas contra a cabeceira da cama. Quando sua companheira da hora do crepúsculo começar a dizer coisas tão assustadoras, era bom não imaginar que houvesse alguma coisa atrás de você.

– Receio que a Sociedade das Melhorias vai decair quando você e Gilbert se forem – comentou ela, tristemente.

– Não tenho o menor receio disso – retrucou Anne, vivamente, voltando da terra dos sonhos para os assuntos da vida prática. – Está firmemente estabelecida para isso, especialmente porque as pessoas mais idosas estão ficando entusiasmadas com ela. Veja o que elas estão fazendo neste verão por seus relvados e veredas. Além disso, estarei atenta a novas iniciativas em Redmond, vou elaborar um relatório e vou mandá-lo para vocês. Não tenha uma visão tão sombria das coisas, Diana. E não fique ressentida com meu breve momento de alegria e de júbilo agora. Mais tarde, quando eu tiver de ir embora, não vou sentir nada, a não ser pesar.

– Você tem razão para estar contente... está indo para a faculdade, vai ter momentos maravilhosos e vai fazer novos amigos adoráveis.

– Espero fazer novos amigos – disse Anne, pensativa. – As possibilidades de fazer novos amigos ajudam a tornar a vida mais fascinante. Mas não importa quantos amigos eu faça, eles nunca serão tão queridos para mim quanto os antigos... especialmente certa menina com olhos negros e covinhas. Consegue adivinhar quem é, Diana?

– Mas vai haver tantas meninas inteligentes em Redmond – suspirou Diana – e eu sou apenas uma garotinha estúpida do interior que diz "já sei", às vezes... embora eu realmente saiba me expressar melhor quando paro para pensar. Bem, é claro que esses dois últimos anos foram realmente agradáveis demais para que pudessem durar. Conheço *alguém* que, de qualquer maneira, está feliz com sua ida para Redmond. Anne, vou lhe fazer uma pergunta... uma pergunta séria. Não se irrite e responda seriamente. Você gosta, mesmo que seja um pouquinho só, de Gilbert?

– Gosto muito dele como amigo, mas nem um pouco da maneira que você insinua – respondeu Anne calma e decididamente; ela também achava que estava falando com sinceridade.

Diana suspirou. Desejava, de certo modo, que Anne tivesse respondido de forma diferente.

– Você não pretende se casar *um dia*, Anne?

– Talvez... algum dia... quando encontrar a pessoa certa – respondeu Anne, sorrindo sonhadoramente ao luar.

– Mas como poderá ter certeza de ter encontrado a pessoa certa? – persistiu Diana.

– Oh, haveria de reconhecê-la... *alguma coisa* me diria. Você sabe qual é meu ideal, Diana.

– Mas os ideais das pessoas mudam às vezes.

– Os meus não. E eu não conseguiria me interessar por um homem que não os satisfizesse.

– E se você nunca o encontrar?

– Então deverei morrer solteirona – foi a alegre resposta. – Ouso dizer que não é a pior das mortes, de modo algum.

– Oh, suponho que morrer seria bastante fácil; é viver como solteirona que não gosto – disse Diana, sem intenção de ser engraçada. – Embora eu não me importasse *muito* em ser solteirona, se pudesse ser como a senhorita Lavendar. Mas eu nunca seria. Quando eu tiver 45 anos, seria horrivelmente gorda. E embora pudesse haver algo de romântico numa solteirona magra, não poderia haver possivelmente nada de similar para uma gorda. Oh, lembre-se, Nelson Atkins pediu Ruby Gillis em casamento, três semanas atrás. Ruby me contou tudo. Diz que nunca teve a intenção de aceitá-lo, porque quem se casar com ele vai ter de morar com os sogros; mas Ruby diz que ele fez uma declaração tão perfeitamente bela e romântica, que simplesmente a deixou perplexa. Mas como não queria fazer nada precipitado, ela pediu uma semana para pensar; e dois dias depois, ela estava numa reunião do Clube de Costura na casa da mãe dele e havia um livro intitulado "O guia completo de etiqueta", sobre a mesa da sala de visitas. Ruby disse que simplesmente não conseguia descrever seus sentimentos quando, numa seção intitulada, "O comportamento durante o namoro e o casamento", encontrou a própria declaração que Nelson havia feito, palavra por palavra. Ela foi para casa e lhe escreveu uma recusa bem contundente; e conta que, desde então, o pai e a mãe dele se revezaram para observá-lo, com medo de que ele se atirasse no rio; mas Ruby lhes disse que não precisavam ter medo; pois, na seção "O comportamento durante e o namoro e o casamento" do livro, está escrito como um amante rejeitado deve se comportar e *nessa seção* não há nada relativo a afogamento. E acrescentou ainda que Wilbur Blair está literalmente apaixonado por ela, mas que ela se sente totalmente perdida no caso.

Anne fez um movimento impaciente.

– Odeio dizer isso... parece tão desleal... mas, bem, não gosto de Ruby Gillis agora. Gostava dela quando íamos para a escola e para a Queen's juntas... embora não da forma como gosto de você e de Jane, é claro. Mas nesse último ano em Carmody, ela parece tão diferente... tão... tão...

– Eu sei – assentiu Diana. – É Gillis transparecendo nela... ela não consegue evitar. A senhora Lynde diz que, se alguma vez uma garota Gillis pensou em qualquer coisa, exceto nos meninos, nunca o demonstrou em suas caminhadas e conversas. Mas Ruby não fala em nada além de meninos e os elogios que eles lhe fazem, e como todos estão loucos por ela em Carmody. E o estranho é que eles realmente *estão*...

– Diana admitiu isso um tanto ressentida. – Ontem à noite, quando a vi na loja do senhor Blair, ela me sussurrou que tinha acabado de fazer uma nova "conquista". Eu não iria perguntar quem era, porque sabia que ela estava morrendo de vontade de *ser* perguntada. Bem, é o que Ruby sempre quis, suponho. Você se lembra, mesmo quando era pequena, ela sempre dizia que ia querer ter dezenas de pretendentes quando crescesse e que iria se divertir o máximo antes de se casar. Ela é tão diferente de Jane, não é? Jane é uma moça tão boa, sensata e educada.

– A querida Jane é uma joia – concordou Anne –, mas – acrescentou, inclinando-se para a frente para dar um tapinha carinhoso na mãozinha rechonchuda e com covinhas pendendo do travesseiro – afinal, não há ninguém como a minha Diana. Você se lembra daquela tarde em que nos conhecemos, Diana, e "juramos" eterna amizade, em seu jardim? Mantivemos esse "juramento", acho... nunca tivemos uma briga, nem mesmo frieza. Jamais esquecerei a emoção que tomou conta de mim no dia em que você disse que me amava. Eu tive um coração tão solitário e faminto durante toda a minha infância! Só agora estou começando a perceber como realmente era faminto e solitário. Ninguém se importava comigo ou queria se incomodar comigo. Eu teria sido extremamente infeliz, se não fosse por aquela estranha vidinha de sonhos, na qual eu imaginava todos os amigos e amor que ansiava ter. Mas quando vim para Green Gables, tudo mudou. E então eu a conheci. Você não sabe o que sua amizade significa para mim. Quero agradecer aqui e agora, querida, pelo calor humano e pelo verdadeiro afeto que você sempre me deu.

– E sempre, sempre darei – soluçou Diana. – Eu *nunca* vou amar alguém... nenhuma *amiga*... metade do que a amo. E se algum dia eu realmente me casar e tiver uma filha, vou chamá-la de *Anne*.

capítulo 27

Uma tarde na casa de pedra

– A onde você vai toda arrumada, Anne? – quis saber Davy. – Você fica bonitona com esse vestido.

Anne desceu para o almoço com um vestido novo de musselina verde-claro... a primeira cor que ela usava desde a morte de Matthew. Ficava perfeitamente bem nela, ressaltando todas as delicadas tonalidades florais de seu rosto e o brilho reluzente de seus cabelos.

– Davy, quantas vezes já lhe disse que não devia usar essa palavra – repreendeu-o ela. – Estou indo a Echo Lodge.

– Leve-me junto – suplicou Davy.

– Eu o levaria, se fosse de charrete. Mas vou a pé e é muito longe para suas pernas de 8 anos. Além disso, Paul vai comigo e temo que você não goste muito da companhia dele.

– Oh, gosto de Paul muito mais do que gostava antes – respondeu Davy, começando a fazer temíveis incursões em seu pudim. – Desde que eu também me tornei um bom menino, não me importo que ele seja um pouco melhor. Se eu puder continuar assim, um dia vou alcançá-lo, tanto nas pernas quanto na bondade. Além disso, Paul é muito bom para nós, os meninos da segunda série na escola. Ele não deixa os outros meninos grandes se intrometer no meio de nós e nos ensina muitos jogos.

– Como é que Paul caiu no riacho ontem ao meio-dia? – perguntou Anne. – Eu o encontrei no pátio, tão molhado que o mandei imediatamente para casa para trocar de roupa, sem procurar descobrir o que havia acontecido.

– Bem, foi em parte um acidente – explicou Davy. – Ele enfiou a cabeça de propósito, mas o resto caiu acidentalmente. Estávamos todos no riacho e Prillie Rogerson ficou brava com Paul por causa de alguma coisa... ela é muito má e horrorosa, mesmo sendo bonita... e disse que a avó dele enrolava o cabelo dele todas as noites. Paul não teria se importado com o que ela disse, eu acho, mas Gracie Andrews riu, e Paul ficou muito vermelho, porque Gracie é a garota dele, você sabe. Ele é *totalmente* louco por ela... traz flores para ela e carrega os livros dela até a estrada da praia. Ele ficou vermelho como uma beterraba e disse que a avó não fazia nada disso e que seu cabelo já nasceu crespo. E então ele se deitou na margem e enfiou a cabeça diretamente na fonte para mostrar. Oh, não foi a fonte da qual bebemos... – ao ver a expressão horrorizada no rosto de Marilla... – Era a menor, mais abaixo. Mas a margem está terrivelmente escorregadia e Paul caiu diretamente na água. Digo-lhe que foi um belo mergulho. Oh, Anne, Anne, eu não queria dizer isso... simplesmente escapou antes que eu pensasse. *Espirrou* água por todos os lados. Mas ele parecia tão engraçado quando rastejou para fora, todo molhado e enlameado! As meninas desataram a rir, mas Gracie não riu. Ela parecia triste. Gracie é uma garota decente, mas tem um nariz arrebitado. Quando eu ficar bastante grande para ter uma garota, não vou querer uma de nariz arrebitado... Vou escolher uma com um nariz bonito como o seu, Anne.

– Um menino que faz tamanha bagunça e suja o rosto com calda enquanto está comendo pudim nunca vai fazer com que uma moça olhe para ele – disse Marilla, severamente.

– Mas vou lavar o rosto antes de sair para namorar – protestou Davy, tentando melhorar as coisas, esfregando as costas da mão na sujeira. – E vou lavar atrás das orelhas também, sem precisar que me digam. Lembrei-me dessa manhã, Marilla. Eu não esqueço tanto como me esquecia antes. Mas... – e Davy suspirou... – há tantos cantos no corpo de um sujeito que é terrivelmente difícil lembrar-se de todos eles. Bem, se não posso ir à casa da senhorita Lavendar, vou até a casa da senhora Harrison. Posso lhe dizer que a senhora Harrison é uma mulher muito cuidadosa. Ela guarda um pote de biscoitos na despensa, especialmente para meninos, e sempre me dá as sobras de uma panela em que preparou o bolo de ameixa. Muitas ameixas grudam nas laterais, bem sabe. O senhor Harrison sempre foi um homem bom, mas ele é duas vezes melhor desde que se casou de novo. Acho que casar torna as pessoas mais agradáveis. Por que *você* não se casa, Marilla? Quero saber.

A condição de solteira nunca foi um ponto sensível para Marilla; assim, com uma troca de olhares significativos com Anne, ela respondeu afavelmente que acreditava que era porque ninguém a haveria de querer.

– Mas talvez você nunca tenha pedido ninguém em casamento – protestou Davy.

– Oh, Davy – disse Dora, prontamente, intrometendo-se na conversa – são os *homens* que têm de fazer o pedido.

– Não sei por que eles têm de fazer isso *sempre* – resmungou Davy. – Parece-me que tudo é atribuído aos homens neste mundo. Posso comer mais pudim, Marilla?

– Já comeu tanto quanto é conveniente para você – disse Marilla; mas lhe deu uma segunda porção moderada.

– Eu gostaria que as pessoas pudessem viver de pudim. Por que não podem, Marilla? Quero saber.

– Porque logo ficariam enjoadas.

– Eu gostaria de tentar fazer isso – disse o cético Davy. – Mas acho que é melhor comer pudim apenas nos dias em que há peixe na refeição e a companhia de visitas do que em dia nenhum. Na casa de Milty Boulter, nunca servem pudim. Milty diz que, ao receberem visitas, a mãe dele serve queijo, que ela mesma corta... um pedacinho para cada um e mais outro por educação.

– Se Milty Boulter fala assim da mãe dele, como mínimo, você não tem necessidade de repeti-lo – disse Marilla, severamente.

– Que Deus me ajude... – Davy tinha ouvido essa expressão da boca do senhor Harrison e a usou-a com grande prazer... – Milty disse isso como um elogio. Ele tem imenso orgulho da mãe, porque as pessoas dizem que ela poderia tirar água até de pedra.

– Eu... eu acho que aquelas irritantes galinhas estão de novo em meu canteiro de amor-perfeito – disse Marilla, levantando-se e saindo apressada.

As difamadas galinhas não estavam nem perto do canteiro de amor-perfeito e Marilla nem mesmo olhou para ele. Em vez disso, ela se sentou na janela do porão e riu até ficar com vergonha de si mesma.

Quando Anne e Paul chegaram à casa de pedra naquela tarde, encontraram a senhorita Lavendar e Charlotta IV no jardim, arrancando ervas daninhas, rastelando, podando e aparando com todo o empenho. A própria senhorita Lavendar, toda alegre e doce nos babados e rendas de que tanto gostava, deixou cair seu podão e correu alegremente para encontrar seus visitantes, enquanto Charlotta IV sorria toda feliz.

– Bem-vinda, Anne. Achei que viria hoje. Você pertence à tarde, por isso ela a trouxe para cá. As coisas que se pertencem com certeza chegam juntas. Quantos problemas algumas pessoas haveriam de evitar, se só soubessem disso. Mas elas não sabem... e assim desperdiçam uma fantástica energia movendo céus e terras para reunir coisas que *não* se pertencem. E você, Paul... ora, como cresceu! Está meia cabeça mais alto do que quando esteve aqui da outra vez.

– Sim, comecei a crescer como o amaranto durante a noite, como diz a senhora Lynde – replicou Paul, claramente feliz com o fato. – A vovó diz que é o mingau fazendo efeito, finalmente. Talvez seja. Deus sabe... – Paul suspirou profundamente. – Eu comi tanto para fazer qualquer um crescer. Espero, agora que comecei, continuar crescendo até ficar da altura de meu pai. Ele tem 1 metro e oitenta, senhorita Lavendar.

Sim, a senhorita Lavendar sabia; o rubor em suas lindas bochechas se aprofundou um pouco; tomou a mão de Paul de um lado e a de Anne do outro e caminhou até a casa em silêncio.

– Hoje é um dia bom para os ecos, senhorita Lavendar? – perguntou Paul, ansioso. No dia de sua primeira visita, ventava demais para produzir ecos e Paul tinha ficado muito desapontado.

– Sim, precisamente o melhor tipo de dia – respondeu a senhorita Lavendar, despertando de seu devaneio. – Mas primeiro vamos todos comer alguma coisa. Sei que vocês dois não voltaram aqui por entre aqueles bosques de faias sem ficar com fome, e Charlotta IV e eu podemos comer a qualquer hora do dia.... temos o apetite sempre aguçado. Então, vamos fazer uma incursão na despensa. Felizmente, é ótima e está repleta. Tive o pressentimento de que teria companhia hoje e Charlotta IV e eu nos preparamos.

– Acho que a senhorita é uma daquelas pessoas que sempre tem coisas boas na despensa – declarou Paul. – Vovó também é assim. Mas ela não aprova lanches entre as refeições. Eu me pergunto – acrescentou ele, meditativo –, se *devo* fazer um lanche fora de casa, sabendo que ela não aprova.

– Oh, não acho que ela desaprovaria depois da longa caminhada que fez. Isso faz a diferença – disse a senhorita Lavendar, trocando olhares divertidos com Anne sobre os cachos castanhos de Paul. – Creio que os lanches *sejam* extremamente prejudiciais. É por isso que os comemos com tanta frequência em Echo Lodge. Nós... Charlotta IV e eu... vivemos desafiando todas as leis conhecidas da dieta. Comemos todo tipo de coisas indigestas sempre que temos vontade, de dia ou de noite; e crescemos como os loureiros. Estamos sempre com a intenção de nos corrigir. Quando lemos qualquer artigo num jornal alertando contra algo de que gostamos, nós o recortamos e pregamos na parede da cozinha para nos lembrarmos. Mas nunca conseguimos, de alguma forma... até depois de termos ingerido exatamente o alimento mencionado. Até agora, nada nos matou; mas Charlotta IV ficou conhecida por ter pesadelos depois de comermos roscas, pastéis de carne moída e bolo de frutas logo antes de deitar.

– Vovó me deixa tomar um copo de leite e comer uma fatia de pão com manteiga antes de ir para a cama; e nas noites de domingo, ela põe geleia no pão – disse Paul. – Assim, sempre fico contente no domingo à noite... por mais de um motivo. Domingo é um dia muito longo na estrada à beira-mar. A vovó diz que, para ela, é um dia curto demais e que meu pai nunca achava os domingos cansativos quando ele era menino. Não pareceria tão longo, se eu pudesse falar com minhas pessoas de pedra, mas nunca faço isso porque a vovó não aprova essas coisas aos domingos. Eu penso em muitas coisas; mas receio que meus pensamentos sejam mundanos. Vovó diz que nunca devemos pensar em nada além de pensamentos religiosos aos domingos. Mas a professora aqui disse uma vez que todo pensamento realmente bonito é religioso, não importa sobre o que seja, ou em que dia o pensamos. Mas tenho certeza de que a vovó pensa que os sermões e as lições da Escola Dominical são as únicas coisas que representam pensamentos verdadeiramente religiosos. E quando ocorre uma diferença de opinião entre a vovó e a professora, eu não sei o que fazer. No meu coração... – Paul colocou a mão no peito e levantou os olhos azuis muito sérios para o simpático rosto da senhorita Lavendar... – eu concordo com a professora. Mas então, pode ver, a vovó criou meu pai da maneira *dela* e conseguiu brilhante êxito com ele; e a professora ainda não criou ninguém, embora esteja ajudando a criar Davy e Dora. Mas não se pode dizer como eles vão ficar até que *sejam* bem crescidos. Então, às vezes, sinto que seria mais seguro seguir a opinião da vovó.

– Eu acho que sim – concordou Anne, solenemente. – De qualquer forma, atrevo-me a dizer que, se sua avó e eu explicássemos o que realmente queremos dizer, com nossas diferentes maneiras de expressar isso, descobriríamos que as duas queriam dizer exatamente a mesma coisa. É melhor para você seguir o que sua avó diz, uma vez que reflete o resultado da experiência. Teremos de esperar até que possamos ver como os gêmeos vão ficar, antes de podermos ter certeza de que meu método é igualmente bom.

Depois do lanche, voltaram ao jardim, onde Paul conheceu os ecos, para sua surpresa e deleite, enquanto Anne e a senhorita Lavendar ficaram sentadas no banco de pedra sob o álamo e conversavam.

– Então, você vai embora no outono? – perguntou a senhorita Lavendar, em tom melancólico. – Eu deveria estar contente por você, Anne... mas estou horrível e egoisticamente triste. Vou sentir muito sua falta. Oh, às vezes acho que não adianta fazer amigos. Eles partem depois de algum tempo e deixam uma dor bem pior do que o vazio que existia antes que entrassem em sua vida.

– Isso parece algo que a senhorita Eliza Andrews poderia ter dito, mas nunca a senhorita Lavendar – replicou Anne. – *Nada* é pior do que o vazio... e eu não vou sair da sua vida. Existem coisas como cartas e férias. Querida, temo que você esteja um pouco pálida e cansada.

– Oh... hoo... hoo... hoo – exclamou Paul postado em cima do muro, onde estivera fazendo os mais variados ruídos, persistentemente... nem todos melodiosos na origem, mas quando retornavam, vinham transmutados no próprio som de ouro e prata pelas fadas alquimistas do outro lado do rio. A senhorita Lavendar fez um movimento impaciente com suas belas mãos.

– Estou cansada de tudo... até mesmo dos ecos. Não há nada em minha vida além de ecos... ecos de esperanças perdidas, sonhos e alegrias. São lindos e zombeteiros. Oh Anne, é horrível de minha parte falar assim quando estou em companhia. É que estou ficando velha e isso não combina comigo. Sei que vou ficar terrivelmente rabugenta quando tiver 60 anos. Mas talvez tudo o de que eu precise seja uma boa dose de comprimidos.

Nesse momento, Charlotta IV, que tinha desaparecido depois do lanche, voltou e anunciou que o canto nordeste do campo do senhor John Kimball estava vermelho de morangos precoces, e perguntou se a senhorita Shirley não gostaria de colher alguns.

– Morangos precoces para o chá! – exclamou a senhorita Lavendar. – Oh, não sou tão velha quanto pensava... e não preciso de um único comprimido! Meninas, quando voltarem com os morangos, vamos tomar nosso chá aqui, sob o álamo prateado. Vai estar tudo pronto para vocês, com creme caseiro.

Então, Anne e Charlotta IV se dirigiram para o campo do senhor Kimball, um remoto lugar verde, onde o ar era tão suave como veludo e fragrante como um canteiro de violetas e dourado como âmbar.

– Oh, não é doce e fresco por aqui? – respirou fundo Anne. – Eu me sinto como se estivesse absorvendo um raio de sol.

– Sim, madame, eu também. É exatamente como me sinto também, madame – concordou Charlotta IV, que teria dito precisamente a mesma coisa, se Anne tivesse observado que se sentia como um pelicano do deserto. Sempre depois de uma visita de Anne a Echo Lodge, Charlotta IV subia em seu quartinho acima da cozinha e, diante do espelho, tentava falar, olhar e se mover como Anne. Charlotta nunca poderia se gabar de ter conseguido; mas a prática leva à perfeição, como Charlotta tinha aprendido na escola, e ela esperava realmente que, com o tempo, poderia aprender o truque daquele delicado levantar do queixo, daquele rápido e brilhante piscar de olhos, daquele jeito de andar como se fosse um ramo balançando ao sabor do vento. Parecia tão fácil ao observar Anne. Charlotta IV admirava Anne de todo o coração. Não que ela a achasse muito bonita. A beleza de Diana Barry com suas bochechas carmesim e cachos negros era muito mais do gosto de Charlotta IV do que o charme enluarado de Anne, com seus luminosos olhos acinzentados e com o rosa pálido e sempre mutável de suas bochechas.

– Mas eu preferiria me parecer com a senhorita do que ser bonita – disse ela a Anne, com sinceridade.

Anne riu, sorveu o mel do tributo e jogou fora o ferrão. Ela estava acostumada a receber elogios mistos. A opinião pública nunca chegou a um acordo sobre a aparência de Anne. Pessoas que ouviram dizer que ela era bonita ficaram desapontadas ao conhecê-la. Pessoas que ouviram dizer que ela não era atraente, ao vê-la se perguntavam onde estavam os olhos dessas pessoas. A própria Anne nunca acreditou que tinha todos os atributos da beleza. Quando se olhava no espelho, tudo o que via era um rostinho pálido com sete sardas no nariz. Seu espelho nunca lhe revelava a ardilosa e sempre variada gama de sentimentos que ia e vinha em suas feições como uma rosada e reluzente chama ou o encanto de sonho e riso que se alternavam em seus grandes olhos.

Embora Anne não fosse bonita em nenhum sentido estritamente definido da palavra, ela possuía certo encanto evasivo e distinção de aparência que deixava os observadores com uma agradável sensação de satisfação naquela sua mocidade suavemente lapidada, com todas as suas potencialidades fortemente perceptíveis. Aqueles que conheciam bem Anne sentiam, sem perceber que o sentiam, que sua maior atração era a aura de possibilidades que a cercava... o poder de desenvolvimento futuro que nela existia. Ela parecia andar numa atmosfera de coisas prestes a acontecer.

Enquanto colhiam morangos, Charlotta IV confidenciou a Anne seus temores em relação à senhorita Lavendar. A afetuosa e pequena criada estava realmente preocupada com a condição de sua adorada patroa.

– A senhorita Lavendar não está bem, madame senhorita Shirley. Tenho certeza de que não está, embora ela nunca reclame. Ela não se parece consigo mesma faz muito tempo, madame... não está, desde aquele dia em que a senhorita e Paul estiveram aqui juntos. Tenho certeza de que ela apanhou um resfriado naquela noite, madame. Depois que vocês foram embora, ela saiu e caminhou pelo jardim por muito tempo, após o escurecer, com nada nos ombros além de um pequeno xale. Havia muita neve nas trilhas e estou certa de que ela apanhou um resfriado, madame. Desde então, tenho notado que ela está fazendo as coisas como se estivesse cansada e solitária. Parece não se interessar por mais nada, madame. Nunca mais finge que está esperando visita nem se arruma para isso nem nada, madame. É só quando a senhorita vem que ela parece se animar um pouco. E o pior sinal de todos, madame senhorita Shirley... – Charlotta IV baixou a voz como se estivesse prestes a contar algum sintoma extremamente estranho e terrível... – é que ela nunca fica zangada agora quando eu quebro coisas. Ora, madame senhorita Shirley, ontem eu quebrei a jarra verde e amarela que sempre ficava na estante dos livros. A avó dela a trouxe da Inglaterra e a senhorita Lavendar tinha enorme estima por ela. Eu a estava limpando com todo o cuidado, madame senhorita Shirley, e me escorregou das mãos antes que eu pudesse segurá-la e se quebrou em 40 mil pedaços. Digo-lhe que eu estava triste e amedrontada. Pensei que a senhorita Lavendar fosse me repreender severamente, madame; e eu preferia que tivesse feito isso do que ter agido da maneira que agiu. Ela simplesmente chegou, mal olhou para os cacos e disse: "Não importa, Charlotta. Recolha os cacos e jogue-os fora". Só isso mesmo, madame senhorita Shirley... "Recolha os cacos e jogue-os fora", como se não fosse a jarra que a avó dela havia trazido da Inglaterra. Oh, ela não está bem e me sinto muito mal por isso. Ela não tem ninguém para cuidar dela, a não ser eu.

Os olhos de Charlotta IV se encheram de lágrimas. Anne deu um tapinha na mãozinha morena, que segurava a tigela rosa rachada, com simpatia.

– Acho que a senhorita Lavendar precisa de uma mudança, Charlotta. Ela fica muito tempo sozinha aqui. Não podemos convencê-la a partir para uma pequena viagem?

Charlotta sacudiu a cabeça, com seus exuberantes laços, desconsolada.

– Acho que não, madame senhorita Shirley. A senhorita Lavendar odeia fazer visitas. Ela só tem três parentes a quem visita vez por outra e diz que vai vê-los por dever familiar. Da última vez, quando ela voltou para casa, disse que não iria mais visitá-los por dever de família. "Voltei para casa apaixonada pela solidão, Charlotta", ela me disse, "e nunca mais quero ficar longe de minha videira e de minha figueira. Meus parentes tentam de tudo para fazer de mim uma anciã e isso tem um péssimo efeito em mim". Simples assim, madame senhorita Shirley. "Tem um péssimo efeito em mim." Por isso não acho que seria bom convencê-la a viajar.

– Veremos o que pode ser feito – disse Anne, decididamente, enquanto colocava o último morango na tigela rosa. – logo que eu entrar em férias, virei passar uma semana inteira com vocês. Vamos fazer um piquenique todos os dias e imaginar todo o tipo de coisas interessantes e vamos ver se não conseguimos levantar o moral da senhorita Lavendar.

– Isso vai ser a melhor coisa a fazer, madame senhorita Shirley – exclamou Charlotta IV em êxtase. Estava contente pelo bem da senhorita Lavendar e pelo próprio também. Com uma semana inteira para estudar Anne constantemente, ela por certo haveria de aprender como se mover e se comportar como ela.

Quando as duas moças voltaram para Echo Lodge, viram que a senhorita. Lavendar e Paul tinham carregado a pequena mesa quadrada da cozinha para o jardim e tinham aprontado tudo para o chá. Nada jamais tinha sido mais delicioso do que aqueles morangos com creme, saboreados sob um grande céu azul, todo salpicado de pequenas nuvens fofas e brancas, e sob as longas sombras do bosque com seus balbucios e murmúrios. Depois do chá, Anne ajudou Charlotta a lavar a louça na cozinha, enquanto a senhorita Lavendar se sentou no banco de pedra com Paul e ouviu tudo sobre suas pessoas de pedra. Ela era uma boa ouvinte, essa doce senhorita Lavendar; mas, no final, Paul estranhou que ela tivesse perdido repentinamente o interesse nos Gêmeos Marinheiros.

– Senhorita Lavendar, por que me olha desse jeito? – perguntou ele, sério.

– De que jeito estou olhando, Paul?

– Como se estivesse olhando através de mim para alguém que acabei por repor em sua memória – disse Paul, que tinha esses lampejos ocasionais de misteriosa percepção, o que acabava por não ser muito seguro ter segredos quando ele estava por perto.

– Você me lembra de alguém que conheci há muito tempo – disse a senhorita Lavendar, com ar sonhador.

– Quando era jovem?

– Sim, quando eu era jovem. Pareço muito velha para você, Paul?

– Sabe, não consigo me decidir a respeito – disse Paul, confidencialmente. – Seu cabelo parece velho... nunca conheci uma pessoa jovem de cabelos brancos. Mas seus olhos são tão jovens quanto os de minha bela professora, quando a senhorita sorri.

Vou lhe dizer uma coisa, senhorita Lavendar... – a voz e o rosto de Paul eram tão solenes quanto os de um juiz... – acho que a senhorita seria uma mãe esplêndida. Tem aquele olhar exatamente certo em seus olhos... o olhar que minha mãe sempre teve. Acho que é uma pena que a senhorita não tenha os próprios filhos.

– Tenho um garotinho em meus sonhos, Paul.

– Oh, tem mesmo? E quantos anos ele tem?

– Mais ou menos sua idade, eu acho. Deveria ser mais velho, porque sonho com ele desde muito antes de você nascer. Mas eu nunca vou deixá-lo ficar mais velho do que 11 ou 12 anos; porque se eu deixar, um dia ele poderia crescer de uma vez e então eu o perderia.

– Eu sei – assentiu Paul com a cabeça. – Essa é a beleza das pessoas dos sonhos... elas permanecem na idade que a gente quiser. A senhorita, minha linda professora e eu somos as únicas pessoas no mundo que sei que têm pessoas amigas em seus sonhos. Não é engraçado e bom que nós três nos tenhamos conhecido? Mas acho que esses tipos de pessoas sempre se descobrem uns aos outros. Vovó nunca teve pessoas dos sonhos ou imaginárias e Mary Joe acha que eu não regulo bem da cabeça porque as tenho. Mas acho que é esplêndido tê-las. Sabe muito bem disso, senhorita Lavendar. Conte-me tudo sobre seu garotinho dos sonhos.

– Ele tem olhos azuis e cabelo cacheado. Chega furtivamente e me acorda com um beijo todas as manhãs. Então brinca o dia todo aqui no jardim... e eu brinco com ele. Topamos qualquer tipo de jogo. Fazemos corridas e conversamos com os ecos; e eu conto histórias. E quando o crepúsculo chega...

– Eu sei – interrompeu Paul, ansioso. – Ele vem e senta a seu lado... *assim*... porque é certo que aos 12 anos ele seria grande demais para ficar em seu colo... e encosta a cabeça em seu ombro... *assim*... e a senhorita coloca seus braços em torno dele e o segura apertado, apertado, e descansa sua bochecha na cabeça dele... sim, é exatamente desse jeito. Oh, a senhorita *realmente* sabe muito bem, senhorita Lavendar.

Anne encontrou os dois ali quando saiu da casa de pedra, e algo no rosto da senhorita Lavendar a fez detestar perturbá-los.

– Receio que devemos ir, Paul, se quisermos chegar em casa antes do escurecer.

Senhorita Lavendar, em breve vou me convidar a mim mesma para ficar aqui em Echo Lodge por uma semana inteira.

– Se vier por uma semana, vou mantê-la aqui por duas – ameaçou a senhorita Lavendar.

capítulo 28

O príncipe volta ao palácio encantado

O último dia de aula chegou e passou. Um triunfante "exame semestral" foi realizado e os alunos de Anne se saíram esplendidamente bem. No encerramento, fizeram um discurso e lhe deram uma escrivaninha de presente. Todas as meninas e damas presentes choraram e alguns dos meninos, segundo rumores que andaram correndo mais tarde, também choraram, embora eles sempre o negassem.

A senhora Harmon Andrews, a senhora Peter Sloane e a senhora William Bell voltaram caminhando juntas para casa, comentando tudo o que tinha acontecido.

– Acho que é uma pena que Anne esteja partindo quando as crianças parecem tão apegadas a ela – suspirou a senhora Peter Sloane, que tinha o hábito de suspirar por tudo e até mesmo encerrar suas piadas dessa maneira. – Certamente – acrescentou ela apressadamente –, todos nós sabemos que teremos uma boa professora no ano próximo também.

– Jane cumprirá seu dever, não tenho dúvidas – disse a senhora Andrews, com certa rigidez. – Acho que ela não vai contar às crianças tantos contos de fadas ou passar tanto tempo perambulando pelos bosques com elas. Mas seu nome consta no Registro de Honra do Inspetor e a população de Newbridge está profundamente desalentada com a saída dela.

– Estou muito contente que Anne esteja indo para a faculdade – disse a senhora Bell. – Ela sempre quis e será uma coisa esplêndida para ela.

– Bem, eu não sei. – A senhora Andrews estava determinada a não concordar totalmente com ninguém naquele dia. – Não me parece que Anne precise de mais estudos. Ela provavelmente se casará com Gilbert Blythe, se a paixão dele por ela durar até que ele termine a faculdade, e de que lhe servirão o latim e o grego então? Se na faculdade ensinassem como lidar com um homem, então faria algum sentido que ela fosse.

A senhora Harmon Andrews, segundo os mexericos sussurrados em Avonlea, nunca tinha aprendido a lidar com seu "homem" e, como resultado, a família dos Andrews não era exatamente um modelo de felicidade doméstica.

– Vi que o chamado de Charlottetown para o senhor Allan está afixado diante do presbitério – disse a senhora Bell. – Isso significa que vamos perdê-lo em breve, suponho.

– Eles não vão embora antes de setembro – disse a senhora Sloane. – Será uma grande perda para a comunidade... embora eu sempre tenha pensado que a senhora Allan se vestia alegremente demais para uma esposa de ministro. Mas nenhum de nós é perfeito. Vocês notaram como o senhor Harrison estava limpo e bem arrumado hoje? Nunca vi um homem tão mudado. Vai à igreja todos os domingos e contribui para o salário do ministro.

– Aquele Paul Irving já não está um belo rapaz? – disse a senhora Andrews. – Era tão pequeno para sua idade quando veio para cá. Quase não o reconheci, hoje. Está ficando muito parecido com o pai.

– É um menino inteligente – disse a senhora Bell.

– É bastante inteligente, mas... – a senhora Andrews baixou a voz... – creio que conta histórias esquisitas. Gracie voltou da escola um dia da semana passada com a maior história confusa, que ele lhe havia contado sobre as pessoas que viviam na praia... histórias em que, bem podem saber, não poderia haver uma palavra de verdade. Eu disse a Gracie para não acreditar nelas, e ela me falou que Paul não esperava que ela acreditasse. Mas se ele não esperava que ela acreditasse, por que as contou?

– Anne diz que Paul é um gênio – interveio a senhora Sloane.

– Pode até ser. Você nunca sabe o que esperar desses americanos – disse a senhora Andrews. O único significado que a senhora Andrews atribuía à palavra "gênio" era derivado do modo coloquial de chamar qualquer indivíduo excêntrico de "gênio esquisito". Ela provavelmente pensava, como Mary Joe, que se referia a uma pessoa que não regulava bem da cabeça.

De volta à sala de aula, Anne estava sentada sozinha em sua escrivaninha, como havia sentado no primeiro dia de aula, dois anos antes, o rosto apoiado na mão, os olhos úmidos olhando melancolicamente pela janela para o lago das Águas Brilhantes. Seu coração estava tão apertado com a separação dos alunos que, por um momento, a faculdade perdeu todo o encanto. Ela ainda sentia o aperto dos braços de Annetta Bell em torno de seu pescoço e ouvia o lamento infantil da menina: "*Nunca vou amar qualquer professora tanto quanto você, senhorita Shirley, nunca, nunca*".

Por dois anos, ela havia trabalhado séria e fielmente, cometendo muitos erros e aprendendo com eles. Tivera sua recompensa. Havia ensinado algo a seus alunos, mas sentia que eles haviam lhe ensinado muito mais... lições de ternura, de autocontrole, de sabedoria inocente, do saber de corações infantis. Talvez não tivesse conseguido "inspirar" ambições maravilhosas em seus alunos, mas lhes ensinou, mais por sua própria doce personalidade do que por todos os seus cuidadosos preceitos, que era bom e necessário viver, nos anos que estavam por vir, suas vidas delicada e graciosamente, apegando-se firmemente à verdade, à cortesia e à bondade, mantendo-se afastados de tudo que cheirasse a falsidade, mesquinhez e vulgaridade. Talvez estivessem de todo inconscientes de terem aprendido essas lições; mas se lembrariam delas e as poriam em prática até muito depois de terem esquecido a capital do Afeganistão e as datas da Guerra das Rosas.

– Outro capítulo de minha vida está encerrado – disse Anne em voz alta, enquanto trancava sua escrivaninha. Sentia-se realmente muito triste, mas a romântica ideia daquele "capítulo encerrado" a confortou um pouco.

Anne passou duas semanas em Echo Lodge, no início de suas férias, e todos os envolvidos se divertiram.

Ela levou a senhorita Lavendar numa expedição de compras na cidade e a convenceu a comprar um novo vestido de organdi; depois veio a empolgação de cortá-lo e costurá-lo juntas, enquanto a feliz Charlotta IV alinhavava e recolhia os recortes. A senhorita Lavendar se queixava de que não sentia muito interesse por nada, mas o brilho voltou a seus olhos diante do lindo vestido.

– Que pessoa tola e frívola devo ser – suspirou ela. – Estou inteiramente envergonhada por pensar que um vestido novo... mesmo que seja um organdi azul... tivesse de me deixar tão alegre, quando uma boa consciência e uma contribuição extra para as missões estrangeiras não conseguiram me deixar assim.

Na metade de sua visita, Anne foi para casa em Green Gables por um dia, a fim de consertar as meias dos gêmeos e responder ao acúmulo de perguntas de Davy. Ao entardecer, seguiu pela estrada costeira para ver Paul Irving. Ao passar pela janela baixa e quadrada da sala de estar dos Irving, viu de relance que Paul estava acomodado no colo de alguém; mas no momento seguinte, ele veio voando pelo corredor.

– Oh, senhorita Shirley – gritou ele, empolgado –, não pode imaginar o que aconteceu! Algo tão esplêndido. Meu pai está aqui... imagine só! Meu pai está aqui! Entre. Pai, esta é minha linda professora. *Você* entende, pai.

Stephen Irving se adiantou para receber Anne, com um sorriso. Era um homem alto e bonito, de meia-idade, com cabelos grisalhos, profundos olhos azuis-escuros e um rosto forte e triste, esplendidamente modelado no queixo e na testa. Exatamente o rosto de um herói de romance, pensou Anne, com um arrepio de intensa satisfação. Seria tão decepcionante encontrar alguém que deveria ser um herói e vê-lo careca ou corcunda, ou de alguma forma sem beleza varonil. Anne teria pensado que seria terrível, se o objeto do romance da senhorita Lavendar não tivesse belos atributos.

– Então, esta é a "linda professora" de meu filho, de quem tanto ouvi falar – disse o senhor Irving, com um caloroso aperto de mão. – As cartas de Paul estão tão repletas de sua figura, senhorita Shirley, que sinto como se já a conhecesse muito bem. Quero lhe agradecer pelo que fez por Paul. Acho que sua influência foi exatamente o que ele precisava. Minha mãe é uma das melhores e mais queridas mulheres; mas seu senso comum escocês, robusto e prático, nem sempre conseguia entender um temperamento como o de meu rapagote. O que faltava a ela, a senhorita supriu. Entre as duas, acho que a educação de Paul nos últimos dois anos tem sido quase ideal quanto poderia ser para um menino sem mãe.

Todo mundo gosta de ser apreciado. Diante dos elogios do senhor Irving, o rosto de Anne "enrubesceu como um botão de rosa", e esse ocupado e cansado homem do mundo, olhando para ela, pensou que nunca tinha visto modelo mais doce e mais formoso de juventude do que essa professorinha "da costa oeste", com seus cabelos ruivos e olhos maravilhosos.

Paul sentou-se entre os dois, extremamente feliz.

– Nunca imaginei que meu pai viesse – disse ele, radiante. – Nem mesmo a vovó sabia. Foi uma grande surpresa. De maneira geral... – Paul balançou seus cachos castanhos, com gravidade... – não gosto de ser surpreendido. Quando você é surpreendido, perde toda a graça da expectativa. Mas, num caso como esse, está tudo bem. Papai veio ontem à noite depois que eu fui para a cama. E depois que vovó e Mary Joe se acalmaram da surpresa, ele e vovó subiram para me ver, mas não querendo me acordar até de manhã. Mas eu acordei e vi meu pai. O que fiz foi só pular no colo dele.

– Com um abraço como o de um urso – disse o senhor Irving, sorridente, colocando os braços nos ombros de Paul. – Quase não reconheci meu filho; cresceu tanto, está moreno e robusto.

– Não sei quem estava mais contente em ver meu pai, vovó ou eu – continuou Paul. – Vovó passou o dia inteiro na cozinha preparando coisas que meu pai gosta de comer. Disse que não as confiaria a Mary Joe. Essa é a maneira *dela* de mostrar alegria. *Eu* gosto mais de simplesmente sentar e falar com ele. Mas vou deixá-lo um pouco agora, se me der licença. Tenho de recolher as vacas para Mary Joe. Essa é uma de minhas tarefas diárias.

Quando Paul saiu para realizar sua "tarefa diária", o senhor Irving conversou com Anne sobre vários assuntos. Mas Anne sentiu que ele estava pensando em outra coisa o tempo todo. E logo isso veio à tona.

– Na última carta, Paul falou de uma visita que fez com a senhorita a uma velha... amiga minha... senhorita Lewis, na casa de pedra em Grafton. A senhorita a conhece bem?

– Sim, de fato, ela é uma amiga muito querida – foi a resposta recatada de Anne, que não deu mostras do repentino arrepio que sentiu dos pés à cabeça com a pergunta do senhor Irving. Anne "sentiu instintivamente" que um romance estava despontando depois da curva à sua frente.

O senhor Irving se levantou e foi até a janela, olhando para um grande mar dourado e encapelado, onde um vento selvagem soprava com fúria. Por alguns momentos, houve silêncio na pequena sala de paredes escuras. Então ele se voltou e olhou para o rosto simpático de Anne com um sorriso, meio caprichoso, meio terno.

— Eu me pergunto quanto a senhorita sabe — disse ele.

— Sei de tudo a esse respeito — respondeu Anne, prontamente. — Veja bem — explicou ela, apressadamente — a senhorita Lavendar e eu somos muito íntimas. Ela nunca haveria de contar coisas de natureza tão sagrada a quem quer que seja. Somos almas gêmeas.

— Sim, acredito que sejam. Bem, vou lhe pedir um favor. Eu gostaria de ir ver a senhorita Lavendar, se ela me permitir. A senhorita poderia perguntar a ela, se posso ir?

Ela não faria isso? Oh, sem dúvida que o faria! Sim, esse era um romance de verdade, real, com todo o encanto de rima, de história e de sonho. Era um pouco tardio, talvez, como uma rosa que floresce em outubro quando deveria ter desabrochado em junho; mas nem por isso deixa de ser uma rosa, toda doçura e fragrância, com o brilho do ouro em seu coração. Nunca os pés de Anne a levaram a uma missão mais desejada do que naquela caminhada pelos bosques de faia até Grafton na manhã seguinte. Encontrou a senhorita Lavendar no jardim. Anne estava terrivelmente emocionada. Suas mãos gelaram e sua voz tremia.

— Senhorita Lavendar, eu tenho algo a lhe dizer... algo muito importante. A senhorita consegue adivinhar o que é?

Anne nunca haveria de imaginar que a senhorita Lavendar pudesse *adivinhar*; mas o rosto da senhorita Lavendar ficou muito pálido e ela falou num tom calmo e inalterado, do qual toda a cor e todo o brilho, que a voz da senhorita Lavendar costumeiramente possuía, haviam desaparecido.

— Stephen Irving está em casa?

— Como é que sabia? Quem lhe contou? — exclamou Anne, desapontada, aborrecida por sua grande revelação ter sido antecipada.

— Ninguém. Eu sabia que devia ser isso, só pelo modo como você falou.

— Ele quer vir vê-la — continuou Anne. — Posso mandar um recado para ele...?

— Sim, claro — respondeu a senhorita Lavendar, perturbada. — Não há razão para que não venha. Ele deverá vir como um velho amigo qualquer.

Anne tinha a própria opinião sobre isso ao entrar apressada na casa para escrever uma nota na escrivaninha da senhorita Lavendar.

"Oh, é maravilhoso estar vivendo num romance – pensou ela, alegremente. "Vai dar certo, sem dúvida... tem que dar... e Paul terá uma mãe segundo seu coração e todos serão felizes. Mas o senhor Irving vai levar a senhorita Lavendar embora... e só Deus sabe o que vai acontecer com a casinha de pedra... e, portanto, há dois lados nessa história, como parece haver em tudo neste mundo."

Uma vez escrita a importante nota, a própria Anne a levou até o posto de correio de Grafton, onde esperou o carteiro e lhe pediu que a deixasse no escritório de Avonlea.

– É deveras muito importante – assegurou-lhe Anne, ansiosa.

O carteiro era um velho bastante mal-humorado que não se parecia em nada com o aspecto de um mensageiro de Cupido; e Anne não tinha muita certeza de que pudesse confiar na memória dele. Mas ele disse que faria o possível para se lembrar e ela teve de se contentar com isso.

Charlotta IV pressentiu que algum mistério permeava a casa de pedra naquela tarde... um mistério do qual ela estava excluída. A senhorita Lavendar vagava pelo jardim de uma forma distraída. Anne também parecia possuída pelo demônio da inquietude e andava de cá para lá, de cima para baixo. Charlotta IV tolerou isso até que a paciência deixou de ser uma virtude; então confrontou Anne por ocasião da terceira peregrinação sem objetivo daquela jovem romântica até a cozinha.

– Por favor, madame senhorita Shirley – disse Charlotta IV, com um movimento indignado de seus laços azuis –, está claro que a senhorita e a senhorita Lavendar têm um segredo e eu acho, implorando seu perdão se sou muito atrevida, madame senhorita Shirley, que é realmente maldade não me contar quando nós todas temos sido tão amigas.

– Oh, Charlotta querida, eu teria contado tudo a você se fosse segredo meu... mas é da senhorita Lavendar. Vou lhe contar, no entanto, isso... e se nada acontecer, você nunca deverá dizer uma palavra a respeito a quem quer que seja. Veja, o Príncipe Encantado virá esta noite. Ele veio há muito tempo, mas, num momento de loucura, foi embora e andou vagando a esmo e esqueceu o segredo do caminho mágico para o castelo encantado, onde a princesa permanecia chorando com seu coração fiel a ele. Mas, por fim, ele se lembrou novamente do caminho e a princesa ainda está esperando... porque ninguém, além de seu príncipe querido, poderia tirá-la dali.

– Oh, madame senhorita Shirley, o que é isso em prosa? – suspirou a perplexa Charlotta.

Anne riu.

– Em prosa, um velho amigo da senhorita Lavendar está vindo para vê-la esta noite.

– Quer dizer um antigo namorado dela? – perguntou a literal Charlotta.

– Isso é provavelmente o que eu quero dizer... em prosa – respondeu Anne, séria. – É o pai de Paul... Stephen Irving. E só Deus sabe o que vai acontecer, mas vamos torcer pelo melhor, Charlotta.

– Espero que ele se case com a senhorita Lavendar – foi a resposta inequívoca de Charlotta. – Desde o início, algumas mulheres são destinadas a ficar solteironas e receio que eu seja uma delas, madame senhorita Shirley, porque tenho pouquíssima paciência com os homens. Mas a senhorita Lavendar nunca foi. E tenho andado muito preocupada, pensando o que diabos ela faria quando eu crescesse e *tivesse* de ir para Boston. Não há mais meninas em nossa família e Deus sabe o que ela faria, se tivesse de contratar uma estranha que haveria de rir de suas fantasias e deixar as coisas espalhadas por aí, fora de lugar, e sem aceitar ser chamada de Charlotta V. Ela poderia conseguir alguém que não fosse tão azarada quanto eu em quebrar pratos, mas nunca vai conseguir alguém que a ame mais.

E a pequena criada fiel correu para a porta do forno e aspirou o ar para sentir o aroma.

Naquela noite, em Echo Lodge, se prepararam, como de costume, para tomar chá; mas ninguém, contudo, comeu qualquer coisa. Depois do chá, a senhorita Lavendar foi para seu quarto e vestiu seu novo organdi azul, enquanto Anne arrumava o cabelo dela. Ambas estavam terrivelmente nervosas; mas a senhorita Lavendar fingia estar muito calma e indiferente.

– Amanhã, tenho de consertar, sem falta, aquele rasgo na cortina – disse ela, ansiosa, inspecionando-o como se fosse a única coisa importante naquele momento. – Essas cortinas não serviram tão bem quanto parecia, considerando o preço que paguei. Meu Deus, Charlotta se esqueceu de tirar o pó do corrimão da escada *de novo*. Realmente *preciso* falar com ela sobre isso.

Anne estava sentada na escada da varanda quando Stephen Irving desceu a rua e atravessou o jardim.

– Este é o único lugar onde o tempo para – disse ele, olhando em volta com olhos encantados. – Não mudou nada nessa casa ou no jardim desde que estive aqui há 25 anos. Isso faz com que me sinta jovem novamente.

– Sabe que o tempo sempre fica parado num palácio encantado – disse Anne, séria. – Só quando o príncipe chega é que as coisas começam a acontecer.

O senhor Irving sorriu um pouco tristemente diante do rosto erguido dela, todo iluminado com sua juventude e promessa.

– Às vezes o príncipe chega tarde demais – disse ele. E não pediu a Anne que traduzisse sua observação em prosa. Como todas as almas gêmeas, ele "entendia".

– Oh, não, não, se ele for o verdadeiro príncipe que vem para a verdadeira princesa – disse Anne, sacudindo a cabeça ruiva decididamente, enquanto abria a porta da sala de visitas. Quando ele entrou, ela fechou a porta com força atrás dele e se virou para confrontar Charlotta IV, que estava no corredor, toda "acenos com a cabeça, saudações e sorrisos envolventes"[16].

– Oh, madame senhorita Shirley – suspirou ela –, eu espiei pela janela da cozinha... e ele é muito bonito... e tem a idade certa para a senhorita Lavendar. E oh, madame senhorita Shirley, acha que seria muito feio escutar atrás da porta?

– Seria terrível, Charlotta – disse Anne, com firmeza. – Então venha comigo, fora do alcance da tentação.

– Não consigo fazer nada e é horrível ficar por aí só esperando – suspirou Charlotta. – E se ele não se declarar, madame senhorita Shirley? Nunca se pode ter certeza com os homens. Minha irmã mais velha, Charlotta I, pensava que já estava comprometida com um namorado. Mas acontece que *ele* tinha opinião diferente e ela diz que nunca mais vai confiar num deles novamente. E soube de outro caso em que um homem pensava que estava caído por uma moça quando, na realidade, era da irmã dela de que ele gostava o tempo todo. Quando um homem não sabe o que quer, madame

---

16   Parte de verso extraída do poema *L'Allegro*, de John Milton (1608-1674), poeta, político e teólogo inglês.

senhorita Shirley, como uma pobre mulher vai se sentir confiante?

– Vamos para a cozinha e polir as colheres de prata – disse Anne. – Essa é uma tarefa que, felizmente, não vai exigir muita concentração... pois *eu não conseguiria* pensar esta noite. E isso vai ser bom para passar o tempo.

Uma hora se passou. Então, assim que Anne depôs a última colher brilhando, elas ouviram a porta da frente se fechar. Ambas procuraram conforto no olhar temeroso uma da outra.

– Oh, madame senhorita Shirley – gaguejou Charlotta –, se ele está indo embora tão cedo, não há nada nisso tudo e nunca haverá. – Elas voaram para a janela. O senhor Irving não tinha intenção de ir embora. Ele e a senhorita Lavendar estavam caminhando lentamente pela trilha do meio até o banco de pedra.

– Oh, madame senhorita Shirley, ele está com o braço em torno da cintura dela – sussurrou Charlotta IV, deliciada. – Ele deve ter se declarado ou ela nunca o permitiria.

Anne enlaçou Charlotta IV pela cintura rechonchuda e dançou com ela pela cozinha até que ambas ficaram sem fôlego.

– Oh, Charlotta – exclamou ela, alegre –, não sou profetisa nem filha de profetisa, mas vou fazer uma previsão. Haverá um casamento nessa velha casa de pedra antes que as folhas do bordo fiquem vermelhas. Quer isso traduzido em prosa, Charlotta?

– Não, isso eu consigo entender – respondeu Charlotta. – Um casamento não é poesia. Ora, madame senhorita Shirley, está chorando! Por quê?

– Oh, porque é tudo tão lindo... novelesco... e romântico... e triste – respondeu Anne, deixando as lágrimas escorrer de seus olhos. – É tudo perfeitamente adorável... mas há um pouco de tristeza envolvida nisso também, de alguma forma.

– Oh, é claro que há um risco em se casar com alguém – concedeu Charlotta IV –, mas, no fim das contas, madame senhorita Shirley, há muitas coisas piores do que um marido.

capítulo 29

Poesia e prosa

Durante o mês seguinte, Anne viveu no meio do que, para Avonlea, poderia ser chamado de um turbilhão de emoções. A preparação de seu modesto enxoval para Redmond era de importância secundária. A senhorita Lavendar estava se preparando para se casar e a casa de pedra era palco de intermináveis consultas, planejamentos e discussões, com Charlotta IV pairando à margem de todas as coisas em agitado deleite e expectativa. Logo veio a costureira e houve o êxtase e a desdita de escolher modelos e ajustá-los. Anne e Diana passavam metade do tempo em Echo Lodge e havia noites em que Anne não conseguia dormir, perguntando-se se havia feito bem em aconselhar a senhorita Lavendar a escolher marrom em vez de azul-marinho para seu vestido de viagem e ter usado sua seda cinza para o corte do modelo de princesa.

Todos os envolvidos na história da senhorita Lavendar estavam muito felizes. Paul Irving correu até Green Gables para conversar com Anne sobre a novidade, tão logo o pai lhe contou.

– Eu sabia que podia confiar em meu pai para escolher uma segunda bela mãezinha para mim – disse ele, orgulhoso. – É uma coisa maravilhosa ter um pai em quem se pode confiar, professora. Eu realmente amo a senhorita Lavendar. A vovó também está satisfeita. Diz que está muito contente que meu pai não escolheu uma americana como segunda esposa, porque, embora tudo tenha corrido bem da primeira vez, tal coisa provavelmente não haveria de acontecer duas vezes. A senhora Lynde diz que aprova inteiramente a união e acha que é provável que a senhorita Lavendar vá deixar de lado suas ideias esquisitas e que deverá ser como as outras pessoas, agora que vai se casar. Mas espero que ela não desista de suas ideias esquisitas, professora, porque eu gosto delas. E eu não quero que ela seja como as outras pessoas. Há muitas outras pessoas em nosso derredor que são assim. *Você* sabe, professora.

Charlotta IV era outra pessoa radiante.

– Oh, madame senhorita Shirley, tudo terminou tão bem! Quando o senhor Irving e a senhorita Lavendar voltarem de sua viagem de lua de mel, vou para Boston e morar com eles... e só tenho 15 anos, e as outras meninas nunca foram embora antes de completar 16. O senhor Irving não é esplêndido? Ele simplesmente adora o chão que ela pisa e, às vezes, me faz sentir tão estranha ao ver a expressão nos olhos dele quando a observa. Não dá para descrever, madame senhorita Shirley. Estou extremamente agradecida por gostarem tanto um do outro. É a melhor maneira, quando tudo está dito e feito, embora algumas pessoas possam viver bem sem isso. Eu tenho uma tia que se casou três vezes e diz que se casou a primeira vez por amor e as duas últimas vezes estritamente por interesse, e foi feliz com os três, exceto na hora dos funerais. Mas acho que ela correu um risco, madame senhorita Shirley.

– Oh, é tudo tão romântico – suspirou Anne para Marilla, naquela noite. – Se eu não tivesse tomado o caminho errado naquele dia em que fomos para a casa do senhor Kimball, nunca teria conhecido a senhorita Lavendar; e se eu não a tivesse conhecido, nunca teria levado Paul para lá... e ele nunca teria escrito para o pai sobre a visita à senhorita Lavendar, exatamente no momento em que o senhor Irving estava partindo para San Francisco. O senhor Irving diz que, ao receber aquela carta, decidiu enviar seu parceiro para San Francisco e vir para cá, em vez de ir para lá também. Fazia quinze anos que não tinha mais qualquer notícia da senhorita Lavendar. Alguém lhe disse, na época, que ela estava para se casar e ele achou que realmente havia se casado; e nunca mais perguntou por ela a quem quer que fosse. E agora tudo deu certo. E eu dei uma mão para isso. Talvez, como diz a senhora Lynde, tudo esteja predestinado e estivesse prestes a acontecer, de qualquer maneira. Mas, mesmo assim, é bom pensar que a gente serviu de instrumento usado pela predestinação. Sim, na verdade é muito romântico.

– Não consigo ver como isso é tão terrivelmente romântico – disse Marilla, de forma bastante ríspida. Marilla achava que Anne estava empolgada demais com isso e tinha muito a fazer para se preparar para a faculdade sem ficar "perambulando" em Echo Lodge dois dias a cada três, ajudando a senhorita Lavendar. – Em primeiro lugar, dois jovens tolos brigam e ficam de mal; então Steve Irving vai para os Estados

Unidos e, depois de um tempo, se casa por lá e, ao que tudo indica, vive perfeitamente feliz. Então sua esposa morre e, depois de um intervalo decente, ele pensa em voltar para casa e ver se sua primeira namorada vai aceitá-lo. Enquanto isso, ela esteve vivendo como solteira, provavelmente porque ninguém bastante atraente apareceu para conquistá-la; e os dois se encontram de novo e concordam em se casar, afinal. Ora, onde está o romance em tudo isso?

– Oh, não há nenhum, se você o colocar dessa forma – suspirou Anne, como se alguém tivesse jogado nela um balde de água fria. – Suponho que seja assim que parece em prosa. Mas é muito diferente se você olhar através da poesia... e eu acho que assim é mais lindo... – Anne se recuperou e seus olhos brilharam, suas bochechas coraram... – olhar o ocorrido através da poesia.

Marilla fitou o jovem rosto radiante e se absteve de mais comentários sarcásticos. Talvez tenha percebido que, afinal, era melhor ter, como Anne, "a visão e a faculdade divina"... esse dom, que o mundo não pode conceder ou tirar, de olhar a vida através de algum meio transfigurador... ou revelador?... em que tudo parece adornado de luz celestial, contendo uma glória e um frescor não visíveis para aqueles que, como ela e Charlotta IV, olhavam as coisas apenas através da prosa.

– Quando vai se realizar o casamento? – perguntou ela, depois de uma pausa.

– Na última quarta-feira de agosto. Vão se casar no jardim, sob a treliça de madressilva... o mesmo local onde o senhor Irving a pediu em casamento há 25 anos. Marilla, isso *é* romântico, mesmo em prosa. Não deve haver mais ninguém, além da senhora Irving, Paul, Gilbert, Diana e eu, e os primos da senhorita Lavendar. E eles vão partir no trem das 6 horas para uma viagem à costa do Pacífico. Quando voltarem no outono, Paul e Charlotta IV irão morar com eles em Boston. Mas Echo Lodge vai permanecer como está... só, é claro, vão vender as galinhas e as vacas e vão tapar as janelas com tábuas... e sempre deverão vir passar o verão ali. Estou tão contente. Teria ficado profundamente magoada, no próximo inverno em Redmond, ao pensar naquela querida casa de pedra toda despojada e deserta, com quartos vazios... ou, muito pior, com outras pessoas morando nela. Mas agora posso pensar nela como sempre a vi, esperando feliz pelo verão para trazer vida e risos de volta.

Havia mais romance no mundo do que aquele que havia acontecido com os amantes de meia-idade da casa de pedra. Anne descobriu-o por acaso e repentinamente uma tarde quando foi até Orchard Slope pelo atalho do bosque e chegou ao jardim dos Barry. Diana Barry e Fred Wright estavam juntos, embaixo do grande salgueiro. Diana estava encostada no tronco cinza, com os cílios abaixados e bochechas muito coradas. Fred, de pé, segurava uma das mãos dela e mantinha o rosto inclinado na direção dela, murmurando algo num tom de voz baixo e sério. Não havia ninguém mais no mundo, naquele momento mágico, a não ser eles dois, de maneira que nenhum deles viu Anne, que, depois de um estupefato olhar de compreensão, voltou-se e correu silenciosamente pelo atalho do bosque de abetos, sem parar de forma alguma até chegar a seu quarto, ao lado do sótão, onde se sentou ofegante perto da janela e tentou reunir seus pensamentos dispersos.

– Diana e Fred estão apaixonados – gaguejou ela. – Oh, isso parece tão... tão... tão *desesperadamente* adulto.

Ultimamente, Anne não deixava de suspeitar de que Diana estava se revelando infiel ao melancólico herói byroniano de seus sonhos infantis. Mas como "as coisas que se veem são mais poderosas que as que se ouvem" ou que se suspeitam, a constatação de que realmente era assim a atingiu quase com o choque de uma perfeita surpresa. A isso se sucedeu um sentimento estranho de solidão... como se, de alguma forma, Diana tivesse avançado para um novo mundo, fechando um portão atrás dela e deixando Anne do lado de fora.

"As coisas estão mudando tão depressa que quase me assustam," pensou Anne, um pouco triste. "E temo que isso não possa evitar o surgimento de algumas diferenças entre Diana e eu. Tenho certeza de que não posso contar a ela todos os meus segredos, depois disso... ela poderia contá-los a Fred. E o que ela *consegue* ver em Fred? Ele é muito bom e alegre... mas é apenas Fred Wright."

É sempre uma pergunta muito intrigante... o que alguém pode ver em outra pessoa? Mas que sorte, afinal, que seja assim, pois se todos vissem da mesma forma... bem, nesse caso, como o velho índio disse: "Todos iriam querer minha mulher". Era óbvio que Diana *via* algo em Fred Wright, mas algo que estava oculto para os olhos de Anne. Diana foi a Green Gables na tarde seguinte, agora como jovem dama pensativa e tímida, e contou a Anne toda a história no escuro recanto do lado leste do sótão. As duas jovens choraram, se beijaram e riram.

– Estou tão feliz – disse Diana –, mas parece ridículo pensar que estou comprometida.

– O que é realmente estar comprometida? – perguntou Anne, curiosa.

– Bem, tudo depende de com quem está comprometida – respondeu Diana, com aquele insano ar de sabedoria superior sempre assumido por aqueles que estão comprometidos diante daqueles que não estão. – É perfeitamente adorável estar noiva de Fred... mas acho que seria simplesmente horrível estar noiva de qualquer outro.

– Não há muito consolo para o resto de nós, visto que existe apenas um Fred – riu Anne.

– Oh, Anne, você não entende – disse Diana, irritada. – Eu não quis dizer *isso*... é tão difícil de explicar. Não se preocupe, você vai entender algum dia, quando chegar a sua vez.

– Deus a abençoe, a mais querida das Dianas, entendo agora. Para que serve a imaginação senão para permitir que espie a vida através dos olhos de outras pessoas?

– Você deve ser minha dama de honra, já sabe, Anne. Prometa-me isso... onde quer que você esteja quando eu for me casar.

– Virei dos confins da terra, se for preciso – prometeu Anne, solenemente.

– É claro que não vai ser tão cedo assim – disse Diana, corando. – Três anos, no mínimo... pois tenho apenas 18 anos e minha mãe diz que nenhuma filha dela se casará antes dos 21. Além disso, o pai de Fred vai comprar a fazenda de Abraham Fletcher para ele e diz que só vai passá-la em nome de Fred quando tiver pago dois terços do total. Mas três anos não é muito tempo para estar pronta como boa dona de casa, ainda mais que não tenho preparado nada de meu enxoval. Mas amanhã vou começar a fazer guardanapos de crochê. Myra Gillis tinha 37 guardanapos quando se casou e estou decidida a ter tantos quanto ela.

– Suponho que seria realmente impossível manter a casa com apenas 36 guardanapos – concordou Anne, com um rosto solene, mas com o olhar divertido.

Diana parecia magoada.

– Não pensei que iria rir de mim, Anne – disse ela, em tom de censura.

— Querida, eu não estava zombando de você — exclamou Anne, arrependida. — Só estava brincando um pouco. Acho que você será a dona de casa mais doce do mundo. E acho que é perfeitamente adorável de sua parte já estar planejando sua casa dos sonhos.

Anne mal havia acabado de pronunciar a expressão "casa dos sonhos", que sua fantasia já estava cativada e ela começou imediatamente a erigir a sua casa dos sonhos. Claro que era habitada por dono ideal, moreno, altivo e melancólico; mas curiosamente, Gilbert Blythe insistia em ficar ali por perto, ajudando-a a dependurar quadros, a planejar jardins e a realizar diversas outras tarefas que um herói altivo e melancólico evidentemente haveria de considerar abaixo de sua dignidade. Anne tentou banir a imagem de Gilbert de seu castelo na Espanha, mas, de alguma forma, ele continuou lá; então Anne, com pressa, desistiu dessa tentativa e prosseguiu em sua arquitetura imaginária com tanto sucesso que sua "casa dos sonhos" foi construída e mobiliada antes que Diana tornasse a falar.

— Suponho, Anne, que deve achar engraçado eu gostar tanto de Fred, quando ele é tão diferente do tipo de homem com quem eu sempre disse que me casaria... o tipo alto e esbelto. Mas de alguma forma eu não gostaria que Fred fosse alto e esbelto... porque, você não vê, desse modo ele não seria o Fred. É claro — acrescentou Diana, um tanto pesarosa —, seremos um casal assustadoramente rechonchudo. Mas, afinal, isso é melhor do que um de nós ser baixo e gordo e o outro alto e magro, como Morgan Sloane e a esposa. A senhora Lynde diz que sempre a leva a pensar em extremos opostos quando os vê juntos.

"Bem", disse Anne para si mesma naquela noite, enquanto escovava o cabelo diante do espelho com moldura dourada, "estou contente por ver Diana tão feliz e satisfeita. Mas quando chegar minha vez... se um dia chegar... espero que haja um pouco mais de emoção em tudo isso. Mas Diana pensava assim também, antes. Eu a ouvi dizer, vez por outra, que ela nunca se comprometeria de modo mesquinho e trivial... ele *teria* de fazer algo esplêndido para conquistá-la. Mas ela mudou. Talvez eu mude também. Mas eu não vou... e estou determinada que não. Oh, eu acho que esses noivados são coisas terrivelmente perturbadoras quando acontecem com suas amigas íntimas".

capítulo 30

Um casamento na casa de pedra

A última semana de agosto chegou. A senhorita Lavendar iria se casar. Duas semanas depois, Anne e Gilbert partiriam para o Redmond College. Dentro de uma semana, a senhora Rachel Lynde se mudaria para Green Gables e instalaria seus deuses lares e penates[17] no antigo quarto de hóspedes, que já estava preparado para sua chegada. Ela tinha vendido em leilão toda a sua mobília supérflua e, nesse momento, estava se distraindo na agradável ocupação de ajudar os Allan a empacotar as coisas. O senhor Allan iria pregar seu sermão de despedida no domingo seguinte. A velha ordem estava mudando rapidamente para dar lugar à nova, como sentia Anne com um pouco de tristeza envolvendo toda a sua empolgação e felicidade.

– As mudanças não são totalmente agradáveis, mas são coisas excelentes – disse Harrison, filosoficamente. – Dois anos é tempo suficiente para as coisas permanecerem exatamente as mesmas. Se ficassem no mesmo lugar por mais tempo, poderiam criar musgo.

O senhor Harrison estava fumando na varanda. Sua esposa dissera abnegadamente que ele poderia fumar dentro de casa, se tomasse o cuidado de sentar-se perto de uma janela aberta. O senhor Harrison retribuiu essa concessão saindo de casa para fumar quando o tempo estava bom, e assim reinou a boa vontade mútua.

Anne viera pedir à senhora Harrison algumas de suas dálias amarelas. Ela e Diana iriam, à tarde, a Echo Lodge para ajudar a senhorita Lavendar e Charlotta IV nos preparativos finais para o casamento do dia seguinte. A senhorita Lavendar nunca teve dálias; não gostava delas e não teriam combinado com o belo isolamento de

---

17   Lares e penates: na antiga sociedade romana, os lares eram os deuses do lar, da família, protetores de todos os seus membros; os penates também eram deuses familiares, mas que velavam sobretudo pela conservação dos alimentos.

seu jardim à moda antiga. Mas flores de qualquer tipo eram escassas em Avonlea e nos distritos vizinhos naquele verão, por causa da tempestade do tio Abe; e Anne e Diana pensaram que um velho cântaro de pedra de cor creme, geralmente destinado a guardar rosquinhas, decorado com dálias amarelas, seria exatamente o que haveria de melhor para dispor num canto sombrio da escadaria da casa de pedra, contra o fundo escuro de papel de parede vermelho.

– Suponho que, dentro de quinze dias, você estará começando a frequentar a faculdade – continuou o senhor Harrison. – Bem, Emily e eu vamos sentir muito sua falta. Com toda a certeza, a senhora Lynde vai estar lá, em seu lugar. Não há ninguém que não possa ser substituído.

A ironia do tom do senhor Harrison é inteiramente intransferível para o papel. Apesar da intimidade de sua esposa com a senhora Lynde, o melhor que poderia ser dito das relações entre ela e o senhor Harrison, mesmo sob o novo regime, era que mantinham uma neutralidade armada.

Sim, estou indo – disse Anne. – Estou muito contente em minha cabeça... e me sinto muito triste em meu coração.

– Suponho que vai conquistar todos os prêmios disponíveis em Redmond.

– Posso tentar um ou dois – confessou Anne –, mas não me importo tanto com coisas assim como há dois anos. O que eu quero obter de meu curso universitário é algum conhecimento sobre a melhor maneira de viver a vida e fazer o máximo e o melhor com ela. Quero aprender a entender e a ajudar outras pessoas e a mim mesma.

O senhor Harrison acenou com a cabeça.

– Essa é exatamente a ideia. É para isso que a faculdade deve existir, em vez de formar um monte de bacharéis, tão cheios de conhecimentos livrescos e de vaidade que não há espaço para mais nada. Você tem razão. Calculo que a faculdade não será capaz de lhe causar grande dano.

Diana e Anne foram de charrete até Echo Lodge depois do chá, levando consigo toda a carga de flores que várias expedições predatórias nos próprios jardins e nos jardins de seus vizinhos haviam rendido. Encontraram a casa de pedra fervilhando de agitação. Charlotta IV voava de um lado para outro com tanta energia e vivacidade que seus laços azuis pareciam realmente possuir o poder de estar em todos os lugares ao mesmo tempo. Como os estandartes[18] de Navarra, os laços azuis de Charlotta balançavam mesmo na mais intensa refrega.

– Louvado seja Deus, as senhoritas vieram – disse ela, com devoção –, pois há um monte de coisas a fazer... e a cobertura desse bolo *não* endurece... e ainda há toda a prataria a ser polida... e o baú recoberto com crina de cavalo a ser embalado... e as aves para a iguaria de frango estão ainda correndo lá fora, perto do galinheiro, e cacarejando, madame senhorita Shirley. E não se pode confiar na senhorita Lavendar para fazer nada. Fiquei contente quando o senhor Irving veio alguns minutos atrás e a levou para um passeio pelo bosque. Está certo namorar no devido lugar, madame senhorita Shirley, mas tentar misturar com a cozinha e a limpeza, tudo vai dar errado. Essa é *minha* opinião, madame senhorita Shirley.

Anne e Diana trabalharam com tanto empenho que às 10 horas da noite até Charlotta IV estava satisfeita. Prendeu o cabelo em inúmeras tranças e levou seus cansados ossinhos para a cama.

– Mas tenho certeza de que não vou pregar o olho, madame senhorita Shirley, com medo de que alguma coisa dê errado no último minuto... que o creme não endureça... ou que o senhor Irving tenha um ataque e não possa vir.

– Ele não tem o hábito de ter ataques, ou tem? – perguntou Diana, retesando os cantos da boca. Para Diana, Charlotta IV era, se não exatamente uma bela criatura, certamente um eterno motivo de alegria.

– Não são coisas que acontecem por hábito – disse Charlotta IV, com dignidade. – Elas simplesmente *acontecem*... e aí está. *Qualquer um* pode ter um ataque. Não precisa saber como. O senhor Irving se parece muito com um tio meu que teve um, certa vez, quando estava se sentando para almoçar. Mas talvez tudo corra bem. Nesse mundo, temos precisamente de esperar pelo melhor, estar preparados para o pior e aceitar tudo o que Deus mandar.

– A única coisa que me preocupa é que amanhã não faça tempo bom – disse Dia-

---

18   Alusão aos estandartes que, desde o século XIII, representavam os "três Estados" da Comunidade Foral de Navarra: o dos Cavaleiros, o do Clero e o dos Campônios.

na. – Tio Abe previu chuva para o meio da semana e, desde a grande tempestade, não consigo deixar de acreditar que há muito de verdade no que o tio Abe diz.

Anne, que sabia melhor do que Diana o quanto tio Abe tinha a ver com a tempestade, não estava muito perturbada com isso. Dormiu o sono dos justos e cansados, e foi acordada numa hora totalmente inoportuna por Charlotta IV.

– Oh, madame senhorita Shirley, é horrível chamá-la tão cedo – vinha o lamento pelo buraco da fechadura –, mas ainda há muito a fazer... e, oh, madame senhorita Shirley, estou com medo de que vai chover e eu gostaria que se levantasse e me dissesse que acha que não vai.

Anne correu para a janela, esperando contra toda esperança que Charlotta IV estivesse dizendo isso apenas para despertá-la efetivamente. Mas, infelizmente, a manhã realmente não parecia propícia. Embaixo da janela, o jardim da senhorita Lavendar, que deveria estar banhado pela glória do pálido sol nascente, estava sombrio e sem brisa alguma; e o céu sobre os abetos estava escuro, com nuvens carregadas.

– Não é por demais cruel? – exclamou Diana.

– Devemos esperar pelo melhor – disse Anne, com determinação. – Se não chover de verdade, um dia frio e cinza perolado como esse seria realmente melhor do que o sol escaldante.

– Mas vai chover – lamentou Charlotta, entrando sorrateiramente no quarto, figura engraçada com suas muitas tranças enroladas na cabeça, as pontas atadas com fitas brancas, apontando para todas as direções. – Vai ficar assim até o último minuto e então vai chover a cântaros. E todas as pessoas vão ficar encharcadas... e vão encher a casa de lama... e eles não poderão se casar debaixo da madressilva... e é uma terrível falta de sorte que o sol não brilhe sobre uma noiva, diga o que quiser, madame senhorita Shirley. *Eu* sabia que as coisas estavam indo muito bem para durar.

Charlotta IV certamente parecia ter tomado emprestada uma folha do livro da senhorita Eliza Andrews.

Não choveu, embora continuasse parecendo que iria chover. Ao meio-dia, os cômodos estavam decorados, a mesa lindamente posta; e no andar de cima estava no aguardo uma noiva, "adornada para o marido".

— A senhorita está maravilhosa — exclamou Anne, extasiada.

— Adorável — ecoou Diana.

— Está tudo pronto, madame senhorita Shirley, e nada de horrível aconteceu *ainda* — foi a declaração alegre de Charlotta enquanto se dirigia ao quartinho dos fundos para se vestir. Todas as tranças foram desfeitas; o desenfreado emaranhado resultante foi trançado em duas caudas e amarrado, não com dois laços apenas, mas com quatro, de fita nova, brilhantemente azul. Os dois arcos superiores davam a impressão de asas crescidas brotando do pescoço de Charlotta, um pouco à moda dos querubins de Rafael[19]. Mas Charlotta IV os achava muito bonitos, e depois de enfiar um vestido branco, tão rigidamente engomado que poderia ficar em pé sozinho, ela se examinou no espelho com grande satisfação... satisfação que durou até ela sair para o corredor e ver de relance, pela porta aberta do quarto de hóspedes, uma moça alta num vestido de caimento suave e que estava prendendo flores brancas como estrelas nas tênues ondulações de seu cabelo ruivo.

"Oh, eu *nunca* vou conseguir me parecer com a senhorita Shirley", pensou a pobre Charlotta, em desespero. "Tem de nascer assim, eu acho... não parece que toda e qualquer prática possa conferir aquele *ar*."

Por volta da 1 hora, os convidados tinham chegado, inclusive o senhor e a senhora Allan, pois o senhor Allan deveria presidir a cerimônia, na ausência do ministro de Grafton, que estava de férias. Não houve formalidades quanto ao casamento. A senhorita Lavendar desceu as escadas para encontrar o noivo e quando ele tomou sua mão, ela ergueu seus grandes olhos castanhos para ele com uma expressão que fez Charlotta IV, que a interceptou, sentir-se mais esquisita do que nunca. Dirigiram-se até o caramanchão de madressilvas, onde o senhor Allan os esperava. Os convidados se agruparam como quiseram. Anne e Diana estavam junto do velho banco de pedra, com Charlotta IV entre elas, apertando nervosamente as mãos das duas moças com as suas, que estavam frias e trêmulas.

O senhor Allan abriu seu livro azul e procedeu ao início da cerimônia. Precisamente no momento em que a senhorita Lavendar e Stephen Irving era declara-

---

19 Rafael Sanzio (1483-1520), pintor e arquiteto renascentista italiano, célebre por seus quadros de Madonas e pela decoração de várias salas dos palácios papais, no Vaticano.

dos marido e mulher, algo muito bonito e simbólico aconteceu. O sol irrompeu de repente no meio do céu cinzento e derramou uma onda de esplendor sobre a noiva feliz. Instantaneamente, o jardim ganhou vida com sombras dançantes e luzes tremeluzentes.

"Que adorável presságio", pensou Anne, enquanto corria para beijar a noiva. Em seguida, as três jovens deixaram o resto dos convidados sorrindo em torno dos noivos, enquanto voavam para dentro de casa para ver se tudo estava pronto para o banquete.

– Graças a Deus acabou, madame senhorita Shirley – suspirou Charlotta IV –, e eles estão casados, sãos e salvos, não importa o que aconteça agora. Os saquinhos com arroz estão na despensa, madame, e os sapatos velhos estão atrás da porta, e o creme para bater está nos degraus do porão.

Às 2h30, o senhor e a senhora Irving partiram e todos foram a Bright River para vê-los tomar o trem da tarde. Quando a senhorita Lavendar... perdão, senhora Irving... saiu pela porta de sua antiga casa, Gilbert e as meninas jogaram arroz e Charlotta IV atirou um sapato velho com pontaria tão precisa que acertou o senhor Allan em cheio na cabeça. Mas estava reservado a Paul dar a despedida mais bonita. Ele saiu pela varanda tocando furiosamente um enorme e antigo sino de bronze que adornava a lareira da sala de jantar. O único objetivo de Paul era fazer um ruído festivo; mas à medida que o clangor esmorecia, da curva e da colina do outro lado do rio vinha o repique dos "mágicos sinos de casamento", ressoando clara, doce e fracamente, e sempre mais fracamente, como se os amados ecos da senhorita Lavendar a estivessem cumprimentando e se despedindo dela. E assim, com a bênção desses doces sons, a senhorita Lavendar partiu da velha vida de sonhos e fantasias para uma vida mais repleta de realidades no mundo agitado que a esperava.

Duas horas depois, Anne e Charlotta IV retornavam pela alameda. Gilbert tinha ido a West Grafton para levar um recado e Diana tinha compromisso em casa. Anne e Charlotta tinham regressado para colocar as coisas em ordem e trancar a casinha de pedra. O jardim era como uma lagoa refletindo os dourados e tardios raios de sol, com borboletas esvoaçando e abelhas zunindo; mas a casinha já tinha aquele ar indefinível de desolação que sempre se segue a uma festa.

– Oh, meu Deus, não parece solitária? – fungou Charlotta IV, que tinha estado chorando durante todo o caminho desde a estação. – Um casamento, afinal, não é muito mais animado que um funeral quando tudo tiver acabado, madame senhorita Shirley.

Seguiu-se uma tarde movimentada. Tinham de remover a decoração, lavar a louça e colocar numa cesta as iguarias não consumidas para o deleite dos irmãos mais novos de Charlotta IV. Anne não iria descansar até que tudo estivesse em ordem; depois que Charlotta foi para casa com seu saque, Anne examinou os silenciosos aposentos, sentindo-se como alguém que percorre sozinha algum salão de banquete deserto e fechou as cortinas. Então trancou a porta e sentou-se sob o álamo prateado para esperar Gilbert, muito cansada, mas ainda remoendo sem parar "longos, longos pensamentos".

– Em que você está pensando, Anne? – perguntou Gilbert, descendo pela trilha. Havia deixado o cavalo e a charrete na estrada.

– Na senhorita Lavendar e no senhor Irving – respondeu Anne, com ar sonhador. – Não é lindo pensar como tudo aconteceu... como se uniram novamente depois de tantos anos de separação e de mal-entendidos?

– Sim, é lindo – respondeu Gilbert, olhando firmemente para o rosto erguido de Anne –, mas não teria sido mais bonito ainda, Anne, se *não* tivesse havido separação ou mal-entendidos... se tivessem palmilhado de mãos dadas todo o caminho da vida, sem memórias antigas, além daquelas que beneficiavam a um e outro?

Por um momento, o coração de Anne vibrou estranhamente e pela primeira vez seus olhos vacilaram sob o olhar de Gilbert e um rosado rubor transpareceu na palidez de seu rosto. Era como se um véu que pairava diante do mais profundo de sua consciência tivesse sido levantado, revelando-lhe insuspeitos sentimentos e realidades. Talvez, afinal, o romance não desabrochasse na vida de alguém com pompa e alarido, como um alegre cavaleiro avançando em sua montaria; talvez fosse se achegando até nosso lado como um velho amigo por caminhos silenciosos; talvez se revelasse em aparente prosa, até que uma súbita flecha de iluminação lançada transversalmente em suas páginas traísse o ritmo e a música, talvez... talvez... o amor despontasse naturalmente a partir de uma bela amizade, como uma rosa de coração dourado desabrochando de seu invólucro verde.

Então o véu caiu novamente; mas a Anne, que subia a escura alameda, não era exatamente a mesma Anne que dirigia alegremente a charrete na tarde anterior. A página da mocidade havia sido virada, como que por um dedo invisível, e a página da mulher feita estava diante dela com todo o seu encanto e mistério, sua dor e alegria.

Gilbert, sabiamente, não disse mais nada; mas em seu silêncio leu a história dos quatro anos seguintes à luz da lembrança do rubor de Anne. Quatro anos de trabalho sério e feliz... e então a recompensa de útil conhecimento adquirido e de um doce coração conquistado.

Atrás deles, no jardim, a casinha de pedra repousava entre as sombras. Estava solitária, mas não abandonada. Ainda não tinha acabado com sonhos, risos e com a alegria da vida; haveria futuros verões para a casinha de pedra; enquanto isso, poderia esperar. E sobre o rio, em confinamento purpúreo, os ecos esperavam sua hora.

Impressão e acabamento
Gráfica Oceano